Sorj Chalandon
Rückkehr nach Killybegs

Auf der Hausmauer steht bei seiner Ankunft: »Verräter«. Tyrone Meehan ist zurückgekehrt in das Cottage seines Vaters und wartet hier auf seine Erschießung. Er hat sein Land verraten, seine Mitkämpfer in der IRA, seine Familie. 2006 wurde Meehan, der ranghohe IRA-Kämpfer, der seit seiner Jugend für die Freiheit Irlands gekämpft hatte, enttarnt als Spion des britischen Geheimdienstes. 20 Jahre führte er ein Doppelleben. Einst erschoss er im Kampfgetümmel einen Gefährten. Seinen Männern gegenüber konnte er dies vertuschen, blieb für sie ein Held, doch der MI5 kannte den wahren Sachverhalt – und erpresste Meehan. In Killybegs nutzt er die ihm verbleibende Zeit, um sein Leben niederzuschreiben, weil weder Freunde noch Feinde wissen, wie er zum Verräter geworden ist.

Sorj Chalandon, geboren 1952 in Tunis, gilt als einer der bedeutendsten Journalisten und Schriftsteller Frankreichs. Für seine Romane wurde er u. a. mit dem Prix Médicis und dem großen Romanpreis der Académie française gewürdigt. Zuletzt stand er mit ›Verräterkind‹ auf der Shortlist für den Prix Goncourt 2021.

Brigitte Große überträgt u. a. Amélie Nothomb, Frédéric Beigbeder und Georges-Arthur Goldschmidt ins Deutsche und wurde für ihre Arbeiten vielfach ausgezeichnet.

Sorj Chalandon

Rückkehr nach Killybegs

Roman

Aus dem Französischen
von Brigitte Große

Die Übersetzerin dankt dem Deutschen Übersetzerfonds
für die Unterstützung ihrer Arbeit.

Von Sorj Chalandon ist bei dtv außerdem lieferbar:
Die Legende unserer Väter
Die vierte Wand
Mein fremder Vater
Am Tag davor
Wilde Freude

2022 dtv Verlagsgesellschaft mbH & Co. KG, München
© der deutschsprachigen Ausgabe:
2013 dtv Verlagsgesellschaft mbH & Co. KG, München
Die Originalausgabe erschien 2011 unter dem Titel
›Retour à Killybegs‹ bei Éditions Grasset & Fasquelle, Paris.
© Éditions Grasset & Fasquelle, 2011
Umschlaggestaltung: Lübbeke Naumann Thoben, Köln
Umschlagmotiv: plainpicture / Mohamad Itani – Kollektion Rauschen
Satz: Greiner & Reichel, Köln
Druck und Bindung: Druckerei C.H.Beck, Nördlingen
Printed in Germany · ISBN 978-3-423-14828-3

Für alle, die einen Verräter liebten

»Wisst ihr, was die Bäume sagen,
wenn die Hacke in den Wald kommt?
Schaut mal, der Stiel ist einer von uns!«

Spruch auf einer Mauer in Belfast

Prolog

»Jetzt, wo alles aufgedeckt ist, werden andere an meiner Stelle reden. Die IRA, die Briten, meine Familie, meine Freunde oder Journalisten, die ich nie getroffen habe. Einige werden sich an eine Erklärung wagen, warum und wie ich zum Verräter wurde. Womöglich werden auch Bücher über mich geschrieben werden, eine Vorstellung, die mich rasend macht. Hört nicht auf ihre Behauptungen. Traut meinen Feinden nicht und noch weniger meinen Freunden. Wendet euch von jenen ab, die sagen, sie hätten mich gekannt. Niemand steckte je in meiner Haut, niemand. Wenn ich heute spreche, dann weil ich der Einzige bin, der die Wahrheit kennt. Und weil ich hoffe, dass nach mir Schweigen herrscht.«

Killybegs, 24. Dezember 2006
Tyrone Meehan

1

Wenn mein Vater mich schlug, schrie er Wörter aus der englischen Soldatensprache, als wollte er unsere Sprache heraushalten. Mit verzerrtem Mund brüllend prügelte er auf mich ein. Wenn mein Vater mich schlug, war er nicht mehr mein Vater, sondern nur Patraig Meehan. Meehan mit dem zerbeulten Gesicht und dem gefrorenen Blick, ein böser Wind, dem man am besten auswich, indem man die Straßenseite wechselte. Wenn mein Vater betrunken war, zertrampelte er den Boden, zerriss er die Luft, malträtierte er die Worte. Wenn er mein Zimmer betrat, zuckte das Dunkel zusammen. Er zündete keine Kerze an. Schnaufte wie ein altes Tier, und ich machte mich auf seine Fäuste gefasst.

Wenn mein Vater betrunken war, fiel er über Irland her wie unser Feind. Er war der Feind, und er war überall. Unter unserem Dach, auf der Schwelle unseres Hauses, auf den Wegen von Killybegs, in der Heide, am Waldrand, bei Tag und bei Nacht. Mit groben Bewegungen besetzte er jeden Ort. Man konnte ihn schon von Weitem sehen. Und hören. Die stolpernden Wörter, den schwankenden Körper. Im »Mullin's«, unserem Dorfpub, rutschte er vom Hocker, ging zu den Tischen hin und haute mit der flachen Hand zwischen die Gläser. Er war anderer Meinung? Das sagte er auch so. Ohne

Worte, die Finger im Bier, mit seinem Blick. Die anderen schwiegen mit gesenkter Mütze und abgewandten Augen. Dann richtete er sich wieder auf und forderte mit verschränkten Armen den ganzen Saal heraus. Wartete auf Widerspruch. Wenn mein Vater betrunken war, war er zum Fürchten.

Einmal schlug er auf dem Weg zum Hafen George, den Esel des alten McGarrigle, mit der Faust. Der Kohlenhändler hatte sein Tier nach dem König von England benannt, um ihm in den Arsch treten zu können. Ich war dabei. Mein Vater schwankte und stolperte nach dem morgendlichen Besäufnis, ich trottete hinter ihm her. An einer Straßenecke gegenüber der Kirche plagte sich der alte McGarrigle. Zog an seinem störrischen Esel, die eine Hand auf dem Sattel, die andere am Halfter, und drohte mit allen Heiligen. Mein Vater blieb stehen. Beobachtete den alten Mann, das bockende Tier, die Hilflosigkeit des einen, die Halsstarrigkeit des anderen, und ging über die Straße. Er stieß McGarrigle weg, stellte sich vor den Esel und beschimpfte ihn wüst, als spräche er mit dem englischen König. Ob er eine Ahnung habe, wer Patraig Meehan sei. Ob er überhaupt wisse, wem er sich da widersetze. Drohend vorgeneigt, Stirn an Stirn mit dem Esel, erwartete er eine Antwort, seine Kapitulation. Und dann schlug er zu, ein schrecklicher Hieb zwischen Augen und Nüstern. George schwankte, fiel auf die Flanke, und der Kohlenkarren kippte um. »*Éirinn go Brách!*«, schrie mein Vater und zog mich am Arm hinter sich her. »Gälisch sprechen heißt Widerstand leisten«, murmelte er noch. Dann gingen wir weiter.

*

Als Kind schickte mich meine Mutter manchmal in den Pub, ihn holen. Nachts. Ich traute mich nicht hinein. Ging vor der Tür und den geschlossenen Vorhängen des »Mullin's« auf und ab. Wartete, bis wer herauskam, und drückte mich dann in den Raum mit dem scharfen Geruch nach Bier, Schweiß, feuchten Mänteln und kaltem Tabak.

»Pat? Zeit für die Suppe«, lachten seine Freunde.

Wenn es keiner sah, erhob er die Hand gegen mich, wenn ich jedoch seine Welt betrat, nahm er mich mit offenen Armen auf. Ich war sieben. Stand mit gesenktem Kopf an der Theke, bis sein Lied zu Ende war. Er hatte die Augen geschlossen, die Hand auf dem Herzen und klagte um sein zerrissenes Land, die toten Helden, den verlorenen Krieg, rief die großen Ahnen zu Hilfe, die Rebellen von 1916, die traurige Schar unserer und aller früheren Besiegten, die Chefs der gälischen Clans und auch noch Saint Patrick mit seinem Krummstab, um die englische Schlange zu verjagen. Ich sah zu ihm hoch. Hörte ihm zu. Sah die anderen schweigen und war stolz auf ihn. Trotz alledem. Stolz auf Pat Meehan, stolz auf diesen Vater, trotz der braunen Striemen auf meinem Rücken und der ausgerissenen Haarbüschel. Wenn er unser Land besang, hatten alle die Stirn erhoben und die Augen voller Tränen. Bevor er gemein wurde, war mein Vater ein irischer Dichter, und ich wurde als Sohn dieses Dichters empfangen. Kaum trat ich durch die Tür, gab es obendrauf Wärme. Klapse auf den Rücken, Schulterklopfen, Augenzwinkern von Mann zu Mann, obwohl ich doch noch ein Kind war. Jemand ließ mich die Lippen in den ockerfarbenen Schaum eines Bieres tauchen. Daher meine Bitterkeit. Ich genoss es. Trank dieses starke, schwarze Gebräu aus Erde und Blut, das mein Lebenselixier werden sollte.

»Wir trinken unsere Erde. Wir sind keine Männer mehr. Wir sind Bäume«, sang mein Vater, wenn er glücklich war.

Die anderen stellten die Gläser hin, setzten die Mützen auf und verließen den Pub. Er nicht. Bevor er aus der Tür trat, erzählte er immer noch eine Geschichte. Nahm noch ein letztes Mal die Aufmerksamkeit in Beschlag. Dann erst stand er auf und zog seinen Mantel an.

Schließlich gingen wir beide nach Hause. Er schwankend, ich in dem Glauben, ihn zu stützen. Er zeigte auf den Mond, den hellen Weg: »Das Licht der Toten.«

Im Schein des Mondes bewegten wir selbst uns schon wie Gespenster. In einer nebligen Nacht nahm er mich an der Schulter. Versprach mir vor den umflorten Hügeln, dass nach dem Leben alles so wäre, still und schön. Dass ich mich vor nichts mehr fürchten müsse. Als wir am Dorfende das Schild mit dem durchgestrichenen NA CEALLA BEAGA passierten, versicherte er mir, dass im Paradies Gälisch gesprochen werde. Dass der Regen dort so fein sei wie heute Abend, aber wärmer, und dass er nach Honig schmecke. Er lachte. Schlug mir den Jackenkragen hoch, um mich vor der Kälte zu schützen. Einmal nahm er mich auf dem Rückweg sogar bei der Hand. Und ich – war traurig. Ich wusste, dass diese Hand wieder zur Faust werden würde, die Zärtlichkeit zur Eisenhärte. In einer Stunde oder morgen und ohne dass ich wüsste, warum. Aus Gemeinheit, Stolz, Ärger, Gewohnheit. Ich war in seiner Hand, ein Gefangener. In jener Nacht aber, als meine Finger sich mit seinen verschränkten, nutzte ich seine Wärme.

*

Mein Vater war Mitglied der Irisch-Republikanischen Armee. Ein *volunteer*, gälisch *óglach*, einfacher Soldat der IRA-Brigade von Donegal. 1921 widersetzte er sich mit ein paar Kameraden dem mit den Briten ausgehandelten Waffenstillstand. Er lehnte die Grenzziehung, die Schaffung Nordirlands, die Zweiteilung unserer Heimat ab. Er wollte bis zur letzten Patrone kämpfen und die Engländer aus dem ganzen Land vertreiben. Nach dem Unabhängigkeitskrieg gegen die Briten brach bei uns der Bürgerkrieg aus.

»Verräter, Feiglinge, alle bestochen!«, schäumte mein Vater gegen seine früheren Waffenbrüder, die sich hinter den Burgfrieden stellten.

Diese Fahnenflüchtlinge seien von den Engländern bewaffnet und uniformiert worden, um auf ihre Kameraden zu schießen. Sie hätten nichts Irisches mehr an sich außer unserem Blut an ihren Händen.

Mein Vater wurde von den Briten ohne Urteil interniert, zum Tode verurteilt und begnadigt. 1922 wurde er erneut verhaftet, diesmal von den Iren, die sich auf die Seite des Kompromisses geschlagen hatten. Das hat er mir nie erzählt, aber ich wusste es. Nach sechs Jahren saß er wieder im selben Gefängnis, in der gleichen Zelle. Und wurde von seinen ehemaligen Gefährten genauso misshandelt wie zuvor vom Feind. Sie schlugen ihn eine Woche lang. Die Soldaten des neuen Freistaats Irland wollten wissen, wo sich die letzten IRA-Kämpfer versteckten, die Aufsässigen, die Ungehorsamen. Wollten die geheimen Waffenlager der Rebellen finden. In diesen Stunden, Tagen, Nächten der Gewalt quälten diese Schweine meinen Vater auf Englisch, die Stimme mit dem

Stahl des Feindes gerüstet. Als wollten sie unsere Sprache heraushalten.

»Sind Sie Engländer?«, hatte ihn einmal eine alte Amerikanerin gefragt.

»Nein, im Gegenteil«, hatte mein Vater darauf geantwortet. Wenn mein Vater mich schlug, war er sein Gegenteil.

Im Mai 1923 legten die letzten *óglachs* der IRA ihre Waffen nieder, und Papa wurde alt. Unser Volk war getrennt. Irland in zwei Teile zerrissen. Pat Meehan hatte den Krieg verloren. Er war kein Mann mehr, nur noch ein Verlierer. Er begann zu viel zu trinken, herumzubrüllen, sich zu prügeln. Seine Kinder zu schlagen. Als seine Armee sich ergab, waren es drei. Am 8. März 1925 gesellte ich mich zu Séanna, Róisín und Mary hinzu, die kreuz und quer in dem großen Bett schliefen. Sieben weitere sollten noch aus dem Bauch meiner Mutter kommen. Zwei haben nicht überlebt.

*

Im November 1936 habe ich den Mut meines Vaters zum letzten Mal aufflackern sehen. Er kam aus Sligo zurück. Dort hatte er mit anderen IRA-Veteranen eine öffentliche Versammlung der »Blauhemden« angegriffen, der irischen Faschisten, die in Spanien an der Seite von General Franco kämpfen wollten. Nach der Auseinandersetzung, die mit Fäusten und Stühlen ausgetragen worden war, hatten mein Vater und seine Kameraden beschlossen, der spanischen Republik zu Hilfe zu kommen. Mehrere Tage lang sprach er nur noch davon, wieder in den Krieg zu ziehen. Schön, aufrecht, aufgeregt marschierte er mit großen Schritten durch unsere Küche wie ein Soldat. Er wollte die Männer der Connolly-Kolonne mit den internationalen Brigaden vereinigen. Irland, sagte er, habe eine Schlacht verloren, der Krieg spiele sich jetzt anderswo ab. Mein Vater war nicht bloß Republikaner. Als Katholik aus Nachlässigkeit hatte er sein Leben lang für die soziale Revolution gekämpft. Die IRA sollte seiner Meinung nach eine revolutionäre Armee sein. Er verehrte unsere Fahne, aber die rote der Arbeiterkämpfe bewunderte er.

Damals war er einundvierzig, ich elf. Er hatte seine Tasche für Madrid schon gepackt. Ich erinnere mich an diesen Morgen. Meine Mutter war in der Küche, sie hatte die ganze Nacht mit ihm geredet. Und geweint. Sein Gesicht war versteinert. Sie schälte Kartoffeln. Leise murmelte sie unsere Namen, einen nach dem anderen. Wie ein Gebet, eine schmerzliche Litanei. Sie saß am Tisch, wiegte den Körper langsam vor und zurück und betete sie herunter wie die Perlen eines Rosenkranzes. »Tyrone … Kevin … Áine … Brian … Niall …« Mein Vater stand mit dem Rücken zu ihr vor der Eingangstür, die Stirn ans Holz gelehnt. Wenn er ginge, sagte sie, müssten wir hungern. Sie könne uns niemals alle versorgen. Das Land würde uns nicht mehr ernähren, wenn sie keinen Mann mehr hätte. Alle würden sich von uns abwenden, wenn wir vorübergingen. Uns Kinder würden die Barmherzigen Schwestern holen. Dann würden wir mit anderen Straßenkindern auf den Booten von Father Nugent nach Québec oder Australien verschifft werden. Mein Vater würde fallen. Und nie mehr wiederkommen. Sie würde allein zurückbleiben und nicht mehr leben wollen. Außerdem sei Spanien weiter weg als die Hölle. Ich weiß noch genau, was mein Vater dann tat: Er schlug mit der Faust gegen die Tür. Heftig, ein einziges Mal, als verlangte er Audienz bei dem gefallenen Engel. Dann drehte er sich langsam um, mit zusammengepressten Lippen. Sah meine Mutter an, die hinter einem Haufen Kartoffelschalen am Tisch saß. Nahm seine für den nächsten Tag gepackte Tasche. Und warf sie quer durch den Raum in den Ofen. Selbst das Feuer wirkte überrascht. Zuckte vor dem Luftzug zurück. Dann umhüllten die blauen Flammen den Stoff, es roch nach Torf und Tuch. Mein Vater war wie erstarrt. Manchmal machte er solche Sachen, deren Sinn er selbst nicht begriff. Einmal trat er mich ins Kreuz, und als ich mit eingeknickten Armen vor ihm auf dem Bauch lag, betrachtete er mich, ohne zu verstehen, was ich da auf dem Boden machte. Er hob mich auf und klopfte mir die Kiesel von den aufgeschürften Beinen. Dann entschuldigte er sich, aber das alles sei meine Schuld, ich hätte ihn eben nicht so anschauen dürfen, mit diesem trotzigen Blick und dem Lächeln auf den Lippen. Er liebe mich dennoch. Sosehr er könne. Ein anderes Mal sah er Blut an meinem Mund. Ich kannte dessen herben Geschmack und hatte es extra über mein Kinn rinnen lassen und die Augen verdreht, als würde ich gleich umkippen. Da kriegte er Angst, glaube ich. Mit der Handfläche wischte er mir über Lippen und Hals. »Mein Gott!«, sagte er immer wieder, »mein Gott!« Als ob nicht er mich geschlagen hätte, sondern ein anderer. Manchmal, wenn er mich im Dunkeln geohrfeigt hatte, legte er die Finger unter meine Augen. Er wollte wissen, ob ich weinte. Ich wusste immer, dass das kommen würde. Von den ersten Schlägen an wusste ich das. Seine Strafaktionen endeten immer damit, dass er sich meines Schmerzes vergewissern wollte. Aber ich weinte nicht. Nie. »So wein doch!«, flehte meine Mutter. Also steckte ich mir die Finger in den Mund, während ich mein Gesicht schützte, und befeuchtete sie mit Speichel, den ich mir auf die Wangen schmierte. Er hielt meinen Speichel für Tränen und hatte endlich die Gewissheit, dass sein Teufelsbalg die Lektion verstanden hatte.

An diesem Morgen, vor dem Herd, sah er genauso überrascht drein. Er begriff nicht, was er gerade getan hatte. Er schaute auf seine Tasche, seine Sachen, sein Leben. Seine Hosen, seine kragenlosen Hemden, seine zwei Westen, sein eines Paar Schuhe, seine Pfeife zum Wechseln. Und seine Bibel, die eine sehr blaue Flamme ergab.

Mein Vater packte mich am Arm. Zerrte mich gewaltsam aus dem Haus. Schleppte mich bis zum Weg. Dann ließ er mich los. Er ging voran, ich folgte schweigend. Es war der Weg zum Hafen. Seine Augen waren fast geschlossen. Als wir McGarrigle begegneten, der an George, dem Esel, zerrte, spuckte mein Vater auf den Boden. Der Esel iahte.

»*Éirinn go Brách!*«, schrie mein Vater, nachdem er das Tier geschlagen hatte. »Irland für immer!« Der Schlachtruf des »einigen Irland«, der heilige Spruch, der die grüne Fahne mit der goldenen Harfe zierte.

Das war am Donnerstag, dem 9. November 1936. Patraig Meehan hatte die Hand gegen einen Esel erhoben. Und ich hatte nicht nur den Vater, sondern auch einen Helden verloren.

In Killybegs wurde mein Vater am Ende zum »*bastard*«, so nannten ihn die Leute flüsternd hinter seinem Rücken. Für mich war er der »böse Mann«. Er, Patraig Meehan, der frühere IRA-Kämpe, der legendäre Veteran, das wunderbare Großmaul, der abendliche Geschichtenerzähler, der Pubsänger, der Hurling-Spieler, der größte Stout-Trinker, der je auf dem Boden Donegals geboren wurde. Man hatte Angst vor ihm. Auf der Straße gefürchtet, im Pub ignoriert, in seiner Ecke zwischen Dartscheibe und Männertoilette der Gleichgültigkeit überlassen. Ein Dreckskerl, ein Mann ohne Bedeutung.

*

Er starb mit den Taschen voller Steine. So haben wir erfahren, dass er sich das Leben nehmen wollte. Das war im Dezember 1940. Da legte Pat Meehan eines Morgens unter dem Schweigen meiner Mutter seinen Sonntagsstaat an. Ging aus dem Haus und nahm seinen Platz im »Mullin's« ein. Trank viel, wie jeden Tag. Die Gläser sollten nicht abgeräumt, sondern an der Tischkante gestapelt werden, um zu demonstrieren, wozu er imstande war. Er trank allein, las nicht, sprach mit niemandem. In dieser Nacht haben wir auf ihn gewartet.

Im Morgengrauen hüllte sich meine Mutter in ihr Wolltuch, um Baby Sara zu schützen, die in ihrem Bauch schlief. Und suchte in dem verlassenen Dorf nach ihrem Mann. Ich ging in den Pub. Der Kellner rollte mit der Hand Bierfässer über den Bürgersteig. Mein Vater hatte die Kneipe um ein Uhr verlassen. Als einer der Letzten. Kurz bevor sie geschlossen wurde, war er zwischen den Tischen umhergeirrt und hatte nach einem Blick gesucht. Aber keinen gefunden. Der Wirt hatte ihm mit dem Kinn die Tür gewiesen. Draußen bog er nach links ab. Richtung Hafen. Streifte im Gehen an den Mauern seines Dorfs entlang. Zwei Zeugen hatten gesehen, wie er sich in der Nähe des Steinbruchs bückte und etwas vom Straßenrand aufhob. Es war sehr kalt. Man fand ihn am frühen Morgen am Ausgang des Dorfs, auf dem Weg zum Meer. Grau auf der gefrorenen Erde liegend, Eis statt Blut in den Adern. Den linken Arm erhoben, die Faust geballt, als hätte er mit einem Engel gekämpft. Die Polizei glaubte erst an einen Zufallstod. Betrunken hingefallen, nicht mehr hochgekommen und beim Warten auf den Morgen eingeschlafen. Erst als sie ihn umdrehten, begriffen die Männer von der *Garda Síochána*, dass mein Vater auf dem Weg in den Tod gestorben war. Überall Steine. In den Taschen seiner Hose, seiner Weste, seiner Jacke, seines blauen Wollmantels. Sogar in seiner Mütze. Nachts am Steinbruch hatte er Felsbrocken gesammelt. Und während er seinem Ende entgegenging, hatte sein Herz aufgegeben. Er wollte sterben wie die Bauern hier. Ins Meer gehen, bis es ihn mitnahm. In den Taschen ein bisschen von seinem Land. Beladen mit seiner Erde, ohne Worte, ohne Tränen. Nur Wind, Wellen und das Licht der Toten. Patraig Meehan wollte ein legendäres Ende. Das meines Vaters war kläglich, das Gesicht vom Eis zerschrammt und die Steine umsonst.

2

Nach dem Tod meines Vaters wandten sich die Blicke von uns ab. Elend war ansteckend. Uns vorbeigehen zu sehen brachte Unglück. Wir waren keine Familie mehr, nur noch ein blasses Häuflein. Ein klägliches Rudel, angeführt von einer Wölfin am Rande des Wahnsinns. Wir gingen hintereinander her und hielten uns jeder am Mantel des anderen fest. Drei Monate lebten wir von der christlichen Nächstenliebe. Halfen für Kohl und Kartoffeln im Kloster. Róisín und Mary schrubbten auf Knien die Flure. Séanna, Klein-Kevin und ich putzten Dutzende Fenster. Áine, Brian und Niall halfen im Refektorium, meine Mutter saß auf einer Bank im Flur, Baby Sara unter dem Wolltuch an ihrer Brust vergraben. Ich war nicht unglücklich. Nicht traurig, nicht neidisch. Wir lebten von dem bisschen. Abends lieferten sich meine Brüder und ich Faustkämpfe mit der Bande von Timy Gormley, der sich »König der Kais« nannte. Ein Dutzend Jungs. Zerrissen, geflickt, grindig und voller Wut wie wir, aber hart wie Lebkuchen und erstaunt, wenn sie sich blutige Nasen holten. Sie nannten uns die »Meehan-Gang«. Father Donoghue schlug mit Nussbaumästen auf uns ein, um uns zu trennen. Er duldete kein Lachen in den Gewölben des Klosters und noch weniger unsere nächtlichen Spiele.

Im Winter 40 gingen Séanna und ich Torf stechen. Zwei Monate lang, jeden Tag. Im Frühling und zu Allerheiligen hatten wir dort schon immer ausgeholfen, mit dem Spaten Stücke aus dem Moor gebrochen und die Maultiere beladen, aber es war das erste Mal, dass wir im Frost arbeiteten. Der Bauer brauchte Arbeitskräfte, um die Ernte einzubringen. Sonst hatte uns der Schlamm die Schuhe ausgezogen, jetzt wurden sie durch die Nässe und den Reif steif wie Pappe. Um die zwanzig Kinder standen in den Gräben. Der Bauer nannte uns seine »Saisonarbeiter«. Das klang hübscher als Waisenkinder. Wir froren und schlotterten, die gestapelten Torfsoden lagen schwer wie tote Kameraden in unseren Armen. Dafür bekamen wir Torf, Speck und Milch. Kein Geld. Geld sei nur was für Männer, wir müssten ja weder trinken noch rauchen.

Joseph »Joshe« Byrne war der Wackerste unter uns und der Jüngste, knapp sechs. Neun Stunden täglich stapelte er die gefrorenen Ziegel und beschwerte am Ende die schützende Plane. Und sang dabei. Er schenkte uns den Himmel. Seine Stimme machte uns zu Seefahrern und ließ unsere Hände, die in der Erde gruben, fliegen, als setzten wir Segel. Er sang im Takt, mit verschränkten Armen, bei Regen und Wind, auf Irisch und Englisch. Er sang und stampfte dabei mit dem Fuß auf die Erde. Da er noch nicht lesen und schreiben konnte, kam er mit den Texten manchmal durcheinander. Er erfand Wörter und Reime und brachte uns zum Lachen.

Sein Vater war weg, seine Mutter tot. Joshe, der einzige Junge der Familie, wurde von seinen Schwestern großgezogen, wuchs zwischen erdbeschmierten Röcken und fettigen

Schürzen auf. Er wollte entweder Soldat oder Priester werden, etwas, was den Menschen nützte. Da er zart war und Brillenträger, kam also nur Priester in Frage.

Wenn er nicht sang, betete er am Rand eines Grabens für uns – wie am Rand eines Grabes. Morgens, bevor wir den Spaten in die Hände nahmen, lauschten wir kniend. Abends, beim Angelusläuten von Saint Brigid, sagte er das Ave-Maria auf und schaute böse, wenn unsere Lippen geschlossen blieben. Father Donoghue mochte ihn. Nannte ihn »den Engel«. Joshe war sein Chorknabe. Alle hatten vor ihm Respekt, trotz seines zarten Alters, seines hässlichen Gesichts, seiner Kreidehaut, seines Rosshaars, seiner schielenden Augen und riesigen Ohren. Manche Frauen meinten, sein Körper sei von einem Geist besessen. Mama hielt ihn für einen *leprechaun*, einen Elf, einen Kobold aus unseren Wäldern. Tim Gormley schwor, Gott habe ihn mit seinem Aussehen geschlagen, um ihn zu einem Märtyrer zu machen.

»Das wäre schade!«, erwiderte Joshe sanft. »Hoffentlich nicht.«

Und Gormley stand da mit seiner Bosheit, im Kreise seiner Hyänenbrüder, und wusste nicht genau, was er damit anfangen sollte.

Wegen der Gormleys haben wir Irland verlassen. Ihre Grausamkeit brachte das Fass zum Überlaufen. Im Februar hatten Timy und Brian Klein-Kevin auf dem Weg vom Pfarrhaus abgepasst und in die Enge getrieben. Er hatte gerade Milch vom Bauern geholt. Er schwang seine Kanne und spuckte. Das machte er immer. Wenn er Angst hatte, wenn er wütend war oder ihn jemand in seinem Schweigen störte, sträubte er sich wie eine Katze. Die roten Haare vor den Augen, die Lippen über den schwarzen Zähnen hochgezogen, das Kinn vollgesabbert, spuckte er. Diesmal wichen die Gormleys nicht zurück. Timy schlug ihm mit einem Hurling-Schläger auf die Beine, Brian ihm mit der geballten Faust aufs Ohr. Klein-Kevin verbeulte die Aluminiumkanne an der Mauer und spuckte nach den Schatten. Als er nach Hause kam, hinkte er und weinte, den Henkel der Kanne, die auf den Bürgersteig gefallen war, in der Hand. Niemand schimpfte. Meine Mutter schaute aus dem Fenster. Aus Angst, dass die Bande ihn verfolgte. Séanna und ich stürzten hinaus, mit einem Geschmack von Milch und Blut im Mund. Klein-Kevin war voller Urin. Die Schweine hatten auf ihn gepisst. Wir rannten durchs Dorf und riefen Timy Gormley bei seinem verfluchten Namen. Séanna warf einen Stein in die Auslage des Krämerladens, in dem Timys Mutter arbeitete. Wir brachten niemanden um. Wir gaben auf. Und gingen nach Hause.

Meine Mutter erwartete uns an der Tür. Sie hatte ihr Wolltuch um und die Einladung ihres Bruders Lawrence Finnegan angenommen. Wir könnten nicht länger in Killybegs leben, inmitten von Demütigung, Moder und Prügeleien. Sie wollte weg, wir folgten. Verließen unser Irland, unser Vaterland. Wechselten auf die andere Seite, über die Grenze zum Krieg.

»Solange ich lebe, werden meine Kinder keine britische Flagge sehen«, hatte mein Vater, vom Bier beflügelt, behauptet.

Nun war er tot. Und seine Worte waren mit ihm gestorben.

Mama beschloss, das Haus meines Vaters zu verkaufen. Wochenlang steckte das gelbblaue Schild im Kies davor. Aber keinen interessierte unser trauriger Haufen Steine. Das Haus war viel zu klein, viel zu weit weg von allem. Außerdem geisterte der Tod darin herum, das Elend und das Leid der Witwe mit dem Rosenkranz, die mit Jesus umsprang wie mit ihrem Mann.

Eines Morgens, sehr früh, kam Onkel Lawrence mit seinem Schornsteinfegerwagen. Das war am 15. April 1941, zwei Tage nach Ostern. Meine Mutter hatte gesagt, wir würden am nächsten Tag in Belfast zur Messe gehen.

Belfast. Ich fürchtete mich vor der großen Stadt, dem anderen Land. Lawrence war wie Mama, nur mit rauer Stimme, die meistens schwieg, und härterem Blick. Er sagte selten etwas, fluchte nie, sang nicht. Seine Lippen waren für ihn die Schwelle zum Gebet.

Er zählte meine Geschwister auf, wie man bei uns einem Käufer aus der Stadt die Namen der Schafe sagt. Das Wetter war gut. Das heißt, es gab keinen Regen, nicht einmal drohende Wolken. Der Seewind fuhr stoßweise ins Haus. Wir nahmen fast nichts mit. Nicht den Tisch, nicht die Bank, nicht den Küchenschrank. Immerhin die Suppenschüssel aus Galway, ein Geschenk meiner Großmutter an ihre Tochter. Die Matratzen lagen auf einem Stapel unter der Plane. Séanna, meine Mutter und Baby Sara saßen neben Lawrence, der Rest von uns drängte und zankte sich hinten. Ich erinnere mich an eine seltsame Szene, in der sich Komik und Zermürbung mischten: Mama weinte. Sie hatte die Haustür geschlossen und mit dem Fuß dagegengetreten. Dann bat sie ihren Bruder, einen Umweg zu machen, damit sie sich von ihrem Mann verabschieden könne.

Wir fuhren durch das Dorf. Eine Frau bekreuzigte sich, als wir vorüberkamen. Viele andere gingen einfach weiter. Wir hatten keine Feinde, keine Freunde, keinen, der uns nachtrauerte oder uns verfluchte. Wir verließen unsere Heimat, und ihr war es egal.

Vor dem Friedhof ließ mein Onkel die Ladeklappe herunter. Wir gingen alle gemeinsam zum Grab, außer Baby Sara, die wir schlafen ließen, und Lawrence, der am Lenkrad sitzen blieb. Vor dem Kreuz hieß Mama uns niederknien. Dann sagte sie zu meinem Vater, dass er an alldem schuld sei. Dass wir nie mehr ein Dach über dem Kopf haben würden und nie mehr etwas zu essen. Dass sie krank werden würde und wir einer nach dem anderen von deutschen Bomben oder englischen Bajonetten zerrissen. Dass sie so viel Kummer und wir so hohle Wangen und schwarz umringte Augen hätten.

»Sehen Sie das, ja?«, rief sie eine Dame als Zeugin an, die den Kies auf dem Grab ihres Mannes glatt rechte. »Haben Sie sie gezählt? Es sind neun! Neun! Ich bin allein mit neun Kindern, und keiner da, der mir hilft!«

Die Dame warf einen Blick auf unser Trüppchen und nickte schweigend. Ich erinnere mich an diese Szene, weil eine Möwe gelacht hat. Sie schwebte über unseren Köpfen im Wind und lachte uns aus.

*

Ich hatte noch nie eine englische Uniform gesehen außer durch die hasserfüllten Augen meines Vaters. Wie viele Soldaten er nach seinen Worten am Schlafittchen gehabt hatte!

Wenn man ihm so zuhörte, hatte die halbe Armee des Königs unser Land mit seinem Schuhabdruck am Hintern verlassen.

An der Grenze zu Nordirland ließen die Briten uns alle aussteigen. Noch konnte ich die Ulster Defence Volunteers, die Royal Irish Constabulary und die »B-Specials«, die bei meinem Volk besonders verhassten Sondereinheiten der Polizei, nicht auseinanderhalten. Lawrence sagte kein Wort. Meine Mutter auch nicht. Als wäre es einem Meehan oder Finnegan per Geheimbefehl verboten, mit solchen Menschen zu sprechen. Sie trugen Schirmmützen und Kommissstiefel, über denen sich ihre Hosen ringelten. Der, der uns durchsuchte, hatte den Kragenknopf geschlossen, eine flache Mütze auf dem Kopf, eine Tasche über der Brust, ein Gewehr auf dem Rücken und das Bajonett, das Mama so fürchtete. Zum zweiten Mal in meinem Leben sah ich eine britische Fahne.

Das erste Mal war am 12. Juni 1930 im Hafen von Killybegs gewesen. Die »Go Ahead«, ein englischer Dampftrawler, hatte wegen einer Havarie dort festgemacht. Sie hatte zwei Masten, dunkelrote Segel, und ihr Schornstein spuckte schwarzen Rauch. Kaum eine Stunde später stand das ganze Dorf am Pier. Ich war fünf. Séanna hielt mich an der Hand, mein Vater war auch da. Während die Seeleute die Stelling anbrachten, sollte ich das Kennzeichen vorlesen, das weiß ans Heck des Schiffes gemalt war. Ich war ganz stolz, dass ich die Ziffern erkannte. LT 534 – die Nummer habe ich lange behalten, weil ich sie gleich für Mama aufschrieb, als wir wieder zu Hause waren. Zwei Hafenpolizisten gingen an Bord, eine irische Fahne in der Hand, denn die Gastlandflagge, die der Kapitän gesetzt hatte, war beschmutzt und zerrissen. Killybegs schenkte ihnen eine ganz neue. Sie wurde steuerbords gehisst, am vorderen Mast. Die Polizisten salutierten beim Aufziehen. Die Menge applaudierte laut. Die Fischer rauchten schweigend, an die Reling gelehnt. Ihre riesige Flagge schlummerte hinten, von unserem Wind um den Mast gewickelt.

Einmal hat mein Vater zur Feier des Osteraufstands von 1916 gemeinsam mit seinen Kumpels einen Union Jack auf unserem Dorfplatz abgefackelt. Zu Ehren von James Connolly, Patrick Pearse und allen anderen, die damals erschossen wurden, hatten sie sich vor dem »Mullin's« versammelt. Es hatte aufgehört zu regnen. Mein Vater stand auf einem Bierfass, die Stirn gerunzelt, die Arme nach Art eines Redners erhoben, und hielt eine Ansprache. Er erinnerte an das Opfer unserer Patrioten und bat um eine Schweigeminute. Danach trat einer aus der Menge und zog aus seiner Jacke eine britische Fahne, die mein Vater mit seinem Feuerzeug anzündete. Es war keine richtige Flagge. Nicht in England für Engländer gemacht. Nur irgendwie auf die Rückseite eines weißen Hemdes gepinselt. Die Farbe war verwischt und über die Kreuze hinausgelaufen, aber man erkannte sie trotzdem. Als sie Feuer fing, begannen die Leute zu klatschen. Ich war auch da. Sehr stolz. Und klatschte wie die anderen. Wir waren ungefähr fünfzig. Zwei irische Polizisten überwachten die Versammlung.

»Scheiße! Lass das, Pat Meehan! Nicht ihre Drecksfahne!«, rief der ältere, als mein Vater die Flamme dranhielt.

»Die Stadt kriegt noch Ärger!«, sekundierte der andere.

Irland war seit fünfzehn Jahren ein freier Staat, aber die Leute glaubten immer noch, dass die britische Armee die Grenze überschreiten würde, um sich zu rächen.

Die zwei Polizisten liefen über den Platz. Mein Vater und seine Kumpels brüllten: »Auf die Verräter!« Sie waren bereit, sich zu schlagen, um das Feuer zu beschützen. Die Frauen schrien und pressten ihre Kinder an sich. Dann hatte Cathy Malone eine schöne Idee. Sie legte ihr Tuch ab, hob die Stirn, schloss die Augen und stimmte das »Soldatenlied« an, die Fäuste an ihr Kleid gepresst. Papa und die anderen alten Soldaten nahmen ihre Mützen ab und standen Habtacht. Die Polizisten erstarrten. Von den ersten Tönen in ihrem Lauf gestoppt, standen sie stramm, als hätten sie eine Trillerpfeife gehört. So verharrten sie Seite an Seite, rückten mit den Daumen die Koppel zurecht und hoben die Hand zum Mützenschirm. Sonst war nichts mehr zu hören. Nur unsere Hymne, unser kristalliner Stolz und Cathy Malone, die Tränen in Strömen vergoss. Die Fahne war auf die feuchte Straße gefallen und brannte dort weiter, weil eine Handvoll Patrioten, ein paar Frauen im Wolltuch, ein Dutzend Kinder mit zerschundenen Knien und zwei irische Polizisten in Uniform den Feind herausgefordert hatten. Bei all den gigantischen Memorials und grandiosen Feiern, die ich noch erleben sollte, habe ich nie wieder die schlichte Schönheit und Freude dieses Augenblicks gespürt.

Die Fahne an der Grenze war sehr klein und schäbig. Sie hing auf Halbmast wie Wäsche zum Trocknen. Doch diesmal war es die echte. Und es waren echte Briten. Ich hatte den Eindruck, dass sie besser angezogen waren als unsere Soldaten. Vielleicht, weil sie mir Angst machten. Mama hatte uns eingeschärft, den Blick zu senken, wenn wir mit ihnen sprachen, aber ich sah ihnen ins Gesicht.

»Kommst du, um gegen die Jerrys zu kämpfen?«, fragte der Soldat, der mich durchsuchte.

»Gegen wen?«

Der Typ sah mich komisch an. Er hatte den gleichen Akzent wie Lawrence. Ein Nordire in britischer Uniform. Auf seiner Jacke war ein Abzeichen, eine Harfe unter einer Krone.

»Die Jerrys, die Krauts, den Fritz, wach mal auf, Kleiner!«

»Die Deutschen«, soufflierte mein Onkel.

Der Typ tastete mich am Rücken ab, zwischen den Schenkeln, unter den waagrecht ausgestreckten Armen.

»Weißt du nicht, dass wir im Krieg sind?«

»Doch, das weiß ich.«

Er öffnete meine Tasche und wühlte darin herum, als wäre es seine.

»Nein, du weißt gar nichts, Ire. Überhaupt nichts!«, rief der Soldat, der den Lastwagen durchsuchte.

Der war echt. Ein Engländer aus England. Mein Vater hatte oft ihre Art zu reden nachgemacht, mit der Oberlippe an den Zähnen und der lächerlichen Aussprache der Radioansager.

»Schau mir nicht in die Augen, Ire! Los, dreh dich um! Dreht euch alle um, Hände nach oben und Fresse an die Plane!«

Mein Onkel schnappte mich und drehte mich um. Wir hatten alle die Hände erhoben.

»Das ist doch euer Trick, uns in den Rücken zu schießen, oder?«

Ich spürte ihn hinter mir.

»Du hast doch auch Beifall geklatscht, als die IRA-Schweine uns letztes Jahr den Krieg erklärt haben?«

Ich wollte nicht antworten.

»Weißt du, dass sie in Kinos Bomben legen, in London, in Manchester? In Postämtern? In Bahnhöfen? In der U-Bahn? Hast du davon schon gehört? Was hältst du davon, Ire?«

»Er ist doch erst sechzehn«, warf meine Mutter ein.

»Maul halten! Ich rede mit dem Rotzlöffel!«

»Hör auf damit«, murmelte der andere Soldat ruhig.

Er hieß mich umdrehen und die Arme senken. Gab mir die durchwühlte Tasche zurück.

»Willst du uns helfen, den Krieg zu gewinnen, hä, Rotzlöffel?«

Ich schaute auf seine dreckigen Schuhe. Und dachte ganz fest an meinen Vater.

»Sonst habt ihr hier nämlich nichts verloren.«

Ich sah wieder hoch.

»Verräter werden bei uns aufgeknüpft. Wir haben mit Hitler genug zu tun, klar?« Er wurde immer lauter. »Okay, ihr hört jetzt mal zu. Ihr betretet das Vereinigte Königreich. Hier gibt's keinen De Valera, keine Neutralität, den ganzen Papistenquatsch. Und wenn euch das nicht passt, könnt ihr gleich wieder gehen!«

Mein Blick traf den von Lawrence. Stumm, die Stirn an der Plane, die Hände noch immer erhoben, bedeutete er mir zu schweigen.

Also senkte ich den Kopf, wie er, wie Mama, wie meine Brüder und Schwestern. Wie alle am Seitenstreifen wartenden Iren.

Mein Onkel lebte in der Nähe von Cliftonville im Norden von Belfast. Ein katholisches Ghetto, eine nationalistische Bastion, eingekreist von protestantischen, der britischen Krone gegenüber loyalen Vierteln. Er war Witwer, kinderlos und besaß zwei Häuser nebeneinander mit einem gemeinsamen Hof. Das erste war seine Schornsteinfegerwerkstatt, im anderen wohnte er. Ich hatte noch nie so gerade Straßen gesehen, solche Aneinanderreihungen von Backsteinmauern, düster, rechtwinkelig, endlos. Jeder Familie ihr Kaninchenstall. Alle strikt gleich. Eine Eingangstür, zwei Fenster im Erdgeschoss, zwei im ersten Stock, ein Schieferdach und ein hoher Schornstein. Nichts Buntes, keine Fassaden in knalligem Grün, Gelb oder Blau wie bei uns, überall das schmutzige, schwärzliche Rot der Belfaster Ziegel. Nur die Vorhänge lächelten ein wenig. Sogar die betenden Jungfrauen in den Fenstern waren überall gleich, blau-weiß und aus Gips, von Hanlon's Gemüsehandel.

Wir wohnten in der Sandy Street 19. Meine Mutter zog mit Róisín, Mary, Áine und Baby Sara in eines der oberen Zimmer. Klein-Kevin, Brian und Niall nahmen das andere mit dem Fenster zum Hof. Séanna und ich legten unsere Matratze ins Wohnzimmer im Erdgeschoss. Lachend rannten wir die schmale Treppe hinauf und hinunter, nahmen das Haus in Besitz. In der Küche fehlte eine Fensterscheibe, die durch eine Holzplatte ersetzt wurde. Alles war feucht, die Tapete löste sich von den Wänden, der Kamin zog schlecht, aber wir hatten ein Dach über dem Kopf.

Für unseren ersten Abend in Belfast hatte Lawrence Lammragout mit Kohl gekocht. Er würde von nun an in seiner Werkstatt wohnen, aber unsere Schlüssel behalten. In Belfast versperrt man die Haustür. Wir setzten uns auf den Boden, die Teller auf den Knien. Ich hatte Hunger. Mein Onkel sprach sein eigenes Tischgebet:

»Lieber Gott, lass unsere Teller und Becher immer voll sein. Lass das Dach über unserem Kopf immer fest genug sein. Und hole uns eine halbe Stunde, bevor der Teufel von unserem Tod erfährt, ins Paradies. Amen.«

Mama verdrehte die Augen. Sie mochte es nicht, wenn man über den Teufel Witze machte. Wir bekreuzigten uns. Ich liebte diesen Mann auf der Stelle. Er schnitt das Brot und verteilte es anständig.

»Bedankt euch bei Onkel Lawrence!«, sagte meine Mutter, als sie die Teller abräumte.

»Danke, Onkel Lawrence!«

Er gab keine Antwort. Er gab selten Antwort. Klein-Kevin hat ihn einmal gefragt, ob sein Mund zugeklebt sei. Da hat er gelächelt, glaube ich.

Séanna wollte hinaus, Mama verlangte aber, dass er vor dem Haus bleibe. Ich ging mit. Es war beinahe warm und regnete so gut wie gar nicht. Die ganze Straße entlang lehnten Männergrüppchen an den Mauern und unterhielten sich. Alle redeten sich mit Vornamen an. Wie bei uns im Dorf.

Ich war gerade sechzehn geworden. An diesem Abend, dem ersten meines neuen Lebens, in einem Irland, das noch nicht meins war, lernte ich Sheila Costello kennen. Sie war vierzehn, wohnte im linken Nachbarhaus und kam gerade die Straße entlang. Groß, kurze schwarze Haare, seegrüne Augen und dieses Lächeln. Für ein bisschen Geld würde meine Schwester Mary bald ihre Schwester hüten, wenn ihre Eltern abends im Pub waren. Ein paar Tage später, an einem Sonntag, küsste ich Sheila im Dunkeln, gleich nach dem Angelusläuten. Sie beugte sich ein wenig herunter, bis unsere Lippen sich trafen. Ein Kuss sei nichts, sagte sie, aber man dürfe das nicht wiederholen oder gar weitergehen. Sie nannte mich *weeman*, »kleiner Mann«. So wurde sie meine Frau.

*

»Weißt du nicht, dass wir im Krieg sind?«, hatte mich der Engländer gefragt.

An diesem Abend, dem 15. April 1941, wurde es uns bewusst.

Wir waren gerade schlafen gegangen. Hinter meinen geschlossenen Lidern Bilder von Sheila. Sie hatte meinen Akzent »bäurisch« genannt. Ich würde mich bemühen, ihren nachzuahmen. Rücken an Rücken mit Séanna, dessen kaltes Bein ich wegstieß, versank ich in meiner Nacht. Plötzlich erbebte alles. Ein unmenschlicher Krach, dröhnender Stahl, schepperndes Blech, sehr niedrig, ganz nah über den Häusern.

»Scheiße, Flieger!«, rief mein Bruder.

Er sprang auf, schaute zur Decke. Schaltete das Licht an. Sirenengeheul. Tumult im Treppenhaus. Ein verschrecktes Häuflein. Mama ganz grau, Baby Sara weinend, meine Schwestern mit ihren nächtlichen Gesichtern. Klein-Kevin mit offenem Mund, Niall mit irrem Blick. Onkel Lawrence kam herein und sagte, wir sollten uns schnell anziehen. Die erste Bombe warf Brian um. Nur der Krach. Er fiel auf den Rücken und knallte mit dem Kopf auf den Boden, die Augen verdreht. Lawrence nahm ihn in die Arme. Er sprach laut und schnell. Wir hätten nichts zu befürchten. Die deutschen Flieger seien schon öfter gekommen, aber sie bombardierten nicht unsere Viertel, sondern griffen die Innenstadt an, den Hafen, den Bahnhof, die Kasernen, die Reichen, nicht die Armen.

»Nicht die Armen! Tötet nicht die Armen!«, flehte meine Mutter, als sie auf die Straße trat.

Wir hatten wieder unsere klägliche Raupe gebildet, jeder an ein Stück Kleidung des anderen geklammert. Lawrence eröffnete den Marsch. Familien tauchten auf, ließen die Türen offen stehen. Angst im Blick. Es war fast Mitternacht, Vollmond, der lichte Himmel hatte die Stadt entblößt. Die Flugzeuge waren da, über uns, unter uns, in uns, überall, sie dröhnten in unserem Bauch. Wir trauten uns nicht, aufzuschauen. Senkten den Kopf aus Angst, dass ihre Flügel uns streiften. In der Ferne brannte die Stadt, aber keines von unseren Häusern.

»Mein Gott, verschone uns!«, weinte Mama, Wange an Wange mit Baby Sara.

Am Ende der Straße gab es eine Riesenexplosion, weiße Garben schossen aus der Kapelle, in die wir uns flüchten wollten. Der Lärm des Krieges. Der echte, der sprachlos macht. Das Gewitter der Menschen. Brutal zu Boden geschleudert entlang der Häusermauern, über- und untereinander sitzend, liegend, schreiend. Manche starben vor Entsetzen im Stehen. Andere fielen kraftlos zu Boden.

Wir bildeten einen Kreis der Angst, mit dem Rücken zur Gefahr. Lawrence hatte sich hingekniet. Mama und die Jüngsten in der Mitte. Séanna, Róisín, Mary, mein Onkel und ich schützten sie. Kopf an Kopf, mit geschlossenen Augen, die Arme umeinandergelegt.

»Schaut nicht in die Blitze, davon wird man blind!«, schrie eine Frau.

Wir beteten ein Ave-Maria nach dem anderen, immer schneller, verstümmelten die Worte. Wir taten Buße. Mama hatte aufgehört zu beten, den vertrauten Frieden verlassen. Den Rosenkranz wie ein Perlenarmband um die Handgelenke gewickelt, schrie sie zu Maria, wie man gegen den Tod anschreit. Rief sie zu Hilfe in dieser Hölle.

Wir schafften es nicht mehr bis zur Fabrik O'Neill mit ihrem riesigen Keller. Wir blieben da, bis der Krieg nachließ. Bis die Flugzeuge abdrehten und hinter den schwarzen Bergen verschwanden. Dann gingen wir durch den Schutt zurück. Unsere Straße war heil geblieben. Doch gleich dahinter brannten Häuser. Der gesamte Norden der Stadt war zermalmt.

»Die Protestanten haben gekriegt, was sie verdienen!«, knurrte ein Typ, der den rot-schwarzen Himmel über der York Street betrachtete.

»Glaubst du, die Jerrys sind besser?«, fragte eine Nachbarin.

Der Typ starrte sie zornig an.

»Was schlecht ist für die Brits, ist gut für uns!«

Es war vier Uhr. Alles stank beißend nach Rauch. Mit Hilfe der Jungfrau Maria brachte Mama ihre Kleinen zu Bett. Sie sprach mit ihr, dankte ihr leise. Das Gesicht meiner Mutter. Erschreckend verweint, rotzbefleckt, speichelverschmiert. Die Haare hingen ihr in die Augen. Sie flehte zur Jungfrau Maria. Sie dürfe ihren Blick nicht mehr von unserer Familie wenden. Sie müsse immer da sein, immer. Ja? Versprochen? Versprich es mir, Maria! Versprich es mir!

Lawrence nahm seine zitternde Schwester bei den Schultern und barg sie an seiner Brust.

Am Morgen ging ich mit Séanna und meinem Onkel zum ersten Mal in meinem Leben durch Belfast. Mit der Stille war es vorbei, die Stadt lag im Chaos. Überall klirrte Glas, kreischte beiseitegestoßener Stahl, knirschten übereinanderliegende Trümmer. Zwischen den Blocks stolperten wir über Haufen von Ziegelsteinen und Holz, das aus Dachstühlen gerissen worden war. Bretter hingen zwischen Strommasten und den Oberleitungen der Straßenbahn und versperrten die Straßen. Überall Staub nach dem Drama. Weißer und grauer Rauch, Brandnester unter dem Schutt. Tiefe, mit schmutzigem Wasser gefüllte Bombenkrater auf leeren Grundstücken. Vor uns ein Wagen, halb von der Straße verschlungen. Menschen irrten durch die Stadt mit schwarzen Händen, rußigen Gesichtern, Hosen und Mänteln voller Asche. Andere standen an Kreuzungen, jeder für sich allein, ohne etwas zu sagen, mit verheertem Blick. Kaum Frauen. Klappernde Pferdehufe, ein Handkarren. Einige holperten auf Fahrrädern durch die Löcher in den Bürgersteigen. Vor einem Haus ohne Fassade standen Studenten mit Schaufeln in der Hand. Vier von ihnen, im Laborkittel, hoben einen Verwundeten auf.

Und dann, ein paar Meter weiter, sah ich meine erste Leiche. Die Trage stand auf dem Bürgersteig, ein Arm ragte unter der Decke hervor. Es war der Arm einer Frau, ihr Nachthemd war mit der Haut verschweißt. Séanna hielt mir die Augen zu. Ich wehrte mich.

»Lass ihn doch schauen!«, sagte mein Onkel.

Ich stieß meinen Bruder weg. Und schaute. Ein Frauenarm mit manikürten Händen, vom Ellbogen bis zum Handgelenk hing die Haut herunter wie ein abgerissener Ärmel.

Wir gingen ganz nah vorbei. Die Umrisse eines Kopfes unter dem Stoff, die Brust – und dann nichts mehr. Keine Beine. Ab Taillenhöhe lag die Decke flach auf. Ein Zeitungsjunge verkaufte den »Belfast Telegraph« auf der Straße. Hunderte Tote, tausend Verletzte!, schrie er. Ich hatte einen Arm gesehen. Und nicht geweint. Und getan, was alle Vorübergehenden taten: mir mit Zeige- und Mittelfinger an die Stirn getippt, dann an die Brust und an die linke und die rechte Schulter. Im Namen des Vaters und aller anderen. Ich hatte beschlossen, kein Kind mehr zu sein.

Jennymount Street, ein Mann saß auf einem Holzstuhl und spielte Klavier. Das Instrument war vor der Feuersbrunst gerettet und aus dem Haus gezogen worden, jetzt stand es in seiner Hülle aus Asche und Splittern auf der Straße. Ein paar Kinder hatten sich genähert. Und ihre Mütter. Und Soldaten.

»Ich bin schuldig, schuldig, dich zu lieben und von dir zu träumen …«

Das Lied kannte ich. Ich hatte es oft im irischen Radio gehört. »Guilty«, eine Liebesgeschichte.

Der Sänger zog Grimassen. Warf Blicke. Imitierte Al Bowlly, den Liebling aller Frauen von Killybegs.

»Schade, dass er kein Ire ist«, hatte meine Mutter einmal gesagt.

»Gott sei Dank«, hatte mein Vater erwidert. Und am Senderknopf des Radios auf dem Tresen des »Mullin's« gedreht. Es war ein Spiel zwischen ihnen. Er wäre gern zum Sängerwettstreit gegen den Engländer angetreten. Reibeisenrau gegen honigsüß.

»Kastratenstimme«, ätzte Patraig Meehan.

Er hatte unrecht und wusste es. Aber nichts Britisches durfte an unsere Ohren dringen. Weder Befehl noch Lied.

Am 17. April, zwei Tage nach Belfast, wurde London bombardiert. Al Bowlly erwischte es zu Hause, eine explodierende Fallschirm-Mine sprengte ihn in die Luft. In der Woche darauf spielte die BBC seine Ballade als Trauerhymne.

Vor einer Hausruine in der Crumlin Road standen ein paar Feuerwehrleute in einer Menschenmenge. Ohne feuersichere Schuhe, die Mäntel vom Löschwasser aufgeweicht.

»Das sind Iren aus Irland!«, schrie einer.

Der Hauptmann erteilte knappe Befehle. Und ich erkannte den Klang meines Landes. Der Wagen der Dublin Fire Brigade. Iren! Dreizehn Feuerwehrbrigaden hatten morgens die Grenze überquert. Selbst aus Dundalk und Drogheda waren welche gekommen. Anwohner boten ihnen Kaffee und Brot an. Iren! Ich ging zu ihnen hin. Alle sollten wissen, dass sie und ich aus demselben Land waren. Jedem, der sich unter die Gruppe mischte, verkündete ich die große Neuigkeit. Iren waren gekommen, um zu helfen. Ich musste an den Grenzsoldaten mit dem blonden Schnauzbart denken.

»Kommst du, um gegen die Jerrys zu kämpfen?«

Und wie!

Eine alte Frau trat mit erhobenen Armen, wie eine Gefangene, aus den Trümmern ihres Hauses. Sie hielt den Dubliner Akzent für Deutsch. Sie war verrückt, voll Ruß und Gips. Als man ihr das irische Feuerwehrauto zeigte, setzte sie sich auf den Bürgersteig und schüttelte den Kopf, überzeugt, der Bombensturm habe sie ans andere Ende des Landes verweht.

Der Auflauf dehnte sich auf die Straße aus. Soldaten zerstreuten ihn. Sie stießen den Journalisten vom »Belfast Telegraph« zurück und konfiszierten seine Fotos. Lawrence erklärte mir alles. Irland war neutral, jedes Eingreifen auf Seiten einer Krieg führenden Partei, und sei es nur zum Feuerlöschen, könnte die irische Regierung in Bedrängnis bringen. Also kehrten unsere Feuerwehrleute noch am selben Tag über die Grenze zurück.

Wir verfielen von Trauer in Zorn. Ich lauschte der zerstörten Stadt. Satzfetzen. »Ich habe nie gern Fenster geputzt. Jetzt brauche ich es nicht mehr«, hatte ein Händler auf seine zerbrochene Auslagenscheibe geschrieben. An der Ecke Victoria / Ann Street stand ein Mann auf einem Haufen Mauersteine und schrie, Nordirland werde nicht geschützt. Jede englische Stadt dagegen hätte Bombenkeller, eine Luftabwehr, Truppen und eine richtige Feuerwehr.

»Wisst ihr, wie viele Luftabwehrgeschütze wir haben, wisst ihr das?«, brüllte er.

Er wartete auf Antwort, aber viele gingen einfach weiter, weil sie es peinlich fanden.

»Zwanzig vielleicht in ganz Ulster. Und Luftschutzkeller? Vier! Aber nur, wenn man die öffentlichen Toiletten in der Victoria Street mitrechnet. Und Scheinwerfer? Wie viele Lichtbündel, um Flugzeuge auszumachen? Wie viele, na? Ein Dutzend. Heute Nacht waren mehr als zweihundert Bomber über uns. Die besten, die die Krauts haben. Junker! Dornier! Und was haben wir?«

»Scheißpapist«, schimpfte einer und ging vorüber, ohne sich umzudrehen.

Der Redner zeigte ihm seine Faust.

»Trottel! Ich bin ein loyaler Protestant! Brite wie du! Mitglied des Oranier-Ordens von Coleraine, du hast mir gar nichts zu sagen!«

Dann stieg er herunter von seinem Bruchsteinhaufen. Schlug seinen Jackenkragen hoch, setzte seinen weichen Hut wieder auf und murmelte noch einmal: »Trottel!«

Ein Protestant. Der erste meines Lebens.

3

KILLYBEGS, SONNTAG, 24. DEZEMBER 2006

Ich bin oft nach Killybegs zurückgekehrt, ins Haus meines Vaters. Noch heute gibt es dort weder Strom noch Wasser. Ich habe es so gelassen, um die Spuren und Schatten darin zu bewahren. Von Mama, die vor dem Kamin hockt und mit gespitzten Lippen die Glut anfacht. Von meinem Vater, der, das Kinn in die Fäuste gestützt, am Tisch sitzt und wartet, dass der Regen aufhört.

Sheila, meine Frau, hat mich nie gern in das Cottage begleitet. Für sie ist es wie ein Grab. Sie meint, dass der böse Schatten von Patraig Meehan in meinen Blick fährt, wenn ich unter seinem Dach wohne. Meine Geschwister waren auch nicht mehr hier. Außer Baby Sara sind alle ins Exil gegangen, nach Amerika, England, Australien, Neuseeland. Also habe ich den Schlüssel behalten. Nur ich. Wie man einen Fetzen Erinnerung aufhebt. Seit den Sechzigerjahren habe ich hier immer Zuflucht gefunden. Habe Belfast verlassen, die Stadt, die Angst, die Briten. Die Grenze passiert. Das Irland unserer Fahne besucht. Von Zeit zu Zeit, für ein paar Tage oder Wochen. Wasser vom Brunnen holen und vor dem schwarzen Kamin zittern. Im Wald einen Armvoll Holz sammeln für die Nacht. Nur vom Knacken des Feuers aufschrecken.

Ich habe die dicken Mauern neu gekalkt. Das Schieferdach ausgebessert. Die alte, kranke Ulme gefällt, die große Tanne behalten. All die Jahre bin ich hierhergekommen, um mich vom Krieg zu kurieren. Ohne Verpflichtung, ohne Druck, ohne Furcht. Im Ruhestand. Als Einsiedler, Mönch unserer Klöster, Eremit.

Ich bin schon oft in das Haus meines Vaters zurückgekehrt, doch jetzt bin ich hier, um zu sterben. Ohne meine Frau, ohne meinen Sohn. Allein vor vier Tagen aus Dublin gekommen. Sheila kam zwei Tage später nach, für eine Stunde. Sie brachte mir Lebensmittel, Bier, Wodka, den Hurling-Schläger von Séanna und fuhr wieder nach Belfast zurück. Ich wollte nicht, dass sie blieb. Zu gefährlich. Jack wird mich in den ersten Stunden des Januars besuchen.

An die Küchenwand habe ich mit Bleistift eine Art Kalender gemalt, wie wir es im Gefängnis machten, damit uns die Zeit nicht abhandenkam. *24. Dezember 2006.* Ein Strich pro Tag, ein Querstrich pro Woche. Die ersten drei Tage habe ich es ausgehalten, ohne das Haus zu verlassen. Die Hütte wurde zu meinem Bau. Die Tür habe ich von innen versperrt, die Klinke mit einem Brett blockiert. Sheila hat mir Vorhänge genäht, durch die man nichts durchsieht. Die habe ich abends, bevor ich meine Kerzen anzündete, immer sorgfältig zugezogen.

Meine Frau und mein Sohn haben mich angefleht, das »Mullin's« zu meiden. Sie fürchten um mein Leben. Sie haben zweifellos recht. Trotzdem habe ich nach drei Tagen Klausur im Haus meines Vaters darauf verzichtet, mich zu verstecken.

Heute Morgen bin ich ins Dorf gegangen, um ein Heft und ein paar Stifte zu kaufen. Ich will schreiben. Nichts gestehen, schon gar nichts erklären, nur erzählen, eine Spur hinterlassen. Dann war ich am Hafen, in der Heide, am Saum des winterlichen Walds – ein alter Mann mit Mütze über den Augen und zerschlissener Jacke. Niemand hat in mir Meehan, den Verräter, erkannt. Nicht einmal das Schwein Timy Gormley, der seit der Kindheit nie über seine Straße hinausgekommen ist und wahrscheinlich eines Tages auf ihr überfahren wird, wenn er sie mit kleinen Schrittchen überquert.

Ich rief Sheila auf dem Handy an.

»Irgendjemand wird dich erkennen. Geh ins Cottage zurück«, flehte sie.

Sie wollte hier mit mir leben, trotz alledem. Aber ich wollte das nicht. Zu viele Gefahren. In Belfast konnte sie nicht mehr atmen. Also hat sie sich in Strabane niedergelassen, bei einer Freundin, eine Autostunde entfernt.

»Sie werden kommen!«, flüsterte sie.

Bestimmt werden sie kommen. Sie waren sogar schon da. Als ich ankam, musste ich das Wort »Verräter!« entfernen, das mit schwarzem Teer auf die frisch gekalkte Mauer geschmiert war. Aber wo soll ich hin? Ob ich in Belfast auf sie warte oder hier hinter geschlossenen Vorhängen oder vor meinem Glas im Pub, was macht das für einen Unterschied? Sie werden kommen, das weiß ich.

Ich habe meine Entscheidung getroffen. Ich werde jeden Abend ins »Mullin's« gehen. Das Bier meines Vaters trinken, seinen Platz an dem runden Tisch einnehmen, der vor der ockerfarbenen Wand zwischen Dartscheibe und Männerklo steht. Sein Fenster, seine Schwelle, seine Treppe zum Rausch.

Heute war sogar gleich mein erstes Pint für ihn. Ich habe es mit geschlossenen Augen getrunken. Dann habe ich mich im Pub umgesehen. Alles hatte sich verändert, alles war so geblieben. Der Raum war kleiner als in meiner Erinnerung aus der Schulzeit. Die Gerüche hatten ihre Patina verloren. An den Wänden hingen Plakate anstelle der gerahmten Stiche. Die Stimmen waren leiser geworden, das Lachen fehlte. Neben dem Tisch aber war noch der Abdruck des alten Ofens, der mit Torf beheizt wurde. Und auf dem Parkett Spuren von früheren Tritten, verschütteten Bieren, glühendem Tabak. Lauter kleine Splitter unserer Vergangenheit.

Ich fühlte mich wohl. Nahm den *sliotar* aus der Tasche, den Hurling-Ball, den Tom Williams mir vor sechzig Jahren geschenkt hatte. Damals, als er ihn mir eines Nachts auf offener Straße zuwarf, war er weiß, wie neu. Er hatte ihn erst einmal benutzt, in einem Freundschaftsspiel gegen eine Mannschaft aus Armagh. Der gegnerische Kapitän war fünfzehn. Er und seine Jungs hatten Belfast vernichtend geschlagen. Zu Ehren des Verlierers hatten sie den *sliotar* signiert und Tom geschenkt. Heute waren die Namen verblichen. Der Ball hatte eine Farbe wie Schiefer im Regen. Die Naht war gerissen, das Leder gesprungen und runzlig wie die Haut eines alten Mannes. Der Kork war innen schwarz und hart wie ein Torfbrikett. Das Ganze war weder rund noch glatt. Kein Ball mehr. Eher eine geplatzte Pflaume. Das Amulett des Verdammten.

Dann legte ich das Heft auf den runden Tisch. Ein Kinderheft mit heimisch grünem Umschlag. Ich strich lange mit der Hand darüber, bevor ich es überhaupt aufschlug. Ich zögerte. Ich wollte »Tagebuch des Tyrone Meehan« auf den Umschlag schreiben, fand das aber zu angeberisch. »Bekenntnisse«

gefiel mir nicht. »Enthüllungen« auch nicht. Also schrieb ich gar nichts drauf. Ich schlug es auf und plättete mit der Faust den Bund.

Beim sechsten Pint schrieb ich ein paar Worte auf die erste rechte Seite:

»Jetzt, wo alles aufgedeckt ist, werden andere an meiner Stelle reden. Die IRA, die Briten, meine Familie, meine Freunde oder Journalisten, die ich nie getroffen habe. Einige werden sich an eine Erklärung wagen, warum und wie ich zum Verräter wurde. Womöglich werden auch Bücher über mich geschrieben werden, eine Vorstellung, die mich rasend macht. Hört nicht auf ihre Behauptungen. Traut meinen Feinden nicht und noch weniger meinen Freunden. Wendet euch von jenen ab, die sagen, sie hätten mich gekannt. Niemand steckte je in meiner Haut, niemand. Wenn ich heute spreche, dann weil ich der Einzige bin, der die Wahrheit kennt. Und weil ich hoffe, dass nach mir Schweigen herrscht.«

Ich datierte das Ganze: *Killybegs, 24.Dezember 2006.* Unterschrieb. Und machte mich auf den Heimweg.

Ich ging die Straße entlang, bis das Dorf zu Ende war. Betrat das feuchte, schwarze Haus und drückte Toms *sliotar* in meiner Tasche. Ich war nicht betrunken, aber berauscht, erleichtert und ängstlich zugleich. Ich hatte mit meinem Tagebuch angefangen.

4

Wir wussten, dass es schwer sein würde, während des Krieges im Norden von Belfast zu leben. Mit ein paar Steinen gegen die Tür fing es an, im August 1941. Dann schrieben sie mit schwarzer Farbe »Irenschweine« an Lawrence' Werkstatt. Im September mussten wir einen Molotowcocktail löschen, der nachts ins Wohnzimmer flog. Eine katholische Familie weiter oben in der Sandy Street beschloss, in die Republik Irland zurückzukehren. Auch zwei andere, die in Mills Terrace wohnten. Jede Nacht schlichen Protestanten in unser Viertel und beschmierten die Fassaden: »Raus mit den papistischen Verrätern!«; »Katholen = IRA«. Lawrence hatte einen Knüppel neben seinem Bett, Séanna seinen Hurling-Stock unter der Matratze. Aber wir waren noch nicht bereit zur Schlacht.

Die Costellos zogen gleich nach Weihnachten ins Beechmount-Viertel. Sie hatten so viel Zeug, dass sie dreimal hin- und herfahren mussten. Sie ließen sich Zeit. Ich küsste Sheila zum zweiten Mal. Ihr Haus brannte noch in derselben Nacht.

Die Loyalisten säuberten ihre Straßen. Sie waren Protestanten, Briten und im Krieg. Wir waren Katholiken, Iren und neutral. Feiglinge oder Spione. In der Republik Irland, behaupteten sie, blieben die Städte nachts hell erleuchtet, um der Luftwaffe den Weg nach Belfast zu weisen. Wir Iren in Nordirland, behaupteten sie, seien die fünfte Kolonne, die Handlanger der deutschen Invasion. Wir legten für deren Flieger und Fallschirmspringer geheime Landebahnen an. Wir seien Fremde. Feinde. Wir sollten wieder zurück über die Grenze oder uns in den Ghettos stapeln.

Doch Lawrence weigerte sich zu gehen. Schon 1923 hatten seine Eltern hier ausgeharrt, inmitten von immer mehr leeren Häusern mit blinden Fenstern. Eines Abends sprach Mutters Bruder mehr als gewöhnlich. Wir seien überall in Irland zu Hause, von Dublin bis Belfast, von Killybegs bis zur Sandy Street 19. Die Fremden seien sie. Die Protestanten, die Unionisten, diese Kolonialistenbrut, die nur dank Cromwells Degen in unseren Häusern und auf unserem Grund und Boden lebten. Uns stünden dieselben Rechte, dieselben Rücksichten zu wie ihnen. Das sei eine Frage der Ehre. Und wie ich ihn reden hörte, hörte ich meinen Vater reden. Und liebte meinen Vater im Zorn meines Onkels. Lawrence Finnegan war Patraig Meehan ohne Pints und Prügel.

Mein Onkel hatte vor zehn Jahren zu trinken aufgehört. Hilda und er waren auf der Heimfahrt von Derry. Sie waren beim Arzt gewesen, und es sah nicht gut für sie aus. Sie würden niemals Kinder bekommen. Zu zweit allein sein, jeden Morgen, jeden Abend, alle Tage ihres Lebens. Und so würde es sein, bis der eine stürbe und der andere ihm folgte. Unterwegs hatten sie getrunken, um zu vergessen. Als sie die Grenze überquerten, verabschiedeten sie sich brüllend von den Briten. Hoch die Republik! Endlich wieder in der Heimat. Doch kaum auf irischem Boden, geriet der Wagen außer Kontrolle. Rammte einen Pfosten, einen Baum und rollte in einen Graben. Überschlug sich. Hilda war tot. Lawrence überlebte. Und ersetzte den Rausch durch Schweigen.

*

Wir waren bei unseren Abendgebeten, als die Protestanten die Sandy Street stürmten, am Sonntag, dem 4. Januar 1942. Mit Hacken brachen sie die Tür auf und warfen Fackeln herein. Lawrence kippte das Sofa um, um uns Schutz zu geben. Die Mädchen kamen schreiend aus dem ersten Stock gerannt, Mama hatte Baby Sara an einem Bein gepackt, kopfüber. Séanna hielt seinen Hurling-Stock umklammert. Mein Onkel schrie, er solle sich nicht rühren, nichts riskieren und sich mit uns hinter den Samtkissen verkriechen.

»Morgen seid ihr hier weg!«, brüllte einer.

Ich habe ihn nicht gesehen. Ich habe niemanden gesehen. Ich hatte die Augen geschlossen und den Kopf zwischen den Knien. Meine Geschwister und meine Mutter saßen um mich herum auf dem Boden, ein Durcheinander aus Armen und Beinen. Sie drangen in unser Haus ein. Zerschlugen die Fenster, zerfetzten die Klebepapierstreifen, die uns vor den deutschen Bomben schützen sollten. Zerbrachen die Suppenschüssel aus Galway. Zerrissen das Foto von Papst Pius XII. Verwüsteten alles, zertrampelten alles. Dann nahmen sie sich den ersten Stock vor, liefen links und rechts an uns vorbei, ohne uns zu behelligen. Unter- und übereinander hockten wir zu elft in unserer Zuflucht zwischen dem gekippten Sofa und der Wand. Ohnmächtig, ausgesetzt, nackt. Sie hätten uns töten können, aber das machten sie nicht. Sie ignorierten uns und stiegen über uns hinweg. Sie sagten kein Wort. Zerstörten stumm das Vertraute. Wir hörten nur ihre Schritte und ihren Atem. Sie rissen sogar Dodie Dum' den Kopf ab, Baby Saras Schmusetier. Als alles kaputt war, hauten sie ab.

»Morgen!«, brüllte die Stimme noch einmal.

Séanna kam als Erster heraus, den Hurling-Stock in der Hand und Tränen in den Augen. Er war der Älteste der Meehans, der Familienchef, und hatte versagt. Nur er konnte den Vater ersetzen und hatte es nicht getan. So stand er mit seinem nutzlosen Stock auf der verlassenen Straße und schrie den Schweinen hinterher. Lawrence schüttete Eimer voll Wasser auf die Flammen, die an den Wohnzimmervorhängen leckten. Im Mädchenzimmer grollte das Feuer. Wir hatten keine Wahl. Es war Zeit. Bis jetzt hatten wir ausgehalten, ein paar Monate, ein paar Tage länger als die meisten Nachbarn. Wir waren fast die Letzten. Ich sehe noch meinen Onkel vor mir, wie er Séanna mit der Hand am Nacken in unser feindseliges Haus zurückführt und zu ihm sagt, wir müssten jetzt retten, was möglich sei. Und dass er, Séanna, uns beschützt habe. Dass beschützen besser sei als töten. Dass wir ihm alle unser Leben verdankten. Und ich sehe auch das Gesicht meines Bruders vor mir. Wie er meinen Onkel anschaut. Zu begreifen versucht, was der gerade zu ihm gesagt hat. Und in den ersten Stock hinaufrennt, um die Kleider den Flammen zu entreißen.

Als dann auch das Dach brannte, trug er die letzten Säcke auf die Straße. Áine, Klein-Kevin und Brian umringten ihn zögernd. Séanna hockte sich hin. Drückte sie an sich, umschlang sie, die Arme voll verängstigter Kinder, die sagten, ich liebe dich.

*

Als Lawrence' Lastwagen in der Dholpur Lane hielt, kamen die Leute heraus, um uns zu begrüßen.

»Die Familien aus der Sandy Street!«, rief ein Junge.

Es war vier Uhr morgens, am 6. Januar. Die Türen gingen fast alle gleichzeitig auf, als hätte das Viertel auf uns gewartet. Die Frauen hatten einen Mantel über ihr Nachthemd geworfen. Die Männer ließen die Heckklappe herunter und holten die wenigen Sachen heraus, die wir noch hatten: zwei Matratzen, vier Stühle, den Küchentisch und ein paar Kleidungsstücke.

Ich hievte eine Matratze auf meinen Kopf. Sie knickte vorn und hinten ab, schwankte bei jedem Schritt und behinderte meine Sicht. Brian, Niall und Séanna trugen den Tisch. Róisín, Mary und Áine schleppten Säcke mit Kleidern. Klein-Kevin zog einen Stuhl über die Straße. Mama hielt Baby Sara und unsere gipserne Jungfrau an sich gepresst. Eine Frau legte ihr eine Decke um.

Rund zwanzig junge Burschen liefen mit Handkarren auf uns zu. Stapelten Säcke, den Tisch, die Stühle. Ein junger Mann, den sie Tom nannten, gab ihnen knappe Befehle. Wie ein Offizier, der seine Soldaten aufmarschieren lässt, dachte ich.

»Brauchst du Hilfe?«

Ich sah Tom an, ohne zu antworten. Ein großer Junge mit braunem Haar, kaum älter als ich. Er nahm mir die Matratze vom Kopf und wir trugen sie gemeinsam bis zur Nr. 17, wo eine rot-schwarze Tür für uns offen stand.

Mein Onkel war völlig fertig. So hatte ich ihn noch nie erlebt. An eine Laterne gelehnt, starrte er auf seinen Schatten in deren orangefarbenem Licht auf dem Bürgersteig. Ihm schien alles egal zu sein. Ein paar Männer standen um ihn herum. Einer hatte die Hand auf seine Schulter gelegt. Lawrence hatte uns aus der Hölle gerettet. Jetzt, wo wir in Sicherheit waren, kam er wieder zu Atem. Kälte und Angst setzten ihm zu. Sein Gesicht war von Rauch und Ruß geschwärzt, als käme er von seinem Kampf mit den Schornsteinen nach Hause. Er war allein. Und hatte alles verloren.

Tom legte die Matratze in einer Ecke des Zimmers ab. Er hatte sie allein getragen, ich war nur hinterhergegangen. Ich betrachtete unsere neue Straße, die Gesichter der Nachbarn, die beruhigenden Marienfiguren in den vereisten Fenstern.

»Es ist nicht groß, aber hier könnt ihr wenigstens atmen«, sagte Tom.

Er hatte die Fäuste in die Hüften gestemmt und alles im Blick, als wäre er für das Viertel verantwortlich.

»Hier haben wir nichts zu befürchten, oder?«, fragte ihn meine Mutter.

Er lächelte. Hier? Hier könne uns nie etwas passieren. Wir seien zu Hause, mitten im Ghetto. Geschützt durch unsere Zahl und unseren Zorn.

»Und durch die IRA«, ergänzte er lächelnd.

Die IRA. Ich schrak zusammen. Lawrence bemerkte es. Er

zuckte die Achseln und bat mich, ihm den Tisch hineintragen zu helfen, statt hier herumzustehen.

Die IRA. Das war auf einmal mehr als nur drei schwarze Buchstaben, aus Hass an unser Haus geschmiert. Mehr als das, was im Radio verdammt wurde. Nicht mehr Angst einflößend, nicht mehr beleidigend, nicht mehr Synonym für das Böse. Sondern Hoffnung und Versprechen. Die Essenz meines Vaters, sein ganzes Leben, sein Andenken und seine Legende. Sein Schmerz, seine Niederlage, die besiegte Armee unseres Landes. Nie hatte ich gehört, dass jemand außer ihm diese drei Buchstaben in den Mund nahm. Und auf einmal wagte ein Junge meines Alters, sie auf offener Straße lächelnd auszusprechen.

Die IRA. Plötzlich sah ich sie überall. In dem mit Decken beladenen Pfeifenraucher. Den Frauen in ihren Wolltüchern, die uns mit ihrem Schweigen umgaben. Dem alten Mann, der auf dem Bürgersteig hockte und unsere Öllampe reparierte. Den Jungen, die uns nach der Vertreibung halfen. Ich sah sie hinter jedem Fenster, hinter jedem zugezogenen Vorhang, der die Flieger täuschen sollte. Spürte sie in der torfgeschwängerten Luft. Im anbrechenden Morgen. In mir. In mir, Tyrone Meehan, sechzehn, Sohn des Patraig Meehan und der irischen Erde. Von der Armut aus meinem Dorf vertrieben, vom Feind aus meinem Viertel verbannt. Ich, die IRA.

Ich streckte Tom die Hand hin. Wie zwei Männer, die einen Handel besiegeln. Er schaute sie an, schaute mich an, zögerte. Dann lächelte er noch einmal. Seine Hand war eiskalt, sein Händedruck fest.

»Tyrone Meehan«, sagte ich.

Wir standen mitten auf der Straße. In diesem Augenblick

hätte ich mich gern selbst gesehen. Mit meiner ausgestreckten Hand, meiner ersten männlichen Geste.

»Tom Williams«, sagte Tom. Er sah mich einen Moment lang an und fügte hinzu: »Leutnant Thomas Joseph Williams, Kompanie C, Zweites Bataillon der Belfast-Brigade der irisch-republikanischen Armee.«

Er lachte über meine riesigen Augen.

»Ich bin neunzehn. Sag einfach Tom zu mir.«

*

Am 10. Januar 1942, vier Tage nach unserer Ankunft in der Dholpur Lane, schloss ich mich der IRA an. Na ja, nicht ganz. Ich war noch zu jung. Keiner im Viertel kannte uns. Die Vertreibung durch die Loyalisten war kein ausreichender Grund, uns zu vertrauen. Wie Tom und viele andere IRA-Volunteers vor mir wurde ich erst Mitglied der *Na Fianna hÉireann*, der Scouts der Republik. Seit 1939 war die Bewegung sehr geschwächt. In der Republik und in Nordirland war sie verboten, beidseits der Grenze wurden ihre Mitglieder verfolgt und eingesperrt. Diejenigen, die schon mal in britischen Gefängnissen waren, erzählten, die irischen stünden ihnen in nichts nach.

Jedes republikanische Viertel hatte seine eigene Jugendeinheit. Die IRA war in Brigaden und Bataillone gegliedert, unsere Einheiten hießen *cumann*.

Unser Lokal in der Kane Street war winzig und dunkel. Ein Tisch, ein paar Stühle, ein Boxring. Es glich überhaupt eher einem Boxclub als einem republikanischen Hauptquartier.

Ich verbrachte meine Zeit im Ring, die Fäuste auf Augenhöhe. Wir lernten zuschlagen, ohne zu zögern, und einstecken, ohne zu stöhnen. Unser Anführer war Daniel »Danny« Finley, ein Junge ohne Gefühle, ohne Wärme und überflüssige Worte. Er war in meinem Alter. Die Familie war aus dem Short-Strand-Viertel geflohen, nachdem Daniels Zwillingsbruder Declan gelyncht worden war. Declan kam in seiner Schuluniform mit der grün-ockerfarben gestreiften Krawatte und dem Wappen von St. Comgall vom katholischen Gymnasium. Der Bürgersteig war übersät von Trümmern. Nach kurzem Zögern wechselte er die Straßenseite und überschritt damit die unsichtbare Grenze, die die beiden Gemeinden trennte. Ging auf der anderen Seite weiter, auf dem protestantischen Bürgersteig. Provozierte nichts und niemanden. Machte nur einen kleinen Umweg, um einer eingestürzten Fassade auszuweichen.

In dem Moment fuhr ein Holzlaster durch die Straße. Auf den Bretterstapeln ein Dutzend protestantischer Gymnasiasten im blauen Blazer. Einer von ihnen schrie:

»He! Ein Taig-Arsch!«

Taig. Scheißkathole. Dreckspapist. Die Lieblingsschimpfwörter der Loyalisten in den kurzen Hosen. Declan rannte zurück über die Straße, stolperte und fiel schreiend auf den Bürgersteig. Die Blauen stürzten sich auf ihn. Er versuchte sich zu schützen, indem er sich zur Seite rollte und so, mit geschlossenen Augen, den Kopf zwischen den Fäusten, die Knie an den Körper gezogen, liegen blieb. Wie ein Kind im Bauch seiner Mutter. Knie und Fäuste trafen ihn. Einer sprang mit beiden Füßen auf seinen Kopf. Ein anderer schmiss einen Betonblock auf seine Brust. Dann rannten sie weg, holten den

Laster an der Kreuzung ein, sprangen auf die Ladefläche und sangen: »Zu Haus, zu Haus! Hier sind wir zu Haus!«

Ein Mann öffnete vorsichtig die Haustür, andere näherten sich dem Opfer. Eine Frau brachte ein Glas Wasser. Lauter Katholiken, alle von dieser Straßenseite. Auf der anderen Seite glotzten sie nur.

Declan Finley war tot. Das Gesicht zerschmettert und die Fäuste geballt. Als die Rettung kam, war das Blut des Jungen braun, dick, mit Staub vermischt. Ein alter Mann ging mithilfe seines Stocks mühsam neben ihm in die Knie, tauchte die rechte Hand hinein und überquerte mit erhobenem Arm die Straße. Auf dem Bürgersteig gegenüber hundert Schweigende, die sich langsam zerstreuten. Der Alte beschmierte ihren Bürgersteig mit dem Blut. Einer wollte auf ihn los, zwei andere hielten ihn zurück. Dann kehrte der Nationalist ihnen den Rücken und ging.

Die Rettungsfahrer hoben Declan in ihren Wagen. Gegenüber versuchten ein paar Jungen, das Blut des Märtyrers zu entfernen, indem sie mit ihren Schuhen über den Teer schrappten.

Das war kurz vor dem Krieg. Die Finleys verließen das Ghetto und suchten im Westen von Belfast Zuflucht. Wie so viele andere. Zu Hunderten kamen Katholiken aus dem Norden und Osten der Stadt und drängten sich in den Backsteinkatakomben. Es hörte überhaupt nicht auf.

Ich hatte Respekt vor Daniel, aber auch Angst. Beim Boxen schlug er hart zu. Einmal blutete er stark aus der Nase. Er zog die Handschuhe aus, wischte sich mit beiden Händen das Blut ab und schmierte es dem anderen, der ihn getroffen hatte, ins Gesicht. Blutige Finger vor verstörten Augen. Ich war froh, seinem Lager anzugehören, dem Lager der irischen Republik, dem Lager von James Connolly, Tom Williams und meinem Vater. Die Jungs, die uns gegen sich hatten, taten mir aufrichtig leid.

*

An einem Samstag im Februar 1942 nahm ich an meiner ersten militärischen Operation teil. Seit ein paar Monaten hatte das Nordkommando alle verfügbaren Waffen gehortet, die seit dem Unabhängigkeitskrieg in der Republik versteckt waren. *Volunteers* passierten nachts die Grenze, um für die vier Bataillone von Belfast Material zu beschaffen. Wir waren Kinder. Wir wussten nicht viel über diesen großen nationalen Umzug. Erst nach dem Krieg erfuhren wir vom Ausmaß dieser Geheimtransporte. Fast zwölf Tonnen Waffen, Munition und Sprengstoff waren auf Befehl des Rats der republikanischen Armee querfeldein verschoben worden, zu Fuß, auf dem Rücken von Frauen und Männern, in Lastwagen, auf Karren, ohne dass die britische oder die irische Armee etwas ahnten.

An diesem Abend kam Tom Williams in unser Lokal, um zwei Fianna zu holen.

»Kannst du pfeifen, Tyrone?«

Ja, sagte ich, klar, schon immer.

»Pfeif!«

Ich legte meine Zeigefinger an die Lippen.

Mein Vater mochte meinen Pfiff, meine Mutter verabscheute ihn. In Killybegs war er das Signal für die Meehan-Gang, wenn wir auf Timy Gormley und seine Truppe stießen.

Father Donoghue war der Meinung, dass nur der Schrei des Teufels so gellend in die Ohren der Menschen fahren konnte wie dieser Pfiff.

Ich pfiff.

Tom wirkte nicht überrascht. Er nickte nur.

»Bei Gefahr möchte ich, dass man dich bis nach Dublin hört.«

Daniel pfiff ohne Finger. Er zog die Oberlippe hoch und legte die Zunge an die Zähne.

»Danny und Tyrone«, befahl Leutnant Williams und hatte die Hand schon am Türgriff.

Danny und ich bekamen Dutzende Klapse auf den Rücken. Die anderen Jungs freuten sich mit uns und waren wahrscheinlich auch stolz.

Auf der Straße warteten eine Frau und ein Mädchen. Die Ältere kannte ich, eine Kämpferin der *Cumann na mBan*, der Frauenorganisation der IRA. Die Jüngere gehörte wahrscheinlich der *Cumann na gCailíní* an, den weiblichen republikanischen Scouts. Tom ging voran, wir folgten ihm schweigend. Fünf Schatten auf der Straße.

»Tyrone.« Ein Flüstern.

Ohne stehen zu bleiben, wies Tom mit dem Kinn auf die Ecke O'Neill-/Clonard Street und warf mir einen *sliotar* zu. Einen weißen, schwarz geränderten Hurling-Ball mit Widmungen des Teams von Armagh. Ich fing ihn mit einer Hand. Ohne nachzudenken. Wozu? Zur Tarnung? Aber Fragen oder Zweifeln war unmöglich. Man verstand auf den ersten Blick oder ging zurück ins Lokal. Ich nahm meine Position ein, warf den *sliotar* gegen die Wand und ließ ihn wieder in meine Hand springen, wie ein Junge, der sich die Zeit vertreibt.

Tom ging weiter seines Wegs.

»Danny.«

Daniel Finley postierte sich mir gegenüber, auf der anderen Straßenseite, Blickrichtung Odessa Street. Ein Fahrrad stand dort, an die Wand gelehnt, die Räder in der Luft, mit herausgesprungener Kette. Er kniete sich hin, als wollte er es reparieren. Das Mädchen ging mit seiner Offizierin bis zur Ecke Falls Road, dort blieben beide stehen, eine Mutter mit ihrer Tochter in einem Hauseingang.

Es ging alles viel zu schnell. Daniel war über sein Fahrrad gebeugt, die Straßen lagen verlassen da. Zwei Wagen hielten. Acht Männer sprangen heraus, die Arme schwer beladen. Die IRA. Vier bogen in die Odessa Street ab, die anderen rannten an mir vorbei.

»Hallo, Tyrone«, flüsterte mir einer zu.

Ich erkannte ihn nicht, hatte nicht einmal hingesehen. Ich wachte als kleiner Soldat über meine Ecke von Irland, meine Backsteinstraße, mein Karree. Im Lichtstrahl, der aus einem Fenster mit schlampig zugezogenen Vorhängen fiel, sah ich stählerne Läufe aufblitzen. Gewehre. Armeegewehre. Die Waffen der Republik. Ich hatte noch nie ihre metallene Haut gesehen, mir nie die hölzernen Griffe vorgestellt, und jetzt wurden sie armweise an mir vorbeigetragen, in graue Decken gehüllt.

Türen öffneten sich. Die Männer verschwanden in Wohnungen, Hinterhöfen, winzigen Gärten. Die Autos fuhren weg. Tom kam allein zurück. Ging an mir vorbei. Pfiff »God Save Ireland!« Sein Gesicht, sein gesenkter Blick, sein eilig Richtung Clonard strebender Rücken. Fast war ich enttäuscht. Ich hatte gehofft, dass er mir zublinzelte oder etwas sagte. Gegenüber stellte Daniel sein Fahrrad wieder auf und ging auch. Es war sein elftes Mal als Wachposten. Er wusste, wann es vorbei war.

»Du darfst mich Danny nennen«, sagte Finley, ohne mich anzusehen.

Also verließ auch ich meine Wand. Steckte den *sliotar* in die Tasche und kehrte in die Dholpur Street zurück. Ich ging jetzt anders. Ich war anders. Ich überholte ein Paar, eine Frau mit Kind, einem Mädchen, das seine Gasmaske über der Schulter trug wie eine Handtasche. Sie haben mich gar nicht bemerkt. Weil ich ein Fianna war, ein irischer Krieger. Fast schon ein IRA-Soldat. In ein paar Tagen, wenn ich siebzehn würde, würde ich mich Tom Williams und den anderen anschließen. Dann würde ich mit der Last des Krieges auf den Schultern durch die Straßen, durch die kalte Nacht marschieren. Würde einen Hilfs-Fianna in Shorts und mit offenem Mund streifen. Ihn leise bei seinem Namen rufen. Und vor seinen Augen in unserem Dunkel untertauchen, »God save Ireland!« pfeifend. Ich, Tyrone Meehan.

*

Aber erst einmal lernte ich noch, auf dem Boden sitzend oder an den Boxring gelehnt. Die katholische Schule hatte ich abgebrochen, um mich der republikanischen Lehre anzuschließen. Die Lehrer gingen von *cumann* zu *cumann*, um die Fianna zu unterrichten. Ich hatte noch die ganze Geschichte unseres Landes vor mir. Alles, was ich von unserem Kampf kannte, waren die Taten und alkoholschweren Worte meines Vaters. Wenn ich wichtige Daten und berühmte Namen wusste, dann ohne deren Bedeutung zu begreifen. Mein kindliches Credo war: »Brits out!«, Briten raus. Die Überzeugung hatte mein Vater mir vererbt, sonst nichts.

Einmal hatten wir eine Frau als Lehrerin. Wir waren nervös, die Gruppe war gespalten. Seit einer Stunde erklärte sie uns, dass der Krieg, der Europa verheerte, unsere Partei, unsere Armee, unser Volk nicht betreffe. Dass wir aber vielleicht dabei gewinnen könnten. An die improvisierte Tafel – auf eine Holzplatte geklebte Schieferplatten – hatte sie den Satz geschrieben, den James Connolly, ein irischer Gewerkschafter, Soldat und Märtyrer, 1916 gesagt hatte: »Wir dienen weder König noch Kaiser, sondern Irland!« Am Ostermontag, als die Briten an der Seite der Amerikaner und Franzosen in den Schützengräben an der Somme kämpften und die Protestanten Nordirlands, die sich massenhaft der Armee des Königs angeschlossen hatten, zu Tausenden an vorderster Front hingemetzelt wurden, erhoben sich die irischen Republikaner im Herzen Dublins. Eine Handvoll Helden mit Waffen in der Hand. Die Briten schrien: »Verrat, ihr habt uns ein Messer in den Rücken gestoßen!«

»Verrat?«, empörte sich die Lehrerin. »Wen oder was sollen sie denn verraten haben?«

Wir seien nicht mit den Briten verbündet gewesen, sondern von deren Soldaten besetzt, von deren Polizisten gefoltert und von deren Justiz eingekerkert worden. Dieser Krieg habe sie geschwächt und daher uns gestärkt.

Wir hörten aufmerksam zu. Wie die Aufständischen das

Hauptpostamt eroberten und auf dessen Stufen die Unabhängigkeit proklamierten, dann die brutale Repression und Vernichtung, als ein Anführer nach dem anderen an die Wand gestellt wurde. Die blutige Niederlage, die keine war. Die glosende Glut, die bald das ganze Land in Brand setzen sollte.

Wir durften Fragen stellen. Danny Finley meldete sich. Ob es denn keinen Unterschied zwischen 1916 und 1942 gebe, zwischen einem imperialistischen Gemetzel und einem Weltkrieg, zwischen Kaiser Wilhelm II. und Adolf Hitler? Ob die IRA nicht, wie ganz Irland, hätte neutral bleiben sollen? Ich erinnere mich an diesen Moment. Wir waren ungefähr zwanzig Jungen in dem Lokal in der Kane Street.

»Willst du der IRA vielleicht vorschreiben, was sie zu tun hat, Finley?«, fragte ein Fianna.

Dann fingen alle gleichzeitig zu reden an. Unsere Aufgabe sei es nicht, zu kritisieren, sondern zu gehorchen. Die Leute im Armeerat, im Nordkommando, im Zentralkomitee der Partei wüssten schon, was gut sei für Irland. Ich hatte Toms *sliotar* aus meiner Tasche genommen und rollte ihn zwischen den Händen. Danny gab nicht auf.

»Und was passiert, wenn ein IRA-Kämpfer irrtümlich einen amerikanischen Soldaten umbringt? Könnt ihr mir sagen, was dann passiert?«

»Warum sollte die IRA einen Amerikaner umbringen?«

»Weil es dreißigtausend sind, weil sie überall sind, in den Städten und auf dem Land. Könnt ihr euch das vorstellen? Ein republikanischer Kämpfer, der den Falschen trifft? Ein *óglach*, der auf einen englischen Soldaten zielt und stattdessen einen Yankee erschießt, der Schokolade und Kekse an die Kinder verteilt?«

»Du siehst zu viele Filme, Danny!«

Ich zeigte auf. Kam ihm zu Hilfe.

»Mein Vater war Sozialist und Republikaner, er wollte in Spanien gegen die Franquisten kämpfen. Heute sind Franco und Hitler Freunde. Und wo stehen wir?«

»Weißt du, wer der Anführer der Connolly-Kolonne der Internationalen Brigaden ist?«, fragte die Lehrerin.

Natürlich wusste ich das. Mein Vater hatte ihn nie kennengelernt, aber ihn als seinen künftigen Chef angesehen.

»Mit Frank Ryan vernichten wir die irischen Faschisten, die Blauhemden, die ganzen britischen Drecksäcke!«, hatte mein Vater immer gesagt.

Für ihn war »Brite« ein anderes Wort für Schwein. Jeder, der ihn provozierte, ob auf der Straße oder im Pub, war Brite.

»Frank Ryan«, sagte ich.

»Und weißt du, wo Frank Ryan heute ist?«

Nein. Das wusste ich nicht. In spanischer Gefangenschaft wahrscheinlich oder tot.

»In Berlin«, sagte die Lehrerin.

Ich war baff. Er, der Sozialist, der Internationalist, der Rote, in Berlin?

Mir blieb der Mund offen stehen.

»Ein Problem für Großbritannien ist eine Lösung für Irland«, sagte die Lehrerin.

Wir waren noch Kinder. Ich blickte in die Gesichter meiner Freunde. Wir wollten für die Freiheit unseres Landes kämpfen, sein Andenken ehren, seine schreckliche Schönheit schützen. Unsere Abkommen und Allianzen waren uns ziemlich egal. Wir waren bereit, füreinander zu sterben. Wirklich zu sterben. Und einige haben auch Wort gehalten.

Ich stellte keine Fragen mehr. Und Danny behielt seine für sich.

Wir beide würden gegen die Engländer Krieg führen, wie unsere Väter. Und unsere Großväter. Fragen hieß Verzagen.

Ende Februar 1942 wurde mir meine erste Pistole anvertraut.

Tom Williams hatte uns im ganzen Viertel postiert. Die Mädchen hatten als Erkennungszeichen eine grüne Schleife im Haar, die Jungen den rot-weißen Schal des Fußballclubs von Cliftonville. Es war ein Wochentag, das Solitude-Stadion war geschlossen.

»Heute ist kein Match, Kinder!«, riefen Männer uns lachend zu, als wir würdevoll die Bürgersteige entlangschritten.

Die republikanischen Soldaten konnten jeden Moment auftauchen. Wir postierten uns an den Kreuzungen und warteten auf sie. Ich lehnte in einem Torbogen, an der Wand eines unbekannten Hauses. Als der IRA-Mann angerannt kam, die Hand unterm Mantel, die Krawatte über der Schulter flatternd, schreckte ich auf. Er hielt mir einen Revolver hin. Er hatte einem Soldaten in den Hals geschossen. Ich nahm die Waffe mit beiden Händen entgegen und steckte sie in meinen Hosenbund. Mein ganzer Körper pochte, als ich die Straße überquerte. Nach ein paar Metern kam mir eine Frau entgegen, die ich nicht kannte. Sie trug einen Fußball in einem Weidenkorb. Hielt ihn mir wortlos hin. Dann nahm sie mich an der Hand. Das war mir ein bisschen peinlich. Ich, ein Fianna von sechzehn Jahren im aktiven Dienst, wurde von dieser Mutter wie ein Kind an der Hand geführt.

»Jemand wird euch übernehmen. Lasst euch führen«, hatte Tom gesagt.

Panzerfahrzeuge umstellten das Viertel. An den Straßensperren mussten sich die Männer mit erhobenen Armen von Polizisten durchsuchen lassen. Ein Soldat winkte uns heraus, sie mit ihrem Korb, mich mit meinem Ball. Die Frau behandelte mich wie einen Rotzlöffel. Ihre Stimme war schrill, laut, unangenehm. Jeden Tag verfluche sie den Himmel, dass sie so einen Blödmann in die Welt gesetzt habe. Der Brite zögerte. Warf mir einen mitfühlenden Blick zu, wohlwollend und komplizenhaft. Als hätten zwei unglückliche Kinder einander erkannt. Winkte uns durch. Ich lächelte zurück. Nicht um wegzukommen, sondern um mich zu bedanken.

Dieses Zeugnis von Menschlichkeit hat mich lange verfolgt. Und irritiert. Unter so einer Armeemütze konnte doch kein Mensch stecken, bloß ein Barbar. Wer das Gegenteil dachte, war schwach oder ein Verräter. Das hatte ich von meinem Vater gelernt. Und Tom bestätigte es. Ich ging schneller, Hand in Hand mit dieser Frau – eine Kriegsmutter und ihr Kriegskind. Nie habe ich jemandem von dieser Begegnung erzählt. Weder von seinem Blick noch von meinem Lächeln.

Wir gingen ins »Donegal's«, einen Pub in Falls. Er war gesteckt voll. Kaum hatte der Wirt uns gesehen, öffnete er eine Stahltür zum Hof, wo zwei Männer auf Bierfässern saßen und auf mich warteten. Ich stand hilflos da. Einer von ihnen machte meinen Mantel auf. Als er den Griff der Waffe sah, wurde er blass.

»So ein Vollidiot!«, murmelte er und zog den Revolver vorsichtig heraus.

Der andere schüttelte den Kopf.

»Was habe ich getan?«

Der erste schaute mich an. Als ob er erst jetzt meine Anwesenheit bemerkte.

»Wer? Du, Fianna?«

»Nichts, kleiner Mann, du warst perfekt«, erwiderte der
andere. Dann drehte er sich um, um die Waffe zu sichern.

Ich stand wieder auf der Straße, ohne die tödliche Bürde
auf dem Bauch, zwischen Hemd und Haut. Mir klapperten
die Zähne. Der IRA-Mann hatte mir den Revolver hingehal-
ten, ich hatte Zeit genug gehabt, ihn mir genau anzusehen.
Der Hahn war gespannt, schussbereit. Mein Finger hatte den
Sicherungsbügel berührt, den Abzug gestreift. Gut fünfzehn
Minuten war ich so unterwegs gewesen, mit dem Revolver
auf meinem Geschlecht. Beim geringsten Druck hätte sich
ein Schuss gelöst. Der Tod ging um. Mich hatte er verschont.
Wahrscheinlich hatte ich ihn zum Lächeln gebracht.

5

KILLYBEGS, MONTAG, 25. DEZEMBER 2006

Heute Morgen waren zwei irische Polizisten bei mir. Verlegenheit ihrerseits, Betrunkenheit meinerseits. Ich schlug ihnen vor, auf einen Wodka oder Weihnachtstee hereinzukommen. Sie lehnten ab. Ihr Wagen stand auf dem Weg, am Waldrand.

»Sind Sie Tyrone Meehan?«, fragte der Jüngere.

Ich nickte.

Sein Gesicht war schwärzlich von einer Kinderkrankheit. Er nahm ein Heft aus seiner Jacke. Der andere spähte durch die offene Tür in meine Behausung. Das große Zimmer mit den leeren Wänden, die Spüle ohne Wasser, die Gaslampe auf dem unaufgeräumten Tisch, die Kerzen, das Feuer im Kamin, der Boden aus gestampfter Erde.

»Zurück im Lande?«, fragte der Ältere und filzte dabei meinen Blick.

Ich nickte. Ich hatte die Hände in den Hosentaschen und nur einen Pullover an.

»Sie wollen hierbleiben?«

»Ich bleibe.«

Der Polizist schrieb mehr in sein Heft als die zwei Worte. Als ob er seine Eindrücke notierte.

»Leben Sie allein?«

Ich nickte wieder. Was sollte ich antworten? Sie wussten

es ohnehin und alles andere auch. Seit dem ersten Tag patrouillierte die *Garda Síochána* auf der Straße und beobachtete mein Eremitenleben. Sie haben gesehen, wie Sheila mir Lebensmittel und Bier brachte. Gestern haben sie mich sogar fotografiert, als ich aus dem Pub kam. Ich hatte mich schon gefragt, wann sie sich endlich trauen würden, in den Lehmweg einzubiegen und an meine Tür zu klopfen. Jetzt, wo sie mir gegenüberstanden, war ich enttäuscht. Der Jüngere mied meinen Blick und schrieb unaufhörlich. Der andere zählte die Falten auf meiner Stirn.

Ich holte den alten *sliotar* aus der Tasche. Ich musste meine Hand beschäftigen.

»Sie … Sie passen schon auf sich auf, ja?«

Der Junge fragte das, einfach so. Und biss sich auf die Lippe. Ich lächelte, ohne zu antworten.

»Das war eine Frage, Mister Meehan«, fasste der andere nach.

»Fürchten Sie, bald eine Leiche am Hals zu haben?«

Der Junge wollte widersprechen. Aber der Alte sagte, ja, so sei es. Ganz genau. Im Dorf fange schon das Gerede an. Man habe mich erkannt. Zuerst der Krämer, dann der Typ von der Post. Der Wirt vom »Mullin's« habe schon über ein Lokalverbot nachgedacht. Keiner hier wolle mich kritisieren oder gar verurteilen. Sie hätten nur Angst um sich.

»Killybegs ist ein friedliches Dorf, Meehan. Verstehen Sie? Sie wollen nicht zwischen die Fronten geraten.«

Meehan. Nicht Tyrone, nicht Mister, nur der Familienname.

Ich erstarrte. Begann zu zittern. Der lederne Ball fiel zu Boden. Der junge Cop hob ihn auf und gab ihn mir zurück.

Es war das erste Mal seit jener Nacht vom 16. Dezember, dass mich jemand nur mit dem Familiennamen ansprach. Damals hatte mich die IRA festgenommen und heimlich zum Verhör in die Republik geschafft. Auf der Autofahrt hatte ich Angst vor einer Exekution. Ein Schuss auf einem Lehmweg, irgendwo hinter der Grenze. Das hatten sie oft gemacht. Ich auch. Eine Kugel in jedes Knie, die letzte in den Nacken.

Es waren zwei Wagen im Konvoi. Im ersten zwei Verantwortliche der republikanischen Partei, ein Mitglied der Belfast-Brigade und Mike O'Doyle, Sohn von Gráinne, ein tapferer Kerl. Den kannte ich schon seit seiner Geburt vor vierzig Jahren, seine Tochter war mein Patenkind. Ich saß im zweiten Fahrzeug hinten, eingeklemmt zwischen Peter Bradley und Eugene Finnegan, einem Jungen von achtundzwanzig Jahren, der sich für einen Kämpfer hielt. »Pete der Killer« hatte von Belfast bis zu den Vorstädten von Dublin eine Hand auf meinem linken Knie. Eugene, das »Bärchen«, schlief während der ganzen Fahrt. Ich hatte ihn oft in republikanischen Clubs gesehen. Schmiere stehen in unseren Straßen, defilieren bei Gedächtnisfeiern. Auf einer Osterparade des Zweiten Bataillons der Belfast-Brigade habe ich ihn einmal aufgefordert, seine Haltung zu korrigieren. Er trug die grüne Uniform der irischen Republik, ein Barett, eine schwarze Brille, ein Gehänge und weiße Handschuhe. Ich hatte ihn trotz seiner Sturmhaube erkannt. Ich rief ihn leise »Bärchen«, wie ein Vater seinen Sohn. Er senkte den Blick, überrascht von dieser plötzlichen Blöße. Er war der Krieger, ich war sein Vorgesetzter. Und in dieser Dezembernacht viele Jahre später, nachdem ich zum Verräter geworden, er aber Soldat geblieben war, nannte er mich immer noch beim

Vornamen. Er war meine letzte Verbindung zu den Lebenden, ein feiner Faden.

Meine Bewacher waren nicht bewaffnet. Der Waffenstillstand war mein Glück. Vor Jahren, lange vor alldem, hatte ich einen Spitzel zum Verhör eskortiert. Wir waren zu fünft, in gelben Sicherheitsanzügen mit grauen, reflektierenden Streifen, zusammengepfercht in einem als Straßenfahrzeug getarnten Lieferwagen mit orangefarbenem Warnlicht und Baustellenschildern auf dem Dachträger. Man sah nur uns, also fielen wir nicht auf. Wir fuhren an zwei Panzerfahrzeugen vorbei, Landrover der königlichen Polizei, und passierten winkend eine Straßensperre. Der Verräter lag mit verbundenen Augen und auf dem Rücken gefesselten Händen auf dem Boden unter einer Baustellenplane, auf der unsere Füße standen. Kilometerlang saß ich über ihn gebeugt und drückte den Lauf meines Revolvers in die grüne Leinwand. Ein Wagen fuhr vorneweg. Wir waren per Funk verbunden. An der Grenze wurden wir von einer Einheit aus Süd-Armagh erwartet. Es wurde Nacht. Drei Männer führten den Kerl weg. Er hieß Freddy und war neunzehn. Das habe ich aus der Zeitung erfahren, nachdem die Polizei seine Leiche gefunden hatte.

In Dublin angekommen, fragte mich Eugene, ob ich Wasser wollte.

»Der hat keinen Durst«, antwortete der am Steuer.

»Aber Tyrone hat doch gesagt, er …«

»Tyrone ist tot«, erwiderte der andere.

Das Bärchen machte die Flasche wieder zu. Ich hatte die Hand schon ausgestreckt. Irland versagte mir sein Wasser.

Ich atmete unrechtmäßig seine Luft. Mir blieb nichts von meinem Land.

Nachdem sie mich in eine Pressekonferenz geschleppt hatten, hatte mich die republikanische Partei der IRA übergeben. Während des Verhörs war ich nicht gefesselt und hatte keine Binde vor den Augen. Ich konnte ihnen ins Gesicht sehen. Sie waren immer noch ohne Waffen und unmaskiert. Ich wusste jetzt, dass sie mich nicht exekutieren würden, musste es mir aber immer wieder sagen. Mir gegenüber am Tisch saß Mike O'Doyle, der sich für einen Richter hielt, neben ihm ein älterer Typ mit Dubliner Akzent. Mike nannte mich Tyrone. Der andere nur Meehan. Da begriff ich: Ich hatte nicht nur mein Land verloren, sondern auch meinen Vornamen, ich war kein Bruder mehr. Ich war allein.

»Welche Informationen hast du dem Feind geliefert, Meehan?«, fragte der Unbekannte.

Eine Kamera beobachtete mich. Ich hatte beschlossen, nicht zu antworten. Kein Wort mehr.

So hatte der alte irische Polizist eben mit mir gesprochen. Eisig, wie ein IRA-Mann. Mein Vorname schwebte noch leise auf den Lippen des jungen. Mein Nachname lag dem anderen schon auf der Zunge. Ich war nicht mehr von dieser Erde, auch nicht mehr von diesem Dorf. Patraig Meehan hatte Killybegs einen Verräter geschenkt. Nach dem schrecklichen Vater der ehrlose Sohn. Ein Fluch lag auf unserer Sippe. Der alte Cop würde wegschauen, wenn der Tod zu mir käme. Er würde ihn durch den Wald führen, ihm die Tür öffnen und mit dem Kinn auf mich deuten. Er widerte mich an. Er wusste, dass ich es wusste. Mein Schweigen schrie es ihm ins Gesicht. Der Jüngere stellte mir noch ein paar halbherzige Fragen, der Ältere ließ mich nicht mehr aus den Augen. Er hörte auf meinen Blick, nicht auf meine Worte.

»Wie heißen Sie mit Vornamen?«, fragte ich ihn, einfach so. Meine Angst verharrte in seiner Verachtung.

»Séanna«, sagte er leise.

»Das ist der Name meines Bruders.«

Er lächelte. Ein echtes Lächeln, wie schön!

Dann hielt er mir ein gefaltetes Papier hin.

»Unter dieser Nummer können Sie uns immer erreichen.«

Alles schlug um. Sein Gesicht war nicht mehr dasselbe, seine Stirn tat Kummer kund. Er machte sich einfach Sorgen um mich. Ein braver Ordnungshüter, ein argloser Landpolizist ohne Abneigung. Der schnell wieder nach Hause wollte. Ich hatte mich getäuscht. Vor lauter Lügen konnte ich Menschen nicht mehr lesen.

»Seien Sie vorsichtig, Tyrone«, sagte Séanna.

Alles um mich herum drehte sich. Dann nickte ich, eine fast unmerkliche Bewegung mit dem Kinn. Wie ein am Ende seines Zweiges bebendes Blatt.

Ich ging wieder hinein. Versperrte die Tür. Schob den Riegel vor. Gewohnte Verrichtungen. Das Feuer fiel langsam in sich zusammen. Ich goss mir ein großes Glas Wodka ein. Jenseits der Vorhänge zog der Tag sich hin. Ich betrachtete meine Hände, warum auch immer. Sie waren kaputt von zu viel Leben. Aufgesprungen, unförmig, rau und steif. Ich fürchtete das Wetter.

»Mit solchen Fingern kann man besser ein Gewehr halten als eine Violine!«

Ich lächelte. Dachte an Antoine, den Pariser Geigenbauer, den ich vor dreißig Jahren in Belfast kennengelernt hatte. Den schweigsamen Franzosen, der sich eines Tages zum irischen Republikaner erklärt hatte. Der dachte wie wir, lebte wie wir, angezogen war wie wir und kämpfte, um seinen Platz in unserer Würde und unserem Mut zu finden.

Samstag hat Sheila mir gesagt, dass er angerufen hat. Mich treffen möchte. Was der wohl will, der kleine Franzose? Mich richten? Mich verstehen? Oder seinen Anteil am Verrat reklamieren?

6

Der Wirt des »Mullin's« war nie nett zu mir gewesen. Seit dem Besuch der Polizisten wurde er feindselig. Gestern verrückte er, nachdem ich weg war, den runden Tisch meines Vaters und stellte den Garderobenständer an seine Stelle. Heute Abend war viel los im Pub, als ich kam. Die Köpfe drehten sich schweigend nach mir um. Der Kellner hinter der Theke verzog sein Gesicht wie ein angewiderter Hund sein Maul. Mit verschränkten Armen gab er mir zu verstehen, dass ich hier nichts mehr verloren hätte. Es ging um mein Überleben. Diese düstere Kapelle mit dem sauren Geruch war die letzte Etappe des Kreuzwegs von Patraig Meehan gewesen. Seine letzte Zuflucht als Lebender. Von hier aus wollte er im Winter in den Tod gehen. Hätte das Meer ihn genommen, wäre diese dunkle Ecke sein Grab. Ich konnte nicht dulden, dass diese Menschen sie entweihten.

Ich ging quer durch den Pub und gönnte all den Blicken keinen Blick. Zog meinen Regenmantel aus, hängte ihn an den Garderobenständer und schleppte diesen an seinen gewohnten Platz auf der anderen Seite des Raumes, wobei ich seine geschwungenen Füße über den schmierigen Boden schrappen ließ. Anschließend hob ich den Tisch meines Vaters zurück an seinen Platz. Meine Arme waren Meehan-

Arme, wie seine, mit Fäusten am Ende. Dann schnappte ich mir einen von den Stühlen, die neben der Tür gestapelt waren. Trug ihn natürlich auch nicht, sondern schleifte ihn langsam durch den Raum. Stellte ihn mit der Lehne an die Wand, wie er seit meiner Kindheit gestanden hatte. Nahm mein Mobiltelefon heraus und steckte es zum Aufladen an. Strom nahm ich, wo ich ihn fand. Dann ging ich zur Theke. Bestellte zwei Guinness. Auf einmal. Wortlos. Nur zweimal mit dem Zeigefinger den Zapfhahn angetippt. Der Kellner sah fragend zum Wirt. Der zuckte die Achseln, bevor er im Keller verschwand, um ein neues Fass zu holen. Also zapfte der Barmann meine Biere, langsam, sorgfältig, zapfte zweimal nach, die Gläser geneigt in seiner bäurischen Hand. Ließ mich dabei nicht aus den Augen. Das starke Gebräu, das Häubchen aus braunem Schaum, unsere gefangenen Blicke. Ich hatte die Stirn erhoben, forderte ihn aber nicht heraus. Ich war Patraig und Tyrone, die Würde des einen und die Schwäche des anderen. Ganz entspannt. Dann ging ich an den Tisch meines Vaters zurück und trank das erste Bier in einem Zug, einen ordentlichen Schluck Erde.

Father Gibney beobachtete mein Spiegelbild. Er saß mit dem Rücken zum Gastraum auf seinem Hocker und verfolgte das Geschehen in dem fleckigen Spiegel hinter der Theke. Der Priester Séamus Gibney, ein Riese, drehte Tag für Tag nach dem Angelus seine Runde durch die Pubs, um die Männer daran zu erinnern, dass Sonntag Messe war. Er brauchte nur seine Stimme zu erheben, um eine Schlägerei zu beenden, und die Streithähne streng anzusehen, damit sie sich die Hand gaben.

An diesem Abend musste er seine Stimme nicht erheben. Seit ich da war, war keiner dem Garderobenständer oder dem Tisch zu nahe gekommen, niemand forderte mich heraus. Nach und nach hatten die alten Gewohnheiten wieder die Oberhand im Pub gewonnen.

Séamus Gibney ließ seinen Whisky stehen, als die Tür aufging, und fuhr auf seinem Hocker herum.

»Nein, das gibt's doch nicht! Joe McCann! Der alte Joe!«

Der klopfte seine Regenmütze an seinem Schenkel aus und verfluchte den Himmel, dass er zu dieser Zeit in den Pub gehen musste.

»Kennst du den schon, Joe? Hör mal …« Die laute Stimme war für das Publikum bestimmt.

McCann wusste, was ihm blühte. Wenn sich ein Messe-Deserteur in den Pub wagte, empfing ihn der Priester stets mit erhobenem Glas, nannte ihn beim Vornamen, erzählte ihm den Witz des Tages und ging dann zu Vorwürfen über.

»Joe McCann kommt aus der Kirche und trifft Father Gibney. Fragt der: ›Hat dir meine Predigt gefallen?‹ Sagt McCann: ›O ja, Vater. Ich lerne jeden Sonntag neue Sünden von Ihnen!‹«

Der Priester brüllte vor Lachen. Und der ganze Saal mit ihm.

»Na, komm schon, Joe!«, lud er lächelnd den Sünder ein.

McCann ging zum Tresen und bot dem Arm des Priesters seine Schulter an.

»Ich hab mir schon Sorgen um dich gemacht, Joe. Ab und zu könntest du dich wirklich mal blicken lassen, weißt du! Wie lange ist das jetzt her, dass du nicht mehr beim Gottesdienst warst?«, fragte Father Gibney nachdenklich, während er dem Barmann ein Zeichen gab, den Zapfhahn zu bedienen. »Bestimmt zwei, drei Monate, oder?«

»Oder mehr!«, scholl es heiter aus einer Ecke des Pubs.

»Oder mehr, Joe McCann, oder mehr ...«, lachte der Priester und reichte ihm sein Schwarzbier.

Dann stieß er mit ihm an: der Priester mit seinem goldschimmernden Glas, der Sünder mit seinem Tintenpint.

»Du könntest doch nächsten Sonntag zur Messe kommen! Nelly und die Kinder begleiten! Na? Was hältst du davon, Joe McCann? Gute Idee, was? Und dann setzt du dich in die erste Reihe, wegen deines Ohrs, okay?«

Ein Arm um die Schulter des Sünders, ein honigsüßes Lächeln, ein kurzer Blick zur Decke.

»Ihm hast du nämlich auch schon gefehlt, glaube ich, weißt du ...«

Joe nickte und lächelte matt, bevor er zum Trinken ansetzte.

Ich hob mein Glas. Es war fast leer, und der Kellner zapfte das nächste Bier.

Da stieg Father Gibney von seinem Hocker. Nahm einen Stuhl und setzte sich zu mir.

»Darf ich?«

»Sie dürfen.«

Sein Glas hatte er mitgebracht. Trank es in einem Zug aus. Stützte die Ellbogen auf den Tisch und faltete die Hände vor seinem Mund.

»Ein alter Freund möchte Sie sehen«, murmelte er und sah mich dabei seltsam an. Ich war nervös.

»Mich sehen?«

»Und mit Ihnen reden.«

Ich hatte die Lippen im Schaum und ließ mir Zeit. Suchte den Grund seiner Augen ab.

»Mit mir reden?«

»Wenn Sie es auch wollen, ja.«

Mit mir reden? Solche Gespräche mag ich nicht. Ich habe gestanden und weiter nichts zu sagen. Ich knallte mein Pint auf den feuchten Tisch. Ich hatte verstanden.

»Meinen Sie Joshe?«

»Ja. Er ist Franziskaner und lebt jetzt in einem Kloster in Athlone.«

»Joshe!«, wiederholte ich mit beklommenem Herzen.

»Hier nennt man ihn Father Joseph Byrne. Er ist für zwei Tage wieder in der Heimat.«

Joseph Byrne, Father Donoghues Engel. Der Bengel, der für unsere kleine Fetzenbrigade in den Torfgräben gesungen hatte. Joshe, der *leprechaun*, der Elf, der Gott gedankt und für uns gebetet hatte, der den Gormley-Brüdern trotzte, ohne die Ärmel aufzukrempeln.

»Er möchte Sie treffen. Er hat mich gebeten, Ihnen diese Nachricht zu übermitteln.«

»Er will mich treffen? Warum? Wozu?«

Ich wurde lauter. Ich war beunruhigt.

Der Priester stand auf. »St Mary, morgen, Mittwoch?«

Das war ein Befehl. Am nächsten Tag würde Joshe weiterreisen, nach Belfast. Ja, sagte ich, einverstanden, klar. Sehen ja, reden nein. Ich wollte nur sicher sein, dass Gott ihn nicht zum Märtyrer machte.

7

Onkel Lawrence starb am 17. März 1942, am St Patrick's Day.
Ein Dach hatte unter seinem Gewicht nachgegeben. Er war
ausgerutscht und nach hinten gefallen, auf den Nacken, die
Augen gen Himmel, die Arme ausgebreitet. Ganz Irland war
auf seinem Begräbnis, so kam es mir jedenfalls vor. Hinter
dem Dudelsackspieler im safrangelben Kilt schritt Mama mit
einem mageren Kranz. Dann Róisín, Mary, Áine, Klein-Kevin,
Brian, Niall und Séanna. Ich hatte Baby Sara im Arm und
ging in der ersten Reihe der Männer mit.

Lawrence Finnegan war kein IRA-Mitglied gewesen, dennoch ehrte die Bewegung ihn mit einer Fahne, getragen von
einem Fianna, der mit dem Wind kämpfte. Wir waren Hunderte. Viele Gesichter von außerhalb. Séanna und Tom Williams halfen beim Anheben des Sargs, ich nicht. Der Sarg
ging von Schulter zu Schulter, ohne dass mir jemand ein
Zeichen gab. Ich war offenbar zu jung oder zu klein, nur zur
Begleitung zu gebrauchen. Ich war nicht traurig. Dabei stirbt
die Trauer in Irland zuletzt. Ich marschierte mit den Nachbarn, den Freunden, den ehemaligen Gefangenen, folgte den
IRA-Soldaten, die in drei langen schwarzen Reihen durch die
Straße zogen. Ich war stolz auf diese Menschenmenge, glück-

lich, den Meehans und den Finnegans anzugehören, und stolz, in die Fußstapfen meines Anführers zu treten, Officer Williams.

Die Mütter im Viertel murmelten, Tom trage zu viel Leid in sich. Die Väter sagten, diesem Blick würde selbst der Tod weichen. Zusammengezogene Brauen, schmerzlich gerunzelte Stirn. Wenn ein Gefühl ihm den Atem verschlug, wurde sein Blick glanzlos. Er wirkte gequält. Atmete schwer. Ein Kindheitsasthma nahm ihm die Luft. Einmal hatte ich ihn zum Lachen gebracht. Daher wusste ich, dass sich hinter dieser Melancholie Klein-Tom verbarg.

Am Abend der Beerdigung sprachen wir beide auch über den Tod. Toms Schwester Mary war mit drei Jahren an einer Hirnhautentzündung gestorben. Seine Mutter, die auch Mary hieß, mit neunundzwanzig bei der Geburt einer Tochter, die ihrerseits sechs Wochen später starb.

»Das Elend ist schuld daran, nicht das Leben«, sagte Tom.

Also sprachen wir über das Elend. Die große Hungersnot. Barfüßige Kinder im Dreck, mit nässenden Mundwinkeln vom Hungerausschlag. Den Tod meines Vaters im Eis. Wir hatten einen gemeinsamen Zorn. Und Hass. Tom Williams war aus seinem Viertel geflohen wie wir. Loyalisten hatten eine Bombe auf eine Gruppe Kinder geworfen, die in einem Park spielte. Es hatte Tote gegeben. Toms Onkel Terry Williams wurde verhaftet, weil er seine Straße verteidigt hatte. Die protestantischen Mörder nicht. Das war ungerecht. Alles war ungerecht. Wir waren allein auf der Welt, unser Krieg wurde weggewischt von einem anderen, der uns nichts anging. Die ganze Welt schaute weg. Wir konnten uns nur auf uns selbst verlassen. Tom war arbeitslos wie alle Männer in unseren Vierteln. Séanna und ich wären es auch gewesen, hätte Onkel Lawrence uns nicht sein Geschäft mit seinen Besen, Schaufeln und Kaminbürsten überlassen. In diesem Land würde es nie Arbeit für uns geben.

Tom zündete eine Zigarette an und reichte sie mir mit drei Fingern, die erste meines Lebens. Ich nahm sie. Und blinzelte dann in den Rauch, wie es Erwachsene tun. Tom beobachtete von einer Treppe aus die Straße. Wie er hatte auch ich meine schwarze Krawatte gelockert und meinen Kragen geöffnet. Dann erzählte er, dass er sich Sorgen wegen Ostern mache. Obwohl er nur zwei Jahre älter war als ich, konnte ich ihn nicht als jung empfinden. Sein Gesicht war gezeichnet, sein Blick der eines Witwers. Nie wieder würde ich in der Stimme eines Mannes so viele Verletzungen hören.

*

Die Briten hatten jede Versammlung am Ostersonntag 1942 verboten. Wir hatten beschlossen, uns dem nicht zu beugen. Niemand würde uns daran hindern, den Aufstand von 1916 zu feiern und den Helden der Republik unsere Dankbarkeit zu erweisen.

Die Bewegung hatte drei illegale Demonstrationen in Belfast geplant, flankiert von uniformierten Fianna. Ich fragte Tom, was wir tun sollten, wenn die Polizei eingreife. Er lächelte.

»Sie werden mit uns genug zu tun haben.«

Ich machte große Augen. Ich wollte wissen, was die IRA vorhatte.

»Willst du den Einsatzplan schriftlich?«

Ich wurde rot. Schüttelte den Kopf und sog einen Schwall beißenden Rauchs ein, um mich am Reden zu hindern.

»Jeder an seinem Platz, Tyrone Meehan.«

Er stand auf. Verabschiedete sich wie ein Soldat, mit dem Finger an der Schläfe. Gegenüber lösten sich zwei *óglachs* aus dem Schatten einer Mauer, um ihn zu beschützen.

»Bye, Fianna!«, rief Tom Williams.

Ich sah ihm nach, wie er die Bombay Street entlangging, ein Mann mit drei Schatten. An der Ecke bog er ab. Pfiff »God save Ireland!«. Ich drückte den weißen *sliotar*. Ich machte mir Sorgen um uns alle.

Am Ostersonntag zog Mama uns für die Messe an. Ich trug ein altes weißes Hemd von Séanna. Niall eine meiner Hosen. Meine Fianna-Uniform war unter Saras Decke im Kinderwagen versteckt. Das Viertel war menschenleer und angespannt, aber überall in den Ghettos der Nationalisten öffneten sich freundliche Türen für uns Scouts. Paarweise bereiteten wir uns vor, in Hinterhöfen, Kleiderschränken, Verschlägen, Schulhöfen oder Abstellkammern von Kneipen. Als wir am Laden der Costellos vorbeikamen, machte uns Sheila die Tür auf. Meine Familie umringte den Kinderwagen, als müsste die Kleine getröstet werden. So gaben sie mir Sichtschutz. Als ich zu den Costellos hineingehuscht war, setzten die Meehans ihren Weg zur Kirche fort.

Danny Finley stand oben auf der Treppe. Unter den Augen eines traurigen Jesus legte er schweigend die Uniform an. Sheila saß auf den Stufen und schaute zu, wie ich meine schwarzen Shorts anzog. Ich wurde rot. Ich liebte sie. Aber es war eine prüde Zeit, und die Stadt wusste alles von ihren Kindern. Auf zwei schüchterne Hände, die sich suchten, kamen Dutzende Finger, die auf sie zeigten. Das war weder boshaft noch spöttisch. Nur das Gefühl, dass hinter jedem Vorhang ein Urteil wohnte. Die Briten überwachten unser Handeln, die IRA unser Engagement, die Priester unser Denken, die Eltern unsere Kindheit und die Fenster unsere Liebe. Wir konnten uns nicht verstecken.

»Brits! Brits!«, rief eine junge Stimme auf der Straße.

Sheila sprang auf und lief die Treppe hinunter. Danny zog weiter sein Hemd an. Panik machte ihn nur noch ruhiger.

»Scheiße, da fehlt ein Knopf am Ärmel«, knurrte er.

Seine Hose war am Knie geflickt.

Draußen plärrten Lautsprecher von einem Panzerwagen, dass jegliche Versammlung untersagt und Demonstrieren in Zeiten des Krieges Verrat sei. Zu Beginn der Feindseligkeiten mit Deutschland waren Armeelaster durch unsere Viertel gestreift, um junge Katholiken zur englischen Fahne zu rufen. Der Ruf verhallte fast ungehört. Im Mai 1941 flohen über zweihunderttausend wehrfähige Nationalisten aus Belfast, Tausende weitere übernachteten auf Feldern und Hügeln rings um die Stadt, um den Rekrutierungsversuchen zu entgehen. Und unsere Väter, unsere Mütter, unsere Familien gingen tagtäglich zu Tausenden auf die Straße, um zu verhindern, dass ihre Söhne für den König starben. Am 27. Mai verzichtete London auf die Wehrpflicht für Nordirland. Nur Protestanten aus Ulster zogen für die britische Fahne in den Krieg.

Mama hatte meine Uniform sorgfältig gebügelt. Dunkelgrünes Hemd, ebensolche Jacke mit geschlossenem Offizierskragen, Schulterklappen, zwei Reihen Kupferknöpfe, eine weiße Kordel für die Trillerpfeife und ein orangefarbenes Tuch. Der Gürtel war von meinem Vater, auch den Schultergurt hatte ich geerbt. Der Wagen des Feindes entfernte sich. Ich heftete das Abzeichen der Fianna, den Spieß der Aufständischen von 1798 vor einer glühenden Sonne, an mein Herz. Dann setzten wir uns oben auf die Treppe und warteten auf Befehle. Ich hatte meinen Hut schon auf, Danny seinen auf den Knien. Die breitkrempigen Baden-Powell-Filzhüte klauten wir dutzendweise aus Pfadfinderläden in Dublin und Cork. Irland und Großbritannien verfolgten unsere Geheimarmee, aber unsere Hüte konnten sie uns nicht verbieten.

Die Fianna traten fast gleichzeitig auf die Straße. Danny und ich standen hinter der Eingangstür der Costellos. Sheila schob einen Finger unter den Vorhang und spähte hinaus, ihr Vater hatte die Hand auf der Klinke. Er wartete. Endlich ertönte der metallische Pfiff. Gegenüber öffneten sich zwei Türen und entließen vier Scouts. Da gingen wir auch. Danny ließ uns auf dem Bürgersteig Aufstellung nehmen. Wir waren zehn. Gegenüber kamen noch ungefähr zehn aus einer Sackgasse. Und noch welche aus der Kashmir Road.

»Links! Links! Links, rechts, links!«

Die Stimme eines Offiziers. Wir setzten uns Richtung Falls Road in Gang. Ich zitterte. Wie blöd! Ich zitterte und klapperte mit den Zähnen. Dabei hatte ich so lange von diesem heroischen Augenblick geträumt. Ich, Tyrone Meehan, in Uniform und Gleichschritt. Und jetzt fürchtete ich mich. Oder fror. Das weiß ich nicht mehr. Mein Hut verdeckte meine Augen, aber ich wagte es nicht, ihn hochzuschieben. Die Mädchen der *Cumann na gCailíní* kamen mit grünen Röcken und hochgesteckten Haaren aus der Leeson Street. Rechter Arm, linker Arm, Paradeschwung. Wir marschierten mitten auf der Straße wie eine Kinderarmee.

Sheila ging hinter uns. Mit unserer Zivilkleidung im Beutel. Jedem Scout folgte in einiger Entfernung eine Mutter, eine Schwester oder Freundin. Als ich unsere Fahnen erblickte, traten mir Tränen in die Augen, ich musste lachen vor Glück und hatte Schreie im Bauch. Die riesige Trikolore unserer Republik! Noch nie hatte ich das Grün, das Weiß und das Orange so frei im Himmel flattern sehen. Und die wunderschöne Standarte der Fianna mit ihren goldenen Fransen und der azurgesprenkelten Sonne. Ein Junge trug die Nationalfarben, ein Mädchen das Fianna-Emblem.

Wir besetzten die Straße. Wir hatten sie den englischen Soldaten und den deutschen Bombern entrissen. Die Straße war irisch. Zurückerobert von Kindern in Soldatenuniform. Die Bewohner warteten vor ihren Türen auf dem Bürgersteig. Ringsum gaben IRA-Männer in Zivil knappe Befehle. Als die Fahnen sich in Bewegung setzten, strömten die Nationalisten von allen Seiten herbei. Eine schöne, würdige Menge. Gerührt, ängstlich, in Feierlaune oder in Sorge. Frauen und Hunderte Kinder, Männer, Alte, die sich für Offiziere hielten und den Kindern befahlen, die Reihen besser zu schließen. Eine Blaskapelle setzte sich an die Spitze des Zuges. Ein paar Flöten, drei Trommeln und Akkordeons, die im Marschrhythmus »God save Ireland!« spielten. Ich ging mit den anderen Fianna am Straßenrand. Wir hatten den Befehl, die

Menge zu schützen. Vor den Loyalisten aus Shankill, ein paar Straßen weiter, und vor den britischen Soldaten, falls sie sich zeigen sollten. Ältere Männer hatten Hurling-Schläger in Werkzeugtaschen mit oder genagelte Stöcke. Keine Waffen. Wir wollten uns nur verteidigen, nicht angreifen.

An der Ecke Conway erhielten wir den Befehl, uns zu zerstreuen. Ganz plötzlich. Dabei waren wir noch weit vom Friedhof entfernt. Zwei Männer kletterten auf das Dach eines Lasters, schwenkten die Arme und forderten uns auf, den Demonstrationszug aufzulösen.

»Zurück auf die Bürgersteige! Sofort! Nicht einzeln nach Hause gehen! Schließt euch einer Gruppe an, wenn ihr allein seid!«

»Aber nicht mehr als fünf Leute auf einmal!«, rief der andere.

Den Älteren kannte ich. Er hatte uns von der Großen Hungersnot erzählt.

Ich breitete die Arme aus und pfiff, um die Menge auseinanderzutreiben.

»Nicht rennen! Auf den Bürgersteigen gehen! Weitersagen!«
Danny Finley stieg auch auf den Laster.

»Die Fianna ziehen sich hier um, sofort! Dann geht jeder zu seinem *cumann*!«

Sheila kam angerannt. Sie schüttete den Kleidersack auf dem Bürgersteig aus. Wir gaben ihr unsere Uniformen. Hemd, Jacke, Hose. Ich stand in Boxershorts auf der Straße. Es war mir egal. Sie stopfte das rebellische Grün in ihren Beutel. Drückte unsere Hüte platt. Um uns herum löste sich murmelnd die Menge auf. Die Straße hatte keine Angst. Sie machte sich Sorgen. Was war los? Warum wurde der Zug mittendrin gestoppt? Eine junge Frau eilte auf Sheila zu. Ohne ein Wort oder einen Blick mit ihr zu wechseln, nahm sie ihr das Bündel ab. Verbarg es unter dem Mantel, hängte sich bei einem Mann ein, der scheinbar beruhigend auf sie einsprach, und schleppte sich mühsam über die Straße, eine Hand auf dem Bauch – eine werdende Mutter am Arm des künftigen Vaters. Ich kannte weder die Frau noch den Mann. Aber ich wusste, dass unsere Kleider abends in der Zentrale sein würden, auf Umwegen dorthin gelangt, von unbekannten Händen an unbekannte Hände weitergereicht.

Diese schlichten, schönen Gesten waren mir, seit ich in Belfast lebte, stets eine Beruhigung: die offenen Türen auf unseren Fluchten. Der Tee, den uns eine Frau nachts anbot, nachdem sie uns in ihrem Garten überrascht hatte. Die Beichte, die ein Pfarrer kniend inszenierte, als Polizisten mich bis in seine Kirche verfolgten. Der schwarze Pulli, den mir ein Nachbar um die Schultern legte, als ich im November auf der Straße Wache stand.

»Mein Sohn braucht ihn nicht mehr, da, wo er jetzt ist.«

»*Go raibh maith agat.*«

Ich bedankte mich auf Gälisch. Der Mann lächelte. Und musterte mich genauer.

»Na so was! Verstärkung aus dem Freistaat!«

Dann lachte er und verknotete mir die gestrickten Ärmel vor der Brust.

Ein englisches Aufklärungsflugzeug überflog unser Viertel. Die Kinder zeigten ihm den Stinkefinger und hofften, dass es mit einem der Fesselballone zusammenstieß, die zum Schutz vor Luftangriffen über der Stadt schwebten. In der Falls Road herrschte wieder der übliche schwache Verkehr. Die Bürgersteige waren voller Familien. In ein paar Minuten würde man keine Fianna mehr sehen, keine Rebellen, keine Demonstranten. Nur Einwohner, die schnell zum Tee nach Hause wollten.

*

Tom Williams war zusammen mit fünf Männern der Kompanie C von den Briten verhaftet worden. Das Zweite Bataillon der Belfast-Brigade hatte einen seiner Anführer verloren. Wir versammelten uns in der Zentrale, um den leeren Boxring. Zur Sicherheit hatte Danny nur die Notbeleuchtung eingeschaltet. Immer schlimmere Neuigkeiten trafen ein. Sie kamen von überall her und gingen von Viertel zu Viertel.

Um die Demonstration zu schützen, hatte Tom mit seinen Soldaten in der Kashmir Road das Feuer auf eine Polizeipatrouille eröffnet. Er wurde verletzt und ordnete den Rückzug an, aber die Polizisten verfolgten sie wie eine Hundemeute. In der Cawnpore Street öffneten sich die Türen für unsere Leute. Ein Polizist drang gewaltsam in ein Haus ein: Patrick Murphy, ein Katholik, der selbst in der Falls Road wohnte und neun Kinder hatte. Alle kannten ihn. Er wurde mitten im Wohnzimmer erledigt.

»Er war ein Scheißcop!«, rief Danny Finley.

Trotzdem, er war Katholik.

»Verräterschwein!«, schimpfte Danny.

Wir nickten, doch unsere Fianna-Herzen waren verwirrt. Die IRA hatte einen der Unsrigen ermordet. Oder so gut wie. Einen katholischen Arbeitslosen, der seine Familie ernährte, so gut er konnte.

»Indem er uns in den Rücken schießt, ja?«

Okay. Aber trotzdem. Er war von unserem Fleisch. Britische Haut war Tierleder. Ihr Blut hatte eine andere Farbe als unseres. Es war Soldatenblut. Dicker, schwärzer, schmutziger. Mit dem Schuss auf Murphy hatten wir uns die Pulsadern geöffnet.

Danny schüttelte mich an den Schultern. Ich sollte ihm in die Augen sehen. Besser! Direkt in die Augen! Was ich darin sähe? Einen Irenmörder? Nein! Natürlich nicht! Ich müsse mich zusammenreißen und lernen. Noch einmal ganz von vorn. Das sei kein Krieg zwischen Protestanten und Katholiken! Wolfe Tone, der Vater des Republikanismus, sei Protestant gewesen. Was das für einen Unterschied mache? Ein Protestant könne auch in die IRA eintreten, ein Katholik sich als Soldat des Königs verkleiden. Und? Wer sei unser Feind? Der Protestant in der IRA oder der Katholik in der britischen Uniform? Gegen welchen von beiden müssten wir kämpfen? »Verstehst du das, Tyrone Meehan? Du kämpfst für die irische Republik, nicht für Rom! Deine Pfaffen hast du auf der anderen Seite der Grenze zurückgelassen. Also bring bitte nicht alles durcheinander!«

Ungefähr zwanzig Scouts befanden sich in dem Raum. Danny schaute alle der Reihe nach an, um zu sehen, ob jeder ihn richtig verstanden hätte.

»In der königlichen Polizei sind weniger Katholiken, als ich

Finger an meiner Hand habe. Wer sich darauf einlässt, kennt die Gefahr. Murphy wird eine Warnung sein.«

Dann stellte er sich anders hin, breitbeinig, die Hände hinter dem Rücken verschränkt. Stimme im Befehlston.

»*Na Fianna hÉireann*, stillgestanden!«

Wir nahmen Haltung an, legten die Arme an den Körper und reckten das Kinn nach vorn.

»*Na Fianna hÉireann*, auf die Knie!«

Eine einzige Bewegung, ernst und würdig. Alle gemeinsam auf dem Beton.

Er kniete ebenfalls nieder. Schloss die Augen.

»Im Namen des Vaters, des Sohnes ...«

So beteten wir gemeinsam für die graue Seele des Patrick Murphy.

*

Die sechs IRA-Kämpfer wurden zum Tode verurteilt, doch nur an Thomas Williams wurde das Urteil vollstreckt. Er hatte vor den Richtern bekannt, dass er die Operation angeführt und die tödlichen Schüsse abgegeben habe. Obwohl er verletzt gewesen war, obwohl er wegen eines Asthmaanfalls gar keine Luft bekommen hatte und die Waffe ihm aus der Hand gefallen war, nahm er alles auf sich. Die irische Regierung bat um Milde. Der Vatikan hoffte vergeblich auf eine Geste der Barmherzigkeit. Am 2. September 1942 wurde Tom mit neunzehn Jahren im Hof des Crumlin-Road-Gefängnisses in Belfast gehängt. Und wie ein Hund verscharrt, zwischen Gefängnismauern, in Feindesland, ohne Kreuz, ohne Gedenkschild, ohne etwas, das an ihn erinnerte. Die Briten beraubten uns sogar seiner Leiche.

»Ich traf den Tapfersten der Tapferen. Er ging zum Schafott, ohne zu zittern. Gezittert hat nur sein Henker, Thomas Pierrepoint«, berichtete Father Alexis, der Gefängniskaplan, den in der Kapelle versammelten Gefangenen.

»Betet nicht *für* Tom Williams, betet lieber *zu* ihm. Denn Tom ist jetzt ein Heiliger im Paradies.«

So führte Tom uns an.

In der ganzen Stadt wurden Polizisten und Ulster Gards mit Backsteinen beworfen. Ein Polizeirevier wurde in Brand gesteckt. In Crossmaglen griffen dreißig *óglachs* der IRA die Kaserne der britischen Polizei und Armee an, um einen Offizier zu entführen und aufzuhängen. Die Operation scheiterte, aber ein Polizist wurde getötet. Zwei weitere starben in der Grafschaft Tyrone. Ein vierter wurde in Belfast bei der Verfolgung von Bombenlegern erschossen. Wir waren verloren, verrückt vor Zorn, im Rausch der Rachsucht. Ein erschütterter Journalist berichtete auf der Titelseite des »Belfast Telegraph« von zwei Republikanern, die amerikanische Soldaten mit dem Hitlergruß provoziert hätten.

Von Father Alexis wussten wir auch, dass Tom auf dem Weg zum Tod »God save Ireland!« gepfiffen hatte. Unsere alte Nationalhymne! Die wir in der Familie sangen, in den Pubs, auf Demonstrationen, in den Stadien. Die wir summten, wenn wir britischen Patrouillen begegneten.

Die wir, mit Steinen in den Händen, brüllten, bis uns die Luft ausging.

»*God save Ireland!*« *said the heroes!*
»*God save Ireland!*« *said they all.*

Whether on the scaffold high
Or the battlefield we die,
Oh, what matter when for Erin dear we fall!

*

Im Oktober 1942 wurde mein Bruder Séanna verhaftet. Es gab keine Anklage, keinen Prozess, kein Urteil. Sie sperrten die Aufsässigen einfach weg. Am 3. Januar 1943 waren Danny Finley und ich dran. Meine Arme taten mir eine Woche lang weh – der linke von dem Polizisten, der an mir zerrte, der rechte von meiner Mutter, die mich festhielt. Zwei gleich blaue Flecken, mein Fleisch war von Feindschaft und Liebe markiert.

Sie kamen mitten in der Nacht. Schleiften mich an Haaren und Hemdkragen die Treppe hinunter. Ich hatte angezogen geschlafen, weil ich sie schon erwartet hatte. Klein-Kevin weinte, Brian und Niall weinten, Baby Sara brüllte in ihrer Wiege. Ein Polizist haute mir mit dem Gewehrkolben aufs Auge. Und schlug auf Mama ein. Auf den Arm, ins Gesicht, damit sie mich losließ. Sie fiel hin, die Hände vor dem Mund. Mama auf dem Boden. Mein erster echter Racheschrei. Ein Schrei, der einen aufstehen und kämpfen lässt. Der im Bauch hämmert, wenn das Herz zaudert. Mama auf dem Boden. Ihre Lippen, mein Gesicht, ihr Speichel und mein Blut. Sie hatte sich ihren Rosenkranz abgerissen, streckte ihn mir mit beiden Händen entgegen und schrie zur Jungfrau, als sie mich mitnahmen. Zum ersten Mal rief ich den Hass zu Hilfe.

Auf der Straße, das Gesicht zur Wand und mit erhobenen Händen, standen Danny und noch ein paar Männer. Von den Dächern flogen Dachziegel auf das Metall der Maschinengewehre. Sie zwangen uns, in einen Polizeiwagen zu steigen. Tritte, Fausthiebe, Wut. Polizisten schossen mit Gewehren auf die Fenster. Es waren »B-Specials«, die Schlimmsten von allen, die Mörder unseres Volkes.

*

Am späten Nachmittag kamen wir ins Crumlin Road Gaol. An Händen und Füßen gefesselt, gingen zehn Iren im Gänsemarsch durch die Flure.

Danny und ich waren die Jüngsten.

»Holen sich die Fianna ihren Nachwuchs jetzt schon aus dem Kindergarten?«, spottete ein Gefangener.

Hier war Tom Williams' Körper geschändet worden. Man hatte mir den Ort beschrieben. Grau-weiß gestrichene Backsteinmauern. Die Farbe krank, blasig, abgeblättert, fleckig von Fingern, Schuhsohlen, Feuchtigkeit. Der Boden rot gefliest. Laufgänge und Stege aus Metall, eiserne Wendeltreppen, Gewölbedecken, endlose schmale Flure. Unsere Zellen mit den schwarzen Türen. Das wusste ich alles schon. Aber diesen entsetzlichen Krach und Gestank hatte ich nicht erwartet. Geschrei, Protest, Befehle, menschliches Gebell. Hohe Metallgitter und Türen schlugen auf und zu, scharrten kreischend an Böden und Wänden, genagelte Sohlen hämmerten auf die Fliesen. Man hatte mir von der Einsamkeit in den Gefängnissen erzählt, aber nicht von diesem Höllenlärm. Ich war wie versteinert. Und dann roch alles nach kranken Menschen. Ihrem Schweiß, ihrem Atem, ihrem Dreck, ihrem Fraß, ihrer Scheiße, ihrer Pisse. Als ich in den B-Flügel kam, hielt ich mir die Nase zu und riss damit an den Ketten der anderen.

»Riecht nach Irenschwein, was, kleiner Stinker?«, sagte ein Wärter.

»Nicht antworten!«, befahl Danny, der hinter mir ging.

»Riecht deine Mutter nicht auch so ähnlich zwischen den Beinen?«

Ich schaute in den schmutzigen Schimmer, der durch die vergitterten Oberlichter drang.

»Erinnert dich das nicht an deinen Schweinestall?«

»Er ist noch ein Kind! Lass ihn in Ruhe!«, rief ein anderer Gefangener.

Wortlos stürzten sich die Wärter auf ihn. Er fiel hin. Wir fielen alle hin. Sie schlugen und bespuckten uns. Wir versuchten uns zu schützen. Ich lag am Boden und trat mit den Füßen in die Luft. Ein Dutzend Wachleute kam angerannt, brüllend, mit erhobenen Schlagstöcken. Dann stellten sie sich in zwei Reihen an der Wand entlang auf und nahmen uns in die Mitte. Und prügelten auf uns ein, alle gemeinsam, alle gleichzeitig. Traten uns Arme und Beine zu Brei. Ich schrie vor Schmerz. Andere schrien vor Zorn. Unsichtbare Fäuste polterten gegen Zellentüren.

»IRA! IRA! IRA!«

Ich roch den Gefängnisgestank nicht mehr. Ich hörte den Krach nicht mehr. Ich hatte Blut im Mund, meine Ohren brannten, die Nase war zertrümmert. Der Krach war in mir. Ich musste an die Schläge meines Vaters denken. An meinen Kopf, der wie aus Stein war. An die brennenden Augen. Die speichelbeschmierten Wangen, die ihm Tränen vorgaukeln sollten. Auf einmal ein Pfiff. Zwei Wärter kippten eine Schüssel eisiges Wasser über uns. Anfangs hatte ich vor Angst gefroren, jetzt war ich gefroren vor Schmerz. Wir lagen alle durcheinander im Gefangenentrakt, ein Haufen Fleisch und Seile. Die Wärter waren außer Atem. Sie sahen uns schweigend an, die Schlagstöcke gezückt. Ein Offizier kam dazu. Zündete sich eine Zigarette an.

»Erst morgen in die Zelle. Heute Nacht bleiben sie hier«, befahl er und drehte sich weg.

So lagen wir die ganze Nacht auf dem Betonboden voller Blut und Wasser. Ich auf dem Rücken, den Fuß des einen an der Kehle, die Wange eines anderen an meiner Wange, Dannys Gewicht auf meinen Beinen. Einer hatte gekotzt. Ich schloss die Augen, um zu schlafen. Ich zitterte. Da hörte ich ein Flüstern, eine ganz schwache Stimme.

»Tyrone?«

Danny.

Ich hatte Blut im Mund und braunen Schaum auf den Lippen.

»Wenn du mich hörst, beweg den Fuß!«

Ich tat es.

»Hörst du zu?«

Gleiche schmerzhafte Bewegung.

»Also. Auf dem Land, in der Nähe von Crossmaglen, lauert eine Einheit der IRA einer englischen Patrouille auf. Die Briten kommen jeden Tag um siebzehn Uhr dort vorbei. Um siebzehn Uhr zehn noch immer nichts. Käpt'n Paddy schaut auf die Uhr und sagt: ›Scheiße, hoffentlich ist denen nichts passiert …‹«

Ein Zucken. Ein Lachen. Ein Schmerz in der Brust und im Bauch.

»In ainm an Athair, agus an Mhic, agus an Spioraid Naoimh ...«

In Gedanken betete ich das Vaterunser auf Gälisch.

Und Tom Williams betete mit mir.

Am nächsten Morgen brachte man mich in eine Zelle, allein. Drei mal zwei Meter, ein Eisenbett, ein Nachttisch, eine Schüssel, ein Kübel. Zwei Haken an der Wand für die Kleider. Ziegelgewölbedecke in Cremeweiß, der Boden wie geronnenes Blut, ein hohes Oberlicht, durch das der Tag kaum drang. Mein erstes Mal. Meine ersten Tränen. Sie warteten nur auf ein Signal von mir. Seit ich hier war, hatten mich Stolz und Schmerz zu sehr in Atem gehalten. Doch kaum war die Tür zu und ich allein in meinem Loch, war ich wieder siebzehn. Kein Fianna mehr, kein Republikaner, nicht einmal mehr Ire. Soldat von nichts und niemandem. Ich lag auf dem Bett, die Knie an die Brust gezogen, die Hände unterm Kinn gefaltet, und weinte. In diesem Augenblick begriff ich, dass mein Leben zwischen Kerkermauern und Stacheldrahtstraßen ersticken würde. Rein in den Knast, raus aus dem Knast, bis zum letzten Atemzug. Die Hände frei und gefesselt, frei und gefesselt, und immer nur befreit, um ein Gewehr zu halten und auf die nächsten Fesseln zu warten. Ohne je zu wissen, ob der Tod mich draußen oder drinnen erwischen würde.

»Hier wird nicht geschlafen! Sitzen oder stehen!«, brüllte ein Wärter, das Auge am Spion.

Also ging ich auf und ab. Drei Schritte längs, zwei Schritte quer, mit plötzlichen Rhythmuswechseln, um mich selbst zu überraschen.

Am 8. März 1943 wurde ich achtzehn. Ein paar Kameraden hatte ich es gesagt. Ich hörte ihre Stimmen. Männerstimmen, brüchig von Alkohol und Zigaretten, erschöpft vom Schreien und von der Gefangenschaft. Sie schrien aus ihren Zellen: »Alles Gute zum Geburtstag, kleiner Tyrone!« – »*Lá Breithe shona dhuit, wee Tyrone!*«

»Irisch ist hier verboten!«, brüllte ein Wärter und hämmerte an die Türen.

Unsere Sprache war eine Waffe. Das wussten sie.

Am Sonntag, dem 14. März, kamen während der Messe zwei Häftlinge auf mich zu. Einer riesig, der andere kleiner. Father Alan hatte seine sündige Herde nicht im Griff. Ein paar sangen zwar die Kantaten und antworteten dem Kaplan, die anderen aber nutzten die Messe, um Neuigkeiten auszutauschen. Denn sogar beim Hofgang waren Gespräche zwischen Gefangenen verboten. Hier aber wurde das geduldet. Die Wachen griffen nicht ein. Eine Stunde Freiheit gegen das Durchdrehen.

»Du bist letzten Montag achtzehn geworden?«, fragte mich der Große.

Ein Dutzend andere rückten auf einmal näher und bildeten mit dem Rücken zu uns eine Wand. Ich wunderte mich über diese Umzingelung. Den, der mich angesprochen hatte, kannte ich nicht. Ich nickte.

»Ja, bin ich.«

»Und du bist der Bruder von Leutnant Séanna Meehan?«

Leutnant? Séanna war Leutnant?

»Ja.«

Ein Blick. Ich war beeindruckt. Und tat, als wüsste ich Bescheid.

»Heute hast du die Wahl, Fianna: Nach Hause, wenn du rauskommst, oder zu uns.«

»Das ist keine Verpflichtung«, ergänzte der Kleinere. »Man kann der Republik auch anders dienen.«

»Studieren zum Beispiel«, nahm der Erste den Faden auf.

Ich schüttelte den Kopf. Ich war ein schlechter Schüler gewesen in Killybegs. Ich hatte nie verstanden, warum man zur Schule gehen sollte. Und Mathe und Logik auch nicht. Nur Gälisch, Englisch und Geschichte mochte ich. Die Pfarrer hatten uns an den Haaren gezogen. Mein Vater schlug mich bei jeder schlechten Note. Und meine Mutter konnte mit Mühe ihr Messbuch lesen.

»Ich unterstand dem Befehl von Tom Williams«, sagte ich dann. Nicht aus Eitelkeit oder Anmaßung. Sie sollten nur wissen, dass ich auch nicht erst gestern aus meinem Dorf gekommen war. Der Große deutete mit dem Kopf auf den Kleinen.

»Joe war bei Tom, als er verhaftet wurde.«

»Joe Cahill«, murmelte der andere und reichte mir die Hand.

Hinter mir las der Pfarrer aus Paulus' Brief an die Römer.

»Sie verfielen in ihrem Denken der Nichtigkeit, und ihr unverständiges Herz wurde verfinstert …«

Die Wand aus Männern zog sich um uns zusammen. Ich hob die Hand.

»Ich schwöre Treue der irischen Republik und ihrer Armee, der IRA«, soufflierte mir der erste Gefangene.

»Ich schwöre Treue der *Phoblacht na hÉireann* und *Ólaigh na h'Éireann.*«

»Ich schwöre Treue der Proklamation von 1916 und gelobe zu kämpfen für die Errichtung einer sozialistischen Republik ...«

Der Kaplan betete leise. Und begann uns zu beschimpfen. Father Alan war nicht Father Alexis, der Toms Martyrium begleitet hatte. Er hasste uns.

»Sie sind in ihrem Dichten eitel geworden, und ihr unverständiges Herz ist verfinstert. Da sie sich für Weise hielten, sind sie zu Narren geworden.«

Er hielt seine Predigt mit bebender Stimme, ich gab meinen Schwur flüsternd. Ich wusste, dass er zu mir sprach. Er kannte seine Gefangenen. Unsere Tricks und Finten. Die Zettel, die sonntags von Hand zu Hand gingen, die Gegenstände, die Zeichen. Er wusste, was die Abwesenheit des einen oder die Anwesenheit des anderen bedeutete. Er hatte die Dynamik um mich herum bemerkt. Ihm war klar, dass in der Mitte dieser geschlossenen Gruppe ein junger Mann Gehorsam gelobte. Dass ein Sünder dabei war, geräuschlos den Friedenspakt zu brechen. Dass eine Seele ihm für immer entwischte.

Zur Kommunion stand ich wieder vorn, an meinem Platz.

»Wessen Hände nicht mit Blut befleckt sind, der möge vortreten«, sagte der Pfarrer, wie jeden Sonntag.

Und ich war der Einzige, der wie jeden Sonntag vor ihm kniete.

An diesem Tag betrachtete er mich lange. Mit verändertem Gesicht. Das Lächeln war verschwunden. Ich hatte die Hände gefaltet. Er legte mir die Hostie auf die Zunge.

»Der Corpus Christi.«

Ich hielt seinem Blick stand.

»Amen.«

Ich war unglücklich.

Als ich aufstand, beugte er sich zu meinem Ohr.

»Weißt du, dass du gerade versprochen hast zu töten?«

Ich hatte die Hände noch gefaltet, den trockenen Geschmack des ungesäuerten Brotes im Mund. Ich konnte nicht Ja sagen. Es gibt kein Wort für das Töten. Also habe ich nur diesen Blick verlängert. Ich trotzte ihm nicht. Ich ließ die Tür meines Herzens weit offen.

»Wenn du Barabbas folgst, verwirfst du Jesus«, murmelte der Priester.

Er blickte auf die schweigende Versammlung. Die Gefangenen waren ernst. Als sei ihnen jedes Wort unseres Gesprächs schon bekannt.

»Nächsten Sonntag komm nicht nach vorn zur Kommunion. Bleib bei deinen Komplizen.«

Dann wandte er mir den Rücken.

Als ich wieder zurückging, klopfte mir ein Typ auf die Schulter.

»Lieber ein ordentlicher Streit mit Gott als einsam sein.«

Dann lachte er, während der Pfarrer missmutig seine Stola ablegte.

Achtundzwanzig Monate verbrachte ich in Crumlin. In der Kapelle war ich nie wieder. Ich habe mir mein eigenes Kruzifix gebastelt, aus Brot, Gips, den ich von der Wand gekratzt hatte, und Spucke. Das war genauso gut wie das große silberne Kreuz, das Father Alan für die Messe auf den Altar stellte.

Als ich am 26. April 1945 freikam, hatten die Briten ihren Krieg fast gewonnen. Und wir waren erschöpft.

Gemeinsam mit Séanna übernahm ich das Schornsteinfegerunternehmen von Onkel Lawrence. Wir fanden ein wenig Arbeit im Ghetto, aber die Innenstadt und die protestantischen Viertel blieben uns verschlossen. Oft gab es auch nur einen Tauschhandel: Kaminfegen gegen Essen. Róisín arbeitete in der Post des Viertels. Mary half bei den Costellos aus. Die Kleinen versuchten die Schule zu mögen. Und Mama verlor den Halt. Verbrachte ihre Tage zwischen Küche und Kirche. Betete laut beim Putzen. Verursachte manchmal Menschenaufläufe vor unserem Haus. Oder verfluchte an der Ecke zur Dholpur Lane Passanten und schwenkte dabei ihren Rosenkranz. Dann nahm ich sie am Arm und führte sie wieder nach Hause.

»Wir sind isoliert«, sagte Séanna zu mir, als wir eines Abends auf der Türschwelle saßen.

Er fühlte, was mein Vater durchlebt haben musste, als er seinen Krieg verloren hatte. Als sein Land in zwei Teile zerrissen wurde und Asche seine Hoffnungen begrub. Wir waren die Kinder dieser Katastrophe. Nicht besiegt, aber hilflos. Die Einzigen in Europa, die keine Siegerfahne aus dem Fenster hängen konnten, die nicht auf der Straße tanzten. Ihr Krieg war vorbei. Unserer ging weiter.

8

Ich rannte zurück. Sprang über das Mäuerchen und übersah im Dunkeln den Weißdorn. Die Dornen bohrten sich in meine Stirn und meine Hände. Ich verbiss mir einen Aufschrei. Mein Nacken schmerzte. Ich war starr vor Angst. Gleich hinter mir warf sich Danny Finley kopfüber in die Dornenwand.

»Scheiße! Was ist das?«

»Den Kerlen aus Belfast müsste mal wer Naturkunde beibringen«, knurrte unser Hauptmann, ein Deserteur der britischen Armee.

»Das heißt Dornen. Erinnert ein bisschen an Stacheldraht«, antwortete eine Stimme aus dem Dunkeln.

»Sehr witzig«, knurrte Danny.

Ungefähr fünfzig Mann lagen hinter den Hecken, lehnten an Bäumen oder robbten über die gefrorene Erde. Danny blutete, sein Gesicht war von den giftigen Stacheln zerfetzt. Ich machte eine mitleidige Geste.

»Du schaust auch nicht besser aus«, knurrte er, um mein gezwungenes Lächeln wegzuwischen.

Es war vier Uhr morgens. Wir wollten die Kaserne der königlichen Polizei von Lisnaskea in der Grafschaft Fermanagh angreifen. Bei Einbruch der Nacht hatte ein junger Priester aus Enniskillen unsere Truppe gesegnet. Rom drohte uns mit dem Kirchenbann, aber unsere Pfarrer vergaben uns unsere Schuld. Wir hatten uns um ihn herum versammelt, in der Heide, im Wind, ein Knie am Boden, die Hand auf dem kalten Holz unserer Gewehre. In Zivil. Keine Uniform, nicht einmal eine Fahne. In Mänteln, Mützen, Regenmänteln, Tuchjacken und Stadtschuhen. Wir wirkten eher wie eine Miliz als wie eine Armee. Oder wie unsere Väter im Bürgerkrieg von 1922.

Jeder *óglach* musste seinem Partner Deckung geben. Danny deckte mich, und ich deckte Danny. Die Sprengmeister hatten vier Bomben an der Kasernenmauer gelegt. Danny und ich waren dabei. Und als wir uns in Sicherheit bringen wollten, fielen wir in die Dornen.

Es war der 14. Dezember 1956. Zwei Tage zuvor hatte die »Border Campaign« der IRA begonnen. Die republikanischen Einheiten kamen aus dem Süden, schlugen im Norden zu und zogen sich wieder auf die andere Seite zurück. Zum ersten Mal seit 1944 griffen wir wieder zu den Waffen. Und einige Kämpfer aus Belfast leisteten Beistand.

»Mund auf, Kopf runter«, befahl unser Offizier.

Die Explosionen waren entsetzlich. Ich wurde taub. Klammerte mich an Danny. Alles flog um uns herum. Beton, Holz, winzige Geschosse, die wie Kugeln sirrten. Wir sollten das Gebäude nicht stürmen, nur erschüttern.

»In Stellung!«

Alarm hinter den Mauern. Pfiffe, eine Sirene, Schreie. Ich legte mich hin, die Ellbogen am Boden, die Wange am Kolben meines Karabiners, einer Mauser 98 K. Im Training hatte ich sie schon ausprobiert, aber noch nie im Einsatz. Jeder Kämpfer hatte drei Ladungen mit je fünf Kugeln. Das Ganze war keine Belagerung, nur ein Signal, dass wir den Kampf wieder aufgenommen hatten. Meine erste Kugel ging ins Nichts. Vielleicht war da aber auch ein menschlicher Schatten gewesen. Ich fühlte mich unsicher. Ich hasste es, im Liegen zu schießen. Man drückt sich den Bauch platt, spürt den Rückstoß in der Schulter, den Schlag an der Wange, den Schmerz im Ohr. Ich stand auf.

»Was machst du?«, brüllte ein Kamerad.

Ich schoss vier Mal, geradeaus, breitbeinig wie im Training. Zielte auf das bewegte Chaos. Das Zögern uns gegenüber. Lud nach. Dachte an nichts. Leer in Kopf und Bauch. Nur Pulver und Krach.

»Runter, Meehan!«

Danny kam zu mir hoch. Richtete sich auf, wie ich. Ein Dritter erhob sich. Ich sah nichts. Ließ meine Waffe sprechen. Wir zielten gleichzeitig, ganz ruhig. Als sie das Feuer erwiderten, zog Danny mich zu Boden. Die Polizisten schossen irgendwohin. Bleiwespen summten über unsere Köpfe. Ich schob meine letzte Ladung ein. Plötzlich die furchtbare Stimme der Browning. Ein trockenes, brutales Stakkato von Stahlexplosionen.

»Achtung, Maschinengewehr! Rückzug«, befahl unser Hauptmann.

Keiner verletzt bei uns. Außer durch Dornenkratzer. Kurz vor Morgengrauen kehrte unsere Einheit in den Süden zurück. Wir hatten den Befehl, uns kampflos zu ergeben, falls uns die irische Armee erwischte. Der Generalstab der IRA hatte beschlossen, dass unsere Kugeln dem britischen Feind galten, nicht unseren Brüdern im Freistaat.

Hinter der Grenze wartete an einem Dorfeingang der LKW eines Kohlenhändlers. Wir gaben unsere Waffen ab, ich meine allerdings nur widerwillig. Was ist ein Soldat ohne Gewehr? Nur ein Verlierer. Zwei Männer wickelten sie in schwarze Decken und ließen sie unter den Kohlebriketts verschwinden.

Die ersten Einwohner tauchten um uns auf. Sie senkten den Kopf, wenn sie uns sahen. Keine Begeisterung, aber auch keine Feindseligkeit. Kein Zwinkern wie in Belfast, keine weit offenen Türen. Für viele Iren hier war der Krieg seit über dreißig Jahren vorbei. Wenn er im Norden weiterging, »auf der anderen Seite«, war das nicht ihr Bier.

Einige Mitglieder unserer Einheit gingen zu Fuß über die Felder nach Hause. Es waren Bauern, die in der Nähe wohnten. Andere hatten ihre Räder im Straßengraben liegen gelassen. Zwei stiegen in den LKW, die Revolver im Gürtel. Der Offizier drückte Danny und mir die Hand. Er nahm sich Zeit. Er wollte uns zeigen, dass er nichts zu befürchten hatte. Dass in dieser Gegend die Republik das Sagen hatte. In dem Moment kamen zwei Polizisten an der Kirche um die Ecke. Erblickten uns. Einer hielt den anderen mit einer Armbewegung an. Dann machten sie schweigend kehrt und gingen zurück.

»Hoffentlich haben wir euch nicht vertrieben?«, rief ihnen der IRA-Hauptmann lachend nach.

Ein Wagen kam, er stieg mit vier anderen ein und winkte uns durch das offene Fenster.

»*Éirinn go Brách!*«

Ein Schauder lief mir über den Rücken. Das letzte Mal hatte ich diesen Slogan gehört, als Patraig Meehan George, dem Esel des alten McGarrigle, einen Fausthieb versetzte. Da war ich ein Kind gewesen. Und hatte mich für meinen Vater geschämt, für dieses »Irland für immer!«. Jetzt war es mein Leben.

Danny und ich fuhren mit dem Bus nach Belfast zurück. Die Grenze überschritten wir getrennt. Ich hasste die erste britische Fahne, die mir unterwegs in einem winterlichen Garten begegnete. Ich hasste die alberne Weihnachtsdekoration vor den weißen Vorhängen der reichen Häuser. Und sah auf mein gefrorenes Land. Seine Schönheit. Sein Unglück.

Ich empfand nichts. War nur erschöpft. Döste. Fragte mich, ob ich bei dem Angriff jemanden getroffen hätte. Aufs Sterben war ich vorbereitet, aufs Töten nicht. Hoffentlich müsste ich nie einem Toten in die Augen sehen. Ich hatte noch einmal Aufschub bekommen. Als Opfer und als Mörder. So ging es uns allen. Das wusste ich nur zu gut.

*

Am 16. Mai 1957, mit zweiunddreißig Jahren, wurde ich interniert. Verhaftet wie Hunderte andere Nationalisten auf beiden Seiten der verfluchten Grenze. Wieder ohne Anklage, ohne Prozess, ohne auch nur die Aussicht auf ein Urteil.

Wir waren zu dritt in der Zelle in Crumlin. In britischen Gefängnissen war kein Platz mehr für Einsamkeit. Die Hygiene war animalisch, das Essen exkrementalisch. Wir wussten nicht, ob wir für einen Monat oder zehn Jahre dort sein würden, Gefangene auf Zeit oder lebenslänglich. Die Schwächsten, die Ältesten, die Hoffnungslosen gaben auf. Für eine vorzeitige Entlassung verzichteten Hunderte von uns auf Gewalt. Auch Séanna. Hauptmann Séanna Meehan, mein Bruder. Die Kämpfe und das Gefängnis hatten ihn kaputt gemacht. Außerdem hatte er etwas gegen die sozialistischen Parolen, die seit Kriegsende bei uns die Runde machten.

»Ich bin ein irischer Patriot, kein Kommunist!«, sagte er, wenn wir von einem anderen Land träumten.

Er glaubte nicht mehr an unsere Bestimmung. Hielt die IRA für eine Mücke, die sinnlos um einen Löwen kreiste. Machte sich sogar über unsere Bewaffnung lustig.

»Drei Männer auf ein Gewehr? Da werden wir weit kommen!«

Er hatte keine Angst. Das war es nicht. Er weigerte sich, bei Leibesvisitationen die Arme zu heben. Spuckte auf die Wärter. Gab keinen Ton von sich, wenn er verprügelt wurde. Er war nur müde. Legte die Last der Republik ab. Wollte vom Kampf nichts mehr wissen. Streckte einfach die Waffen. Da war Malachy Meehan, unser Großvater, Mitglied der Irischen Bruderschaft, 1896 von den Briten getötet. Patraig Meehan, unser Vater, der daran gestorben war, dass er die Niederlage überlebte. Und ich, Tyrone Meehan, und er, Séanna Meehan. Und wer wäre morgen dran? Niall Meehan? Brian Meehan? Klein-Kevin Meehan? Sollten sie etwa auch noch die Gefängnisse der Engländer füllen oder durch ihre Gewehre fallen? Nur zu! Und warum nicht Baby Sara den Schlägen überlassen?

Wir redeten lange. Stundenlang hielt er meinen Kopf mit seinen großen Händen. Er würde den Pakt unterschreiben, seine Kapitulation. Würde zurückgehen zu unserer Mutter und die, die noch zu retten seien, weit wegbringen. Er flehte mich an, ihm zu folgen. Und ich, ich hatte nur überflüssige Worte darauf zu sagen, Worte von Toten. Ich schrie, ein Meehan lässt sein Land nicht im Stich. Er lachte böse.

»Mein Land? Welches Land? Was tut denn dein Irland für uns? Und was hat es aus uns gemacht? Kannst du mir das sagen? Dein Problem ist, dass du die Welt aus deiner Straßenecke heraus betrachtest, Tyrone. Wenn ein alter Mann dir zublinzelt, ein Bengel dir applaudiert, wenn eine Tür sich für dich öffnet, dann glaubst du gleich, dein ganzes Volk steht hinter dir. Unsinn, kleiner Bruder! Was ist denn dein republikanisches Irland, Tyrone Meehan? Das sind zweihundert Straßen in Belfast und die verrotteten Ghettos von Derry, Newry und Strabane. Eine Handvoll lumpiger Dörfer. Die Protestanten haben in ihrem Ulster die Mehrheit und werden sie auch behalten. Dublin kehrt uns den Rücken. Die Iren verfolgen uns mit demselben Hass wie die Briten. Unser Leben spielt sich hinter Gittern ab, und wenn wir mal rauskommen, beklagen wir unser Elend. Und wer hört unsere Schreie? Wer wird uns verteidigen? Hitlerdeutschland vielleicht? Da haben wir aber eine politische Lektion gelernt! Unterstützung für alles, was unser Feind bekämpft? Wollen wir das, Tyrone Meehan? Für alle Zeiten mit dem Teufel tanzen?«

Ich weinte vor Hilflosigkeit und Wut.

»Mach die Augen auf, Tyrone! Wach auf! Wir haben nicht bloß eine Schlacht verloren, sondern den Krieg. Den Krieg unseres Vaters. Es ist aus, kleiner Soldat! Aus, verstehst du? Wir sind ein paar tausend Eingeschlossene und rundherum lauter Taube. Wir müssen aufgeben, Tyrone. Und retten, was uns noch geblieben ist, dein Leben, unser Leben. Ich möchte Áine in einem Kleid sehen, für das sie sich nicht mehr schämen muss. Begreifst du das, Tyrone? Ich möchte Lachen hören, neue Gesichter sehen, Straßen ohne Soldaten. Das, was wir sind, will ich nicht mehr, kleiner Bruder. Ich bin von Irland erschöpft. Es hat zu viel von mir verlangt, zu viel gefordert. Ich habe genug von unserer Fahne, unseren Helden, unseren Märtyrern. Ich will mich nicht mehr schinden, um ihrer würdig zu sein. Ich gebe auf, Tyrone. Auch du wirst einmal aufgeben, das weiß ich. Irgendwann, nach der einen Verletzung zu viel. Ich will wieder atmen können. Verstehst du? Leben wie ein x-Beliebiger, der da draußen vorbeigeht. Ein Irgendwer sein. Ein Held von heute. Der samstags seinen Lohn nach Hause trägt und sonntags mit erhobenem Kopf zur Kommunion geht.«

Mein Bruder kam im Oktober 1957 aus Crumlin raus. Mit Mamas Segen nahm er Brian und Niall mit in die Vereinigten Staaten, zu einem Onkel aus dem Finnegan-Clan.

Als ich Ostern 1960 entlassen wurde, war er Cop in New York und verheiratet mit Déirdre McMahon, einer Emigrantin aus der Grafschaft Mayo. Am St Patrick's Day marschierte er in Uniform hinter dem grünen Transparent der Hilfsorganisation Emerald Society mit seinen irischen Kollegen über die Fifth Avenue. Mama zeigte mir ein Foto, auf dem er vor einer Holzharfe posiert. Sie streichelte mit der Fingerspitze sein Gesicht, die Mütze, die fremde Uniform. Sie war weder stolz noch traurig noch sonst was. Ich legte ihr den Arm um die Schulter.

Ich war sechsunddreißig Jahre alt. Wurde zum Leutnant der IRA befördert. Heiratete Sheila Costello. Ein Jahr später, am 14. August 1961, kam unser Sohn Jack zur Welt, unser einziges Kind. Außer ihm und Klein-Kevin war ich der einzige Meehan-Mann unter vier Frauen. Ich wusste, dass nur Mama uns noch zusammenhielt. Wenn sie einmal gestorben wäre, würde Róisín gehen. Dann Mary. Und Áine. Und Klein-Kevin und Sara würden einer von ihnen folgen wie einer Mutter. Aber schon jetzt, während meine Mutter mit irrer Stimme betete, sprachen meine Schwestern heimlich über Australien und Neuseeland. Und Áine träumte von England, was sie mir nie gestanden hat.

Die »Border Campaign« sollte Gebiete in Nordirland befreien, um dort die Grundlagen für eine provisorische Republik zu schaffen. Es war ein Fehlschlag. Wieder einmal mussten wir ganz von vorn anfangen. Die Armee war zerschlagen, die Bewegung und unser Mut am Boden. Als die IRA ihre Kampagne im Februar 1962 offiziell für beendet erklärte, waren acht von uns gefallen, sechs Polizisten getötet und nur unsere Flüsse frei.

9

KILLYBEGS, MITTWOCH, 27. DEZEMBER 2006

»Wer sitzt hier neben mir, Joshe oder Father Joseph Byrne?«

»Wen wolltest du denn sehen, Tyrone?«

Ich lächelte.

»Du wolltest doch mit mir sprechen.«

»Dann ist es Father Byrne.«

»Ich brauche einen Freund, keinen Pfarrer.«

Joshe antwortete nicht. Er hatte sich verändert. Ich hatte ihn als singende Amsel, als pockennarbigen Kobold aus unseren Wäldern in Erinnerung. Jetzt saß da ein schwächlicher, verhutzelter Mönch in einer schwarzen Kutte. Und ich fühlte mich noch älter.

Wir saßen in der Mariä-Verkündigungskirche auf der ersten Holzbank vor dem Altar. Alles war frisch renoviert. Der Chor in scheußlichem Fuchsiarosa. Kein Winkel, nichts, wo man dem Licht entkommen konnte. Joshe schaute vor sich hin. Murmelnd spielte er mit der weißen Kordel seines Habits.

»Du zitterst, Tyrone.«

»Ich habe Durst.«

Er betrachtete das Gewölbe. Schweigen.

»Ohne Judas hätte Jesus nichts tun können.«

»Sprichst du mit mir?«

»Mit uns.«

Ich beobachtete ihn. Er hatte die Hände gefaltet.

»Wonach suchst du?«

»Ich bin gekommen, um dir zu helfen, Tyrone.«

»Wer sagt dir, dass ich Hilfe brauche?«

»Du. Deshalb bist du gekommen.«

Ich drehte mich um. Ein junges Mädchen, ins Gebet versunken, saß nahe der Tür.

»Wer schickt dich?«

Er lächelte. »Das Kind, das du einmal warst. Das schickt mich.«

»Hör auf, bitte! Hier ist niemand außer dir und mir.«

Joshe schloss die Augen. Immer noch dieses Lächeln. Schon als wir Kinder waren, hatte er so gelächelt. Damit sagte er ohne Worte, dass er mehr wusste.

»Vergib mir und dann lass uns das hier beenden.«

Er sah überrascht drein.

»Hast du mich nicht deshalb kommen lassen, Father Byrne?«

»Tyrone! Ich bin kein Absolutionsspender.«

»Du bist Pfarrer. Es ist dein Job, meine Seele zu retten, nicht meine Haut.«

»Du hast bestimmt viel gelitten, mein Freund.«

Er kniete nieder. Ich tat es ihm nach, mit schmerzenden Knien.

»So kann ich nicht bleiben. Sag, was du zu sagen hast.«

Er öffnete die Augen.

»Ich wusste schon immer, dass du der Tapferste und der Loyalste von uns warst.« Nun sah er mich an. »Und um deine Tapferkeit und Loyalität zu prüfen, schenkte Unser Vater dir die Gabe des Verrats, Tyrone.«

Ich starrte vor mich hin. »Hör auf damit, hab ich gesagt!«

»Dein Land hatte es nötig, verraten zu werden, so wie es für dich nötig war, dein Land zu verraten.«

»Joshe, verdammt! Hör auf!«

»Jesus hat Judas Ischariot aufgefordert, das Abendmahl zu verlassen, erinnerst du dich? Und sagte zu ihm: ›Tue, was du zu tun hast, tue es schnell.‹«

Ich stand auf. »Ich gehe, Joshe.«

Er legte seine Hand auf meinen Arm.

»So wie Christus Ischariot brauchte, so brauchte dich dein Land.«

Ich machte mich von ihm los.

»Der Verratene und der Verräter erleiden den gleichen Schmerz, Tyrone. Man kann Irland lieben bis zum Tod oder bis zum Verrat.«

Ich sah ihn an.

»Was erzählst du da?«

»Du bist zum Verräter geworden, um diesen Krieg abzukürzen, Tyrone. Auf dass der Schmerz deines Landes ende.«

Ich fühlte Zorn in mir aufsteigen.

»Was weißt du schon von meinem Verrat, Joshe? Was weißt du denn, Father Byrne? Du hast davon in der Zeitung gelesen, ja?«

»Ich kenne dich.«

»Nein! Du kennst mich überhaupt nicht! Das letzte Mal haben wir uns gesehen, als ich mit fünfzehn Torf stechen war!«

»Aber du bist fünfzehn, Tyrone Meehan.«

Ich ließ mich auf die Bank zurückfallen. Joshe schwafelte Pfaffenquatsch. Ich hatte also recht, mir Sorgen zu machen.

Das Leben hatte dem kleinen Kobold übel mitgespielt, auch die Kirche und alle Heiligen. Er hatte nichts Lebendiges mehr an sich. Seine Kutte war zu groß und zu schwarz. Die Füße im Winter nackt. In den Augen das Schweigen der Blöden. Die Haare ausgefallen, die Zähne auch. Er kam mir so vor, als ob der Tod ihn am Ärmel zöge.

»Kannst du mir einen Gefallen tun?«

Er nickte, sah mich glückselig an.

»Falls du Sheila in Belfast siehst, sag ihr, der kleine Franzose ist willkommen, wenn er das will.«

»Der kleine Franzose?«

»Sag ihr das. Sie wird es verstehen.«

Joshe legte seine Stirn wieder auf seine gefalteten Hände.

»Gib mir ein wenig von deinem Schmerz, Tyrone.«

Er wurde immer leiser.

»Teile diese Prüfung mit mir. Gewähre mir diese Gnade. Mach mich zu deinem Komplizen.«

Er hatte die Augen wieder geschlossen.

»Ich habe nicht mit der IRA gesprochen, auch nicht mit Sheila oder mit sonst wem. Warum sollte ich mich einem Mönch anvertrauen, der gerade aus Zimbabwe zurückkommt?«

»Du bist nicht in der Beichte, du bist in der Liebe, Tyrone.«

»Ich will dein Mitleid nicht, Joseph Byrne! Was mir fehlt, ist nicht Freundschaft, sondern Würde.«

Er sah mich an. Ich rückte an ihn heran und nahm ihn sanft an den Handgelenken.

»Ich bin zum Verräter geworden, Joshe.«

Seine Augen weinten um meine.

»Und das war schwer, das war unmenschlich. Das war zu

groß für mich, Joshe. Also frag mich nicht nach dem Warum. Dieses Warum ist alles, was mir bleibt.«

Er sah mir lange ins Gesicht, in die Augen, auf meine zitternden Hände auf seiner Haut. Er lächelte heimlich.

»Ich danke dir, Tyrone.«

Ich ließ ihn los. Stand langsam auf.

»Wofür?«

»Dass du mir deinen Schmerz geschenkt und mich so um Vergebung gebeten hast. Ich vergebe dir.«

Ich schüttelte seufzend den Kopf. Und verließ das Gewölbefeld, ohne mich zu verabschieden. Ohne das Knie zu beugen oder mich zu bekreuzigen. Liebe war mir zuwider.

»Ich werde deine Trauer teilen, deine Einsamkeit und auch deinen Zorn, Tyrone Meehan.«

Seine Worte in meinem Rücken. Meine Schritte eine Flucht. Nur in Kirchen und Gefängnissen verfolgen dich die Stimmen.

Ich trat hinaus in den Dezemberregen. Ging durch das Dorf.

Traurig. Einsam. Und voller Zorn.

10

Die Kinder kamen schreiend angerannt, warfen Steine auf die Bürgersteige und zerdepperten Flaschen an Hauswänden.

»Die Cops! Sie sind schon im Viertel!«, rief ein Junge im Fußballtrikot, ruß- und schweißverschmiert.

Ich hielt ihn an. Er zitterte.

»Wirf das weg, schnell!«

Er starrte den Ziegelstein an, den er in der Hand hielt, und ließ ihn fallen.

»Und jetzt lauf! Lauf nach Hause zu deinem Vater!«

»Mein Vater ist im Knast!«, schrie er und lief weg.

Ganz in der Nähe hörte man es knallen. Die Polizei schoss mit Tränengas und feuerte Leuchtspurgeschosse gen Himmel. Immer mehr Jugendliche wichen zurück. Es waren Hunderte, ein Chaos, geführt von ein paar atemlosen Fianna. Sie hatten eine Polizeikaserne und ein paar Panzerfahrzeuge mit Steinen beworfen und wurden verfolgt. Normalerweise machte die Polizei an der Grenze unseres Ghettos kehrt, aber an diesem 14. August 1969 drückte sie unsere Tür ein.

»Bogside! Bogside! Bogside!«

Die Menge skandierte den Namen eines Viertels von Derry, in dem die Nationalisten seit vier Tagen gegen die Polizei kämpften.

»Geht nach Hause! Um Gottes willen, bringt euch in Sicherheit!«

Ich war vierundvierzig Jahre alt, stand mit verschränkten Armen auf der Straße und bat die Kinder, nicht weiterzurennen, sondern langsam zu gehen und hinter Türen Schutz zu suchen.

»Und die IRA? Wo ist die IRA? Warum verteidigt sie unsere Straße nicht?«

Eine Frau stand im Morgenrock auf ihrer Türschwelle.

»Was tust du da mittendrin? Vogelscheuche spielen?«, rief ein Junge und stieß mich beiseite.

»Sie kommen! Die Cops sind im Viertel!«

Die Bewohner eilten aus ihren Häusern, um ihre Kinder zu beschützen. Manche hatten Schaufelstiele in den Händen, Hurling-Schläger, Eisenrohre. Eine Frau schwenkte im Dunkeln eine Schöpfkelle. In wenigen Minuten war die Dholpur Lane dicht. Ein Karren, Matratzen, ein Sessel, Schutt aus einer Ruine, ein gusseiserner Herd, von ein paar Männern herbeigeschleppt. Die erste nächtliche Barrikade. Bald danach stand eine zweite in der Kashmir Road weiter oben und weitere in anderen Straßen. Überall Aufstandsgetöse. Scheppern von Metall, Klirren von zerbrochenem Glas, dumpfe Schläge und Schreie.

»Tyrone!«

Danny Finley kam mit sechs Typen der Kompanie C angerannt, eine Decke unterm Arm. Winkte mich zu sich. Ganz außer Atem. Kniete sich hin.

»Wir halten die Straße, Tyrone! Wir sichern und halten!«

Er sprach nicht, er schrie. Artikulierte aber wegen des Tumults jedes Wort überdeutlich. Wie der Kapitän eines Schiffs auf der windumtosten Brücke. Er rollte die Decke auf dem Bürgersteig aus, direkt hinter der Barrikade.

Eine Maschinenpistole Thompson 1921, zwei Karabiner M1, zwei Webley-Revolver, eine Granate und Munition in einer Papiertüte.

»Die IRA! Die IRA ist zurück!«, schrie ein Mann.

Er sprang von der Tonne herunter, auf der er gestanden hatte, und umarmte mich lachend.

»Die IRA! Guter Gott! Schützt uns! Zeigt ihnen, wer wir sind!«

Die IRA! Der Ruf lief durch die Straßen. Jetzt wichen die Menschen nicht mehr zurück. Mit bloßen Fäusten gingen sie zum Angriff über.

»Zurück! Macht die Straße frei für die Kämpfer!«, befahl Danny.

»IRA! IRA!«

Der Straße waren unsere Befehle egal. Frauen traten mit ihren Babys im Arm aus den Häusern. Andere trommelten auf Töpfe, Pfannen und eiserne Mülltonnendeckel auf dem Boden. Ein Priester lief von einem zum anderen, das passende Gebet stets zur Hand. Die Jungen sammelten die Steine auf, die sie vorher weggeworfen hatten. Ein Mädchen schleuderte eine brennende Flasche über die Barrikade. Wir waren nur acht Volunteers, aber das Viertel feierte uns wie eine Befreiungsarmee. Ein paar Straßen weiter stand der Himmel in Flammen. In der Bombay Street brannten Häuser. Als die ersten Gasgranaten fielen, versuchten die Leute, den Qualm zu ersticken. Wasserschüsseln gingen von Hand zu Hand. Plötzlich wurde es helllichter Tag. Das erste Panzerfahrzeug bog um die Ecke und richtete einen weißen Scheinwerfer in unsere Straße. Ein undurchdringlicher Nebel aus dem Chlor der Granaten und dem Rauch der Brandherde. Auch ich kniete, das Gesicht mit einem Lappen geschützt. Ein Mädchen schnitt ein Hemd in Streifen und gab sie den Aufständischen, damit sie sich den Mund bedecken konnten. Ein Junge tauchte hinter mir auf und griff nach unserer Granate. Ich riss sie ihm aus der Hand. Er zuckte die Schultern und rannte weg.

»Hey, Fianna! Wir evakuieren die Zivilisten!«, schrie Danny.

Die Scouts bildeten eine klägliche Kette. Kaum mehr als fünfzehn gingen die Straße entlang und baten die Leute, nach Hause zu gehen.

Danny schoss zwei Mal mit dem Revolver in die Luft.

»Die IRA befiehlt, dass ihr hier verschwindet!«

Die IRA befiehlt! Wir übernahmen die Straße. Endlich kämpften wir wieder.

Ein alter Slogan, schwarz auf eine graue Wand geschmiert, grinste uns von gegenüber an.

»I. R. A. = I-RAN-AWAY!« – IRA = Auf und davon!

Schon seit ein paar Wochen flehte uns die Bevölkerung an zu reagieren. Aber wir waren unfähig dazu. Chaotischer und isolierter denn je. Polizei und Loyalisten waren die Herren unserer Straßen. Seit Beginn der Bürgerrechtskampagne wurden wir Katholiken schlecht behandelt. Was wir wollten? Anständige Wohnungen, Arbeit, keine Bürger zweiter Klasse mehr sein. Ein Mann – eine Stimme! Gleichheit mit den Protestanten. Wir hatten nur Transparente aus zerrissenen Leintüchern in unseren bloßen Händen. Doch für die Briten war unser Zorn Rebellion, für die Loyalisten jede Klage ein Kriegsschrei. Nie würden sie die Macht teilen. Sie riefen zum Endkampf auf, zur großen Schlacht. Um die Papisten endgültig zu vertreiben, einen nach dem anderen über die Grenze zu jagen. Ihre Viertel hatten sie schon gesäubert. Jetzt griffen sie unsere letzten Bastionen an, unsere Häuser, Schulen, Kirchen.

»Ein protestantischer Staat für das protestantische Volk!«, hallten ihre Schreie durch die Nacht.

Überrascht von Dannys Schüssen, wich die Menge zurück. Auch der Panzer. Man hörte den Rückwärtsgang kreischen, dann wurde es wieder dunkel.

In diesem Moment fiel plötzlich der erste Schuss von gegenüber. Und der zweite.

»Die schießen ja richtig! Die Cops haben scharfe Munition!«

Ich nahm die Thompson. Hockte mich hinter die Barrikade. Legte mit zitternden Fingern die Patronen ein, die am Stahl des Magazins abrutschten. Lud so lange nach, bis die Feder blockierte. Zwanzig Kugeln. Ich zählte den Rest in die Tüte: noch neun. Nicht einmal genug, um bis zum Anschlag nachzuladen.

Sie schossen immer noch. Danny ließ sich schwer neben mich fallen.

»Da stimmt was nicht! Irgendwas ist da faul!«

Er drehte seine Trommel und ersetzte die verschossene Munition.

»Womit schießen die? Das sind doch nicht ihre Knarren! Hör mal! Klingt wie Jagdgewehre!«

Die Straße war fast leer. Hunderte Einwohner flüchteten zu

Fuß auf den Straßen nach Ballymurphy und Andytown, um sich in Sicherheit zu bringen. Andere hatten sich zu Hause eingeigelt. Ein *óglach* der IRA kam geduckt zu uns.

»Das sind Loyalisten! Die Cops vertreiben die Leute, und diese Schweine rücken nach. Schießen auf uns und fackeln unsere Häuser ab!«

Vor uns, zwei Straßen weiter, der Knall einer Pistole. Danny legte sich zwischen den Karren und eine Matratze. Schoss zwei Mal. Dann drehte er sich zu uns um. Dirigierte uns mit Handzeichen an unsere Plätze, mich an eine Straßenecke weiter hinten.

»Warnschüsse! Nicht in die Menge!«, rief Danny.

Wir standen in einem Hagel aus Steinen, Schrauben, Metallbolzen. Auf der anderen Seite hatten sie Schleudern. Brandflaschen flogen an unsere Fassaden. Ich stand auf. Stützte die *Tommy gun* an meiner Hüfte ab. Und schoss. Nichts. Ein stählerner Schlag. Ich hatte die Sicherung vergessen. Legte mich auf den Rücken. Stellte den Hebel auf »Feuer«. Schwitzte. Zitterte immer noch. Ich war ein Block aus Angst und Hass. Sie standen vor mir. Ich sah sie. Eine kleine Gruppe, Fackeln, Schreie: Hexenverbrenner, Katechismusteufel. Ein Schatten mit einem Gewehr in der Hand schien auf der Straße zu tanzen. Sie zerschlugen Fenster und Türen. Die Polizei ließ sie gewähren. Ich gab vier schnelle Schüsse ab, fast einen Kugelhagel. Zielte mitten in diesen Haufen lebender Schatten. Ich wollte töten. Die Kraft der Waffe verblüffte mich. Sie war auf meinen Schenkel gerutscht. Ich nahm sie wieder in die Hand. Auf der anderen Straßenseite eröffneten die Unsrigen das Feuer aus Karabinern. Danny stand auf der Barrikade, zielte über die Köpfe hinweg ins

Dunkel. Plötzlich regnete es erneut Gaskapseln. Mit brennenden Augen, Brechreiz und zugeschnürter Kehle zog ich mich in die weißen Schwaden zurück. Keine Luft mehr. Nichts mehr. Wie unter Wasser. Mit weit aufgerissenem Mund und zerschlagener Brust. Ich starb. So war das also. Ich hätte mir ein bisschen Luft aufheben sollen, in einer Backe, der Nase, meiner Tasche. Dann der Schlag. Etwas traf mich heftig an der Schläfe. In die Schulter. Kugeln, Steine, keine Ahnung. Die Maschinenpistole war nach unten gesunken. Ich richtete sie wieder nach vorn. Versuchte sie auf der Hüfte abzustützen. Husten. Blut in den Augen. Ich drückte ab. Glaube ich. Ich weiß es nicht mehr. Ich hörte die Schüsse. Sah das Mündungsfeuer. Danny fiel um. Ich war hinter ihm. In zwanzig Meter Entfernung. Drei Schüsse aus meiner *Tommy gun*, und Danny kippte vornüber. Stand wieder auf. Drehte sich um. Sah mich mit offenem Mund an. Machte eine fragende Geste. War erstaunt. Begriff nicht. Ließ seinen Revolver fallen. Hob seine Hände zur Brust. Glitt an der Matratze entlang, bis er bäuchlings dalag und die Stirn auf dem Boden aufschlug. Das weiße Licht des Panzers ergoss sich in die Straße. Ich stand. Danny lag am Boden. Ich fiel auf die Knie.

»Sie haben Danny erwischt!«

Die Stimme von einem der Unsrigen. Ich weiß nicht mehr, wer es war.

»Und Tyrone!«

Arme hoben mich auf. Ich habe nichts, ich lebe, ich habe nichts, murmelte ich vor mich hin. Eine Hand nahm die Waffe. Jenseits der Barrikade fuhr der Panzer mit heulendem Motor rückwärts. Kein Schuss mehr. Kein Stein. Nur Atemnot. Brandgeruch. Graue Asche, die gen Himmel flog. »Mörder!

Mörder!«-Rufe von Frauen und Männern. Sinnlose Steinwürfe der Kinder, die am Stahl der Maschinenpistole kratzten.

»Tyrone? Hörst du mich, Tyrone?«

Ich habe nichts. Überhaupt nichts. Ich habe Danny Finley getötet. Ich schloss die Augen und ließ mich wegtragen. Ich war nicht verletzt. Nicht ernsthaft. Es waren nur Steine. Ich bekam wieder Luft. Ich wurde über den Boden geschleift, an Armen und Beinen getragen, dann auf den Rücken eines Mannes gehievt. Eine Tür. Ein Wohnzimmer. Ein Sofa. Ich spürte etwas im Kreuz, wie ein vergessenes Kinderspielzeug. Jemand schob mir ein Kissen unter den Kopf. Eine Hand in meinem Nacken. Ein warmes Tuch auf meinem Gesicht, Wasser aus einem Glas an meinen zusammengebissenen Zähnen. Etwas Kaltes lief an meinem Hals hinunter und kroch wie eine Schlange bis zur Schulter. Ich habe Danny Finley getötet. Fieber. Zittern. Draußen bellte ein Polizeilautsprecher Befehle. Ich sah Dannys erstaunten Blick vor mir. Wie er nach vorn fiel. In den Rücken getroffen. Seinen Bruder hatten Loyalisten getötet, ihn selbst ein Republikaner. Am 14. August 1969 habe ich Danny Finley ermordet.

Das war unser Ende. Auch meines.

*

Ich blieb fast eine Woche im Bett. Fianna und Männer der Belfast-Brigade hielten abwechselnd an der Straßenecke Wache. An meinem Bett saß Tag und Nacht Jim O'Leary, ein Sprengmeister des Zweiten Bataillons. Als ich die Augen aufschlug, hieß er mich willkommen, wie auf der Schwelle seines

Hauses. Jim war quasi ein Verwandter. Seine Frau Cathy liebte Sheila wie eine Mutter.

Am dritten Tag trank ich eine Tasse Tee und aß ein halbes Toastbrot. Ich war nicht zu Hause. Ich kannte weder das Zimmer noch Lise, die ältere Frau, die mich pflegte. Am vierten Tag erfuhr ich, dass Mama, mein Bruder und meine Schwester ins Exil gegangen waren. Sheila hatte sie über die Grenze zu einer Tante nach Drogheda gebracht. Róisín, Mary und Áine weinten. Sie wollten nicht mehr fliehen. Sara kotzte während der ganzen Fahrt, Klein-Kevin hatte sich in der Werkstatt versteckt, um nicht wegzumüssen. Mama sagte, danach gingen sie nirgends mehr hin. Versprochen. Sie hätten Killybegs verlassen, seien aus der Sandy Street und der Dholpur Lane vertrieben worden, aber in Drogheda wäre ihr Kreuzweg zu Ende. Als Sheila fragte, ob sie nach Belfast zurückkommen wollten, wenn sich alles beruhigt hätte, bekreuzigte sich meine Mutter und sagte, erst wenn Christus dort als König in seiner Herrlichkeit Einzug halte.

So kehrte Sheila allein zurück.

Überall in den Städten kam es zu Aufständen. Zum ersten Mal seit dem Krieg schickte London die britische Armee nach Nordirland. Nicht die Polizei, nicht die »B-Specials«, keine nordirischen Hilfstruppen, sondern echte Briten. Das königliche Regiment von Wales habe in der Falls Road Position bezogen, erklärte mir meine Gastgeberin. Die Bewohner des Viertels böten den Soldaten Tee und Kekse an. Ich schaute auf.

»Tee und Kekse?«

Sie lächelte.

»Sie haben nichts mit den Mördern zu tun«, sagte sie, während sie meine Decken richtete. Im Gegenteil, sie hätten das Schlimmste verhindert. Ohne sie hätten die Loyalisten uns alle vertrieben und umgebracht.

Mein Mund war trocken, meine Kehle wie Pappe.

»Und Danny?«, fragte ich.

Die Frau sah mich mit einem hinreißenden Blick voll Stolz und Mitgefühl an.

»Er wird Mittwoch begraben.«

Sie setzte sich auf die Bettkante. Und lächelte traurig.

»Bombay Street gibt es nicht mehr. Alles abgebrannt. Dass unsere Straße noch steht, verdanken wir ihm und dir.«

Die Tür ging auf. Zwei Männer standen davor. Den größeren kannte ich, ein Offizier unseres Führungsstabs. Jim salutierte.

»Lass uns allein, Lise. Du auch, O'Leary.«

Er wartete, bis die Tür sich hinter ihnen geschlossen hatte. Mein Magen fühlte sich an wie Blei. Mir fehlte der Wind vom Meer. Ich dachte an Tom und sein Asthma. Der Offizier setzte sich auf mein Bett. Ich blickte ihn an. Er sah mir forschend in die Augen. Holte tief Luft.

»Ich weiß, wie du dich fühlst, Tyrone.«

Ich antwortete nicht. Ließ das Schweigen an meine Stelle treten.

»Wenn einer von uns fällt, dann fragt sich der an seiner Seite immer, warum er noch lebt.«

Er blickte sich in dem kleinen Zimmer um. Die getrockneten Palmzweige hinter dem Kruzifix, das Bild einer weißen Katze in einem Wollkörbchen.

»Der Tod kennt keine Gerechtigkeit, Tyrone. Danny ist gefallen, genauso hätte es dich treffen können.«

Er sah mich an. Legte seine Hand auf meine.

»Dann würde er sich jetzt dieselben Fragen stellen.«

Langsam stand er auf. Ging zum Fenster, hob den Vorhang mit einem Finger an. Wandte mir den Rücken zu.

»Weißt du, was am 14. August 1969 in der Dholpur Lane passiert ist?«

Ich habe Danny Finley mit zwei Schüssen in den Rücken getötet.

»Nein? In dieser Nacht hat die IRA gezeigt, dass sie fähig ist, ein Viertel zu verteidigen. Dass mit unserem Widerstand zu rechnen ist.«

Ich habe Danny getötet. Ich war's. Ich musste husten, konnte nichts mehr sehen. Ich habe geschossen. Mein Kopf schmerzte. Meine Augen gestanden. Aber mein Besucher hörte nur seine eigene Stimme.

»Lebe mit seinem Mut, nicht mit seinem Tod.«

Sei still. Geh und nimm den anderen mit. Verlasst diesen Raum.

»Dein Kampf wird deine Rache sein, Tyrone.«

Er reichte mir die Hand. Er wusste es nicht. Niemand wusste es. In der Dunkelheit, dem Rauch und dem Chaos waren Danny und ich allein gewesen. Niemand sonst hatte seinen Blick gesehen, als er starb. Ich sog die Luft des Zimmers in mich ein, die Luft von der Straße, vom Viertel, von meinem ganzen Land mitsamt dem salzigen Sprühregen am Kai von Killybegs. Er verabschiedete sich mit einer eleganten Handbewegung. Herzlich und brüderlich. Etwas erklärte mich für lebendig. Er würde es nie erfahren. Er nicht und auch der andere nicht, der jetzt ebenfalls die Hand zum Gruß hob.

»Du hast unser Viertel gerettet, Tyrone.«

»Ist Danny ein Märtyrer?«

Was fiel mir ein? Warum fragte ich das? Die Worte waren zu schnell aus mir herausgepurzelt. Mir blieb der Mund offen.

»Ein Märtyrer für die Freiheit Irlands, ja.«

Der Offizier sah mich ruhig an, während der andere hinausging.

»Und du bist ein Held.«

*

Erst hatte ich mich geweigert. Ich wollte nur in der Menge mitgehen, als einer unter vielen. Den Sarg tragen. Nichts weiter. Während der Prozession kamen Männer aus der Einheit auf mich zu. Legten mir die Hand auf die Schulter.

»Das ist er! Tyrone Meehan!« Wie ein Gebet.

Gemurmel auf den Bürgersteigen. Bewegte Blicke. Dankbarkeitsgesten. Zwei alte Nationalisten nahmen Haltung an, als ich vorbeiging, und hoben die Hand an die Schläfe, um mir Respekt zu bezeugen. Ein junges Mädchen gab mir den Kuss der Überlebenden. Ein anderes überreichte mir einen Strauß Märzenbecher. Eine Kindergruppe auf dem Bürgersteig verfiel in den Gleichschritt der Fianna. Keine Briten zu sehen. Sie waren mit ihren blätterbedeckten Töpfen auf dem Kopf hinter den Verhauen in den angrenzenden Straßen postiert.

Erst hatte ich mich geweigert, das Wort zu ergreifen, dann tat ich es doch.

Als ich zum Mikrofon ging, bekam ich Applaus. Lange, wie eine Danksagung. Ich hatte Danny getötet. Ich zitterte.

Seit diesem Tag habe ich nie wieder aufgehört zu zittern. Die Menge dicht gedrängt, andächtig. Ich näherte meine Lippen dem Mikrofon.

Hunderte Blicke. Dannys Frau in der ersten Reihe. Sheila. Jim. Die anderen.

»Danny Finley ist nicht tot!«

Applaus.

»Danny Finley ist nicht tot, weil ihr am Leben seid!«

Ich sah die ersten Tränen.

»Danny Finley ist nicht tot, weil Montag früh in der Clonard Street Mary Mulgreevy geboren wurde. Weil Dienstag in der Crocus Street Declan Curran geboren wurde. Und weil erst heute Morgen in Dunville Siobhan McDevitt geboren wurde.«

Ein Schauer ging durch die Menge. Frauen mit gefalteten Händen. In der ersten Reihe der Offizier, der mich besucht hatte, mit umflorten Augen.

»Danny Finley ist nicht tot. Er heißt Mary, Declan, Siobhan!«

Unsere Fahnen am Fuß der Tribüne. Strahlende Gesichter.

Ich habe Danny Finley getötet.

»Das Leben dieser Kinder ist unsere Rache!«

*

Eine Frau in Rot stand auf. Sie wartete, bis Ruhe eingekehrt war. Auf jedem Tisch Dutzende Flaschen und leere Pints. Ich schaute mich um. Ich kannte sie alle. Jim O'Leary, den Sprengmeister, der an meinem Bett gewacht hatte, und Kathy, seine Frau. Pete Bradley, »den Killer«, die Brüder Sheridan. Jedes Mal, wenn mein Blick einem anderen begegnete, wurde ein Glas auf mich erhoben. Mike O'Doyle, Eugene, das Bärchen, vom Knast gezeichnete Gesichter. Rein ins Gefängnis und wieder raus. In Wartestellung zwischen Leben und Tod.

Die Frau in Rot führte das Mikro zum Mund.

»A brave son of Ireland was shot on Dholpur Street tonight ...«

Die Gläser wurden auf die Tische zurückgestellt. Von den ersten Tönen an herrschte Stille im Pub. Nur diese Stimme, von einem Dutzend anderer begleitet. Wie wenn eine Menschenmenge losmarschiert. Die Frau immer noch mir zugewandt. So wie alle anderen Blicke auch. Für mich, Tyrone Meehan, sangen die Stammgäste des »Thomas Ashe« »Die Ballade von Danny Finley«, der auf den Tag genau vor einem Jahr gestorben war. Das Lied war eine Woche nach seinem Tod entstanden, von republikanischen Zeitungen abgedruckt worden und dann vom ganzen Land einstimmig übernommen. Freunde hatten es schon in einem Londoner Pub gehört und in einer irischen Bar in Chicago, wo Amerikaner ihr Exil beklagten und besangen. Also summte ich mit.

Beim Refrain erhob sich der ganze Saal.

»Slán go fóill mo chara ...« – Adieu, mein Freund ...

Ich hatte meinen Stuhl zurückgeschoben. Stand mitten im Saal, die Arme mit geballten Fäusten an den Körper gelegt. Danny Finley war unter die toten Helden Pearse, Connolly, Thomas Dunbar, Tom Williams eingegangen. Er hatte sie oft besungen, und nun besangen wir ihn. Ich spürte Sheilas Hand auf meinem Arm. Jack, gerade neun geworden, stand bei mir. Sah mich an, dann auf die Menge. Dieses Bild seines Stolzes werde ich mein Leben lang nicht vergessen.

Ich gebot dem Applaus mit der Hand Einhalt. Setzte mich hin. Vor mir noch viele Biere. Das Guinness meines Vaters schmeckte nach Unglück. Seit einem Jahr war ich wie tot. Mein Name war zu bekannt, als dass ich wieder zu den Waffen hätte greifen können. Ich war in den Hintergrund getreten, zwar nur vorübergehend, aber notwendigerweise. Tagsüber wurden vor mir die Mützen gezogen, es gab Lächeln oder warme Worte. Nachts sah Danny mich an. Ein Jahr lang hatte ich durchgehalten. Jetzt würde ich mein ganzes Leben lang durchhalten. Zum Reden war es zu spät. Wem sollte ich es auch gestehen? Father Donovan? Der IRA? Sheila? Jim? Meinem Sohn, der durch mich lebte? Wem denn? Und wozu? Für den Frieden meiner Seele? Meines Herzens? Meines Magens? Ich hatte Danny getötet und es verschwiegen. Ich hatte seinen Sarg getragen, seinen Namen gewürdigt, nach Rache geschrien. Es war zu spät, den Nebel in der Dholpur Lane zu lichten. Ich war voller Schmerz, voller Scham und allein.

Um Mitternacht kamen Franck Devlin und seine Frau auf mich zu, um mir die Hand zu drücken. Er, den alle nur Mickey nannten, reichte mir lächelnd einen Stift.

»Danke, Mickey, nicht heute Abend.«

»Brauchst du ihn wirklich nicht? Hast du deinen dabei?«

Seit 1942 ging das so. Wenn wir uns über den Weg liefen, zwinkerte er mir zu und gab mir seinen Stift. Niemand verstand diese legendär gewordene Geste. Mickey hatte mich vor achtundzwanzig Jahren überführt und nutzte es immer noch aus. Das war nicht böse gemeint, bloß eine kindliche Neckerei. Ich wurde rot. Er legte mir die Hand auf die Schulter.

»Ein weiter Weg, nicht wahr?«, sagte er und ging an seinen Tisch zurück.

Ich hob mein Glas zu seinem Gruß.

Es war im Crumlin, am Tag nach meiner Ankunft. Das erste Mal im Knast. Bevor sie mich wegschlossen, bat ich darum, auf die Toilette gehen zu dürfen. Irgendetwas muss mich geritten haben. Ich hatte noch einen Bleistiftstummel in meiner Socke, ein bisschen Grafitstaub in einem Splitter Holz. Ich fühlte mich wie draußen, hinter der Tür eines Pissoirs in einem Pub. Und schrieb in schönen Buchstaben »IRA« an die schmutzig graue Wand. Dann kam ich in die Zelle.

Am nächsten Tag redete die ganze Abteilung über nichts anderes. Es gab ein großes Gelächter. Aber wer war's? Wer hatte sich da zur IRA bekannt, wo doch alle nur deswegen hier waren? Wer hatte sich in einer Dubliner Pissbude gewähnt? Wer machte da auf oberschlau, um nachkommende Blasen zu verschrecken?

Mickey war für die Wäsche verantwortlich. Er fand den Stift, den ich im Umschlag meiner Hose vergessen hatte. Er musste es mir versprechen. Und versprach es. Tyrone Meehan aber sollte für ihn stets der Junge bleiben, der sich an einer Klowand im Crumlin Road Gaol zur IRA bekannt hatte, weil er als Einziger nicht der Geheimarmee angehörte. Mickey wachte über meine Jugend.

An diesem Abend in meinem Club fühlte ich mich zu Hause. Nicht bei mir, sondern bei ihnen zu Hause, das erste Mal. Eingebrochen in die Schönheit der Tapferen.

»Wir gehen, Tyrone. Ziehst du die Jacke an?«

Sheila stand vor mir. Jack war am Tisch eingeschlafen, den Kopf auf den Armen.

Das »Thomas Ashe« leerte sich allmählich.

»Bye, Tyrone!«

»Gott schütze dich, Meehan!«

Stühle wurden aufeinandergestapelt, Tische über den Boden geschleift, Gläser ineinandergestellt, der eiserne Rollladen der Bar rasselte herunter. Ein Rumoren von Trunkenheit, Lachen, Bier, zu lauten Stimmen. Ich zog meine Jacke an. Setzte die Mütze auf. Schwankte durch den Saal. An der Wand ein gerahmtes Porträt von Danny mit Trauerflor. Ich blieb davor stehen. Das aufflammende Neonlicht knallte auf seine Augen und seine Stirn.

Lieut. Daniel »Danny« Finley

1924–1969

2nd Bat C. Company

Óglaigh na hÉireann

Er schaute geradeaus. Sah mich aber nicht an. Er hatte beschlossen, mich in Frieden zu lassen. Ich spürte Jacks Hand in meiner. Wir gingen in die Nacht hinaus. Es roch nach Regen. Ich schlug den Jackenkragen hoch, betrachtete die Straße, die niedrigen Häuser, die schwarzen Fenster, die schwerfällig torkelnden Schatten, von denen der Rausch langsam wich. Ich ließ Jacks Hand los. Erhob die Faust. Und brüllte:

»*Éirinn go Brách!*«

»*Éirinn go Brách!*«, wiederholte mein Sohn.

Ich stieß einen lang gezogenen Schrei aus. Eine ungeheure Klage. Den Schrei von George, das Weinen des Esels.

11

KILLYBEGS, DONNERSTAG,
28. DEZEMBER 2006

Jack ist umsonst gekommen. Er hatte es seiner Mutter versprochen und es deshalb gemacht, Punkt. Eiseskälte zwischen uns. Ich war nicht mehr sein Vater, er war nicht mehr mein Sohn – zwei Fremde in einem Zimmer.

»Wie geht es dir?«

Er blickte von seinem Steingutkrug auf, den er mit beiden Händen hielt, um sich zu wärmen. Schaute mich an. Trank den letzten Schluck Tee.

»Sprichst du mit mir?«

Ich stand auf. Das Feuer erstarb, es wurde noch kälter.

»Du sprichst mit Jack Meehan, ja?«

Ich wandte ihm den Rücken zu, stocherte in der Glut.

»Ich spreche mit meinem Sohn«, sagte ich leise.

»Mit deinem Sohn? Willst du damit sagen, ich habe einen Vater?«

»Ja, du hast einen Vater.«

Ich legte ein feuchtes Scheit auf die Flammen.

»Zwanzig Jahre lang hatte ich einen Vater, aber der ist gestorben«, brüllte er.

»Nein. Er steht vor dir und schürt das Feuer.«

Jack stieß seinen Stuhl zurück, sodass er umfiel. Fegte den

Becher mit dem Ellbogen vom Tisch. Scherbenklirren. Stand aufrecht da.

»Hör auf damit! Für mich bist du nichts mehr, verstehst du? Nichts! Ein Verräter! Seit sechsundzwanzig Jahren! Du hast es gestanden, sechsundzwanzig Jahre! Ein Verräter, der mich im Gefängnis besucht hat! Erinnerst du dich, als ich rauskam? Erinnerst du dich daran? Ich saß neben dir im Auto, und du hast gesagt, du bist stolz auf mich. Erinnerst du dich? Stolz auf mich!«

Ich setzte mich wieder an den Tisch meines Vaters.

»Stolz auf mich? Ich habe zwanzig Jahre in den Gefängnissen deiner britischen Freunde verbracht! Zwanzig Jahre, verdammt! Und du bist stolz auf mich?«

»Möchtest du noch einen Schluck Tee?«

»Du hast Mama verraten, du hast Irland verraten, du hast alles verraten, was um uns herum atmet. Du hast mich verraten. Du hast nicht einmal das Recht, hier zu leben!«

Ich sah ihn an. Ein echter Meehan. Fast hätte ich gelächelt, so satt hatte ich das alles. Aber er war alles, was ich noch hatte.

»Und du kannst mir noch ins Gesicht sehen? Ja? Wie machst du das?«

»Ich sehe meinen Sohn an.«

»Ich verbiete es dir. Nimm dieses Wort nie wieder in den Mund. Nie wieder!«

*

Als Kind liebte Jack Killybegs. Holte Wasser vom Brunnen, träumte vor den Kerzen, formte im Licht der Sturmlampe geheimnisvolle Schattenwesen und lächelte am Hafen den Schiffen zu. Stundenlang konnte er über die kahlen Hügel streifen, die endlosen Steinmauern entlang, durch den roten Farn, der ihm bis zur Hüfte ging. Er liebte die kleinen Inseln, winzige Tupfen auf dem Meer, soweit das Auge reicht. Sheila wollte nach drei Tagen heim, doch Jack hat immer darum gebettelt, noch bleiben zu dürfen. Für ihn war das Cottage ein Trapperheim, ein Indianerzelt, ein Haus aus der Zeit vor dem Hunger, als man noch nicht die dampfenden Kartoffeln in der Schüssel zählte. Selbst als er Fianna geworden war, blieb er ein Kind. In Belfast roch er nach Benzin, die Hände von Backsteinen aufgeschürft, die Stirn zornzerfurcht. Ich sah Tom Williams aus seinen Augen blitzen und hatte Angst um ihn. Aber in Killybegs schulterte er die Angel, jagte den Maulesel und schlug, wenn er über die Heide heimwärts ging, mit einem Eichenstock auf das Gestrüpp ein, um die bösen Feen zu vertreiben.

1979 hat Jack zusammen mit Dave »Snoopy« Barret in der Castle Street einen Polizisten getötet. Jack fuhr das Motorrad, Snoopy schoss drei Mal auf die Uniformierten, die die Straße versperrten. Weiter oben, in Glen Road, standen die Panzerwagen der Armee. Jack beschloss, nach links in eine kleine Straße zu flüchten. Ein republikanisches Taxi war dicht hinter ihnen. Snoopy streckte die Hand aus, um den Fahrer zu warnen, dass sie abbiegen wollten, die Pistole in seiner Faust hatte er vergessen. Die Soldaten nahmen die Verfolgung auf. Das Motorrad streifte den Kantstein. Sie ergaben sich kampflos. Warteten, das Gesicht auf dem Boden, die Hände im Nacken. Als sie verhaftet wurden, hatte sich der Tod des

Polizisten noch nicht herumgesprochen. Ein Dutzend Leute kam aus den Backsteinhäusern. Snoopy rief ihnen seinen Namen zu. Jack schrie: »Meehan! Dholpur Lane!« Die Briten schossen nicht. Sie ließen sie am Leben. Und mussten sie vor Gericht bringen. Denn Dutzende Nationalisten wussten, dass Dave Barret und Jack Meehan an diesem Tag, in dieser Straße von Glen Road von der Armee verhaftet worden waren. Und lebend in die Panzerfahrzeuge gestiegen waren. Die Briten schossen, um zu töten. Ein paar aus unserem Lager waren darüber entsetzt. Ich nicht. Ich hatte meinen Feind noch nie als zivilisiert empfunden. Ich versuchte sie zu töten, sie wollten mich umbringen. So ist das im Krieg.

Mein Sohn wurde zu lebenslänglichem Zuchthaus verurteilt. Einundzwanzig Jahre Knast. Im Juli 2000 wurde er mit den letzten republikanischen Gefangenen entlassen. Und kam trauriger heraus, als er hineingegangen war.

»Wo ist unsere Fahne?«

Das war sein erster Satz. Auf dem Heimweg von Long Kesh. Sheila saß hinten, er neben mir. Über die Lehne hinweg hielt sie seine Hand. Wir schwiegen. Irland hieß meinen Sohn willkommen. Klarer Himmel, Wüstensonne und eine leichte Brise. Jack hatte die Stirn an die Scheibe gelehnt. Er musste die zwanzig Jahre hinter Stacheldraht erst verwinden. Und plötzlich am Straßenrand, in einem maschendrahtumzäunten Hof im Schatten einer Schule, die britische Fahne. Groß, neu, strahlend.

»Wo ist unsere Fahne?«, fragte Jack.

Er suchte den Blick seiner Mutter im Rückspiegel.

»Dafür das alles?«

Sheila murmelte etwas von Friedensprozess, Verhandlungen, Kompromissen. Bald würde unsere Fahne wieder wehen. Entscheidend sei doch, dass unsere Kinder freikämen und ihre Väter nicht mehr stürben.

Jack sah mich an. Ich starrte auf die Straße. Dafür das alles? Es war ein Anfang, gab ich ihm zur Antwort. Ein neuer Anfang sei nötig gewesen. Nun gebe es keine bewaffneten Patrouillen mehr in unseren Straßen, keine Razzien, keine Kontrollen. Die Briten bauten ihre Kasernen ab und die Wachtürme an den Grenzen. Polizisten verteilten Strafzettel an Falschparker in der Falls Road. Kannst du dir das vorstellen? Knöllchen unter den Scheibenwischern wie in London oder Liverpool! Und weißt du was? Jacky Nolan und John McIntyre, deine Schulkameraden, sind zur Polizei gegangen. Nicht mehr nur Protestanten, auch Katholiken ziehen die Uniform an. Und das ändert doch alles, meinst du nicht? Aber Jack hob eine Hand und bat mich zu schweigen.

Lange hat er nur mit dem Rücken zu uns und dem Gesicht zur Wand gegessen. Er fand essen obszön. Neun Jahre hatte er in totaler Isolation verbracht. Zuerst sprach er nur mit sich selbst. Bewegte sich kaum. Legte die Matratze auf den Boden seines Zimmers. Er versuchte, sich ein Leben mit Fiona aufzubauen, einer Freundin aus seiner Kindheit. Dann mit Lucie. Schließlich mit uns. Mit siebenundvierzig Jahren ist er nach Hause zurückgekehrt. Nachdem er erst Späher, dann Fianna, *óglach*, Leutnant und Hauptmann der republikanischen irischen Armee war, ist er heute Türsteher in einem Pub in Belfast. Trennt prügelnde, besoffene Jungs, die ihn fragen, für wen er sich hält. Und ihn daran erinnern, dass es keine IRA mehr gibt, die ihn verteidigen könnte. Dass er ein Pinguin in schwarzem Anzug und weißem Hemd ist. Ein Niemand. Und er sagt nichts darauf.

*

Endlich stand Jack auf. Sah mich an. Zog Anorak und Handschuhe an. Die Stunde war noch nicht um. Sheila hatte noch nicht auf der Straße gehupt.

»Warte zumindest, bis deine Mutter da ist.«

»Meine Mutter? Meine Mutter ist all die Jahre neben einem Fremden aufgewacht. Weißt du das? Verstehst du das? Sie ist wie tot!«

»Ich verstehe.«

»Nein! Du verstehst gar nichts! Du begreifst nichts! Du kannst gar nicht wissen, wie es ist, wenn man keinen Vater mehr hat, keinen Ehemann, nichts mehr! Mein Vater? Das war Tyrone Meehan! Der große Tyrone! Scheißheld, ja! Er hatte unsere Liebe, unser Vertrauen, unseren Stolz. Wir haben dir alles gegeben! Und du hast die, die dich geliebt und geschützt haben, verraten! Erinnerst du dich, als ich klein war, habe ich dir jede Nacht geholfen, unsere Eingangstür zu verbarrikadieren, damit diese Schweine nicht in unser Haus kamen. Und du? Du hast mit diesen Schweinen gemeinsame Sache gemacht!«

»Ich verstehe.«

»Weißt du, wie sie dich in Belfast nennen? Den Mann. Niemand spricht mehr unseren Namen aus. Wir sind die Familie des Verräters.«

»Ich weiß.«

»Was sollen wir tun, Mama und ich? Wie sollen wir damit fertigwerden?«

»Ihr werdet ohne mich weitermachen.«

»Wir werden nie wieder Licht sehen.«

Ich senkte den Kopf. Seit dem Morgen rumorte ein altes Sprichwort in meinem Bauch. »Gibt es ein Leben vor dem Tod?« Tom Williams hatte uns das gelehrt, damit wir die Hoffnung nicht sinken ließen.

Jack ging zur Tür.

»Ich brauche dich, mein Sohn.«

Er blieb stehen, vor dem Riegel, dem Schloss und den doppelten Ketten, die ich an der Tür angebracht hatte. Den Rücken mir zugewandt, mit hängenden Schultern. Sein Seufzen. Und dieses Schweigen. Es dauerte lange. Er legte die Faust an die Wand und verbarg seinen Kopf in der Armbeuge. Er weinte nicht.

»Ich kann nicht. Es tut zu weh. Es ist einfach zu schrecklich, was du uns angetan hast, Papa.«

»Ich brauche euch.«

Er drehte sich noch ein letztes Mal um. Schön wie der Zorn. Wenn er aus der Tür wäre, würde ich ihn nie wiedersehen, das wusste ich. Also stand ich auch auf. Suchte nach einem Satz, einem Wort. Er trat in den Raureif hinaus. Stand auf der Schwelle, die Hände in den Taschen, vom Wald erdrückt.

»Jack?«

Er zuckte die Schultern.

»Ich liebe dich.«

Das war alles, was mir geblieben war.

Er sah mich an, sprachlos, den Kopf zur Seite geneigt, wie als er noch klein war.

»Ich liebe dich«, wiederholte ich.

Er runzelte die Stirn. Schien nicht zu verstehen. Ging rückwärts zu dem Weg, der auf die Straße führt. Sagte kein Wort. Sah mich beim Gehen an. Er war dabei, das Haus, seine Kindheit, den alten Brunnen, die zärtlichen Kerzenflammen, die Zwerge, den Wald zu verlassen, das Dorf seiner Ahnen, seinen Vater, ganz Irland, das ich ihm geschenkt hatte. Er hatte die Arme ausgebreitet. Stolperte blindlings rückwärts. Mein Kind, mein Sohn, mein kleiner Soldat. Er weinte. Sein Mund klaffte in einer Maske des Schmerzes. Er floh. Er rettete sich vor mir. Seine Schritte knackten auf dem Holz, dem Stein, der gefrorenen Erde. Ich hatte eine Hand an die eisige Wand gestützt, ich konnte nichts mehr tun. Weder für ihn noch für mich. Ich war nicht einmal mehr Verräter. Ich war tot. Er auch. Wir alle. Wie alle Kommenden. Ich erwartete nichts mehr. Und ich wusste auch nicht mehr, wo unsere Fahne war.

12

Am 20. Oktober 1979 wurde ich zu fünfzehn Monaten Gefängnis verurteilt. Ein Schnüffler aus dem Viertel hatte mich denunziert. Aus Sicherheitsgründen machte der Kerl seine Aussage vor Gericht hinter einem Vorhang versteckt. Seine Stimme gegen mich.

»Meehan hat den Jungen geschlagen und gesagt, dass die IRA Dealer bestraft. Und wenn er noch mal mit Dope ins Ghetto kommt, schießt er ihm ins Knie ...«

Ich schloss die Augen. Ich kannte diese furchtsame Art zu sprechen. Paddy Toomey vielleicht, der von unseren Jungs dafür bestraft worden war, dass er, als er aus dem Pub kam, seine Frau windelweich geprügelt hatte. Oder Liam Moynihan, den wir nach einer versuchten Vergewaltigung gezwungen hatten, das Viertel zu verlassen. Ich beugte mich etwas nach vorn, um es herauszufinden. Eine Tweedschulter, der Schatten eines Arms hinter dem Vorhang ...

»Gerade sitzen, Meehan.«

Ich machte eine unbestimmte Bewegung. Einer nach dem anderen wurden wir vor diese *diplock courts* geladen. Nur ein Richter, keine Geschworenen, verborgene Zeugen. Sie wollten mich einsperren, weil ich einen Dealer bedroht hatte? Die Briten lagen ganz schön daneben. Unsere Armee war auferstanden, in geschlossenen Einheiten organisiert. Ich lächelte den Richter an. Er wich meinem Blick aus. Nachdem ich für das Zweite Bataillon und dann für die Belfast- Brigade verantwortlich gewesen war, gehörte ich nun zum Führungsstab der IRA. Der kleine Mann in Schwarz wusste gar nicht, über wen er da richtete. Fünfzehn Monate? Ein Geschenk. Und doch ein Horror.

*

Seit dem 1. März 1976 hatten Republikaner und Loyalisten ihren Status als Kriegsgefangene verloren. Durch die Macht der Sondergesetze waren wir über Nacht zu Verbrechern geworden. Und mussten die Gefängniskleidung der gewöhnlichen Sträflinge tragen. Als Kieran Nugen, neunzehn, am 14. September 1976 nach Long Kesh kam, beharrte er darauf, in seiner Zelle nackt zu bleiben. Wickelte sich in seine Bettdecke ein. Er war der Erste. Ein Zweiter folgte ihm, dann ein Dritter. Franck »Mickey« Devlin, der Mann mit dem Stift, war der Neunte …

Sie wurden jedes Mal geschlagen, wenn sie duschen gingen. Also zerschlugen sie im März 1978 ihre Möbel und weigerten sich, ihre Zellen zu verlassen. Zur Strafe räumten die Wachen alles aus und ließen nur noch die Matratzen auf dem Boden übrig.

Ein paar Tage später leerten sie auch die Aborteimer nicht mehr. Als diese überliefen, beschlossen die republikanischen Soldaten, auf den Boden zu pissen und in die Hände zu scheißen und die Exkremente an den Wänden zu verschmieren.

Als ich am Donnerstag, den 1. November 1979, in Block H4 kam, lebten die Kameraden schon seit drei Jahren nackt in ihren Decken und in ihrer Scheiße.

*

Ich hatte seit Langem nicht mehr gezittert. Ich zog mich vor den fünf Wärtern aus und würdigte sie keines Worts, keines Blicks. Ich dachte an Jack, meinen Jungen, der fünf Monate vor mir diesen Raum betreten hatte. Auf dem Boden lag ein Spiegel. Ohne dass sie etwas sagten, hockte ich mich darüber und weitete meinen Anus mit den Fingern. Ich war vierundfünfzig Jahre alt. Die Aufseher waren jünger als ich. Einer von ihnen hielt mir die ordentlich gefaltete türkisblaue Gefängniskleidung mit den gelben Borten hin. Ich blickte dem Jungen in die Augen und spuckte auf den Stoff.

Das gefiel den Wärtern nicht. Also setzte es Prügel. Dann stießen sie mich mit einem Fußtritt in die Zelle. Ich schlug mit Stirn und Jochbein auf den Boden. Lag nackt auf dem Bauch, setzte mich mühsam auf. Ein Daumen verstaucht, zwei Rippen angebrochen. Ich blutete aus Mund und Nase. Etwas rann heiß in meinen Nacken. Mein Kopf war angeschlagen. Ich fühlte mit der Hand nach. Eine Delle. Mir fehlte ein Stück Haut. Mein linkes Bein fing an zu zittern. Ich umschlang meinen Oberkörper. Es war kalt. Ich schaute mich in der Zelle um. In einer Ecke ein Lumpen Mensch, vergraben in der Matratze.

»Jack?«

Ich erkannte meine Stimme nicht wieder. Sie klang wie eine knarrende Tür.

Ich fürchtete, dass er es war, und hoffte es. Er war es nicht. Es war ein anderer Sohn. Er wandte den Kopf, erhob sich langsam aus seiner Zellenecke. Er war sehr jung, zart oder mager, mehr grau als blass, mit wirrem Bart und Haaren bis zu den Schultern. Wortlos nahm er die gefalteten Decken, die auf der freien Matratze lagen, legte sie mir um die Schultern und setzte sich neben mich. Meine Wachsamkeit ließ nach. Ich weiß nicht, wieso. Vielleicht wegen dieser Geste. Dieser rauen Sanftheit, dieses aufmerksamen Schweigens. Vielleicht wegen seines Blick, der den meinen traf. Mein Atem ging stoßweise. Es lief warm aus mir heraus. Ich ließ es laufen. Die laue leuchtende Pfütze unter mir wurde größer. Er wich nicht zurück. Die Pisse erreichte seinen nackten Fuß, umschloss ihn und setzte ihren Weg bis unter das Bett fort.

Er gab mir die Hand.

»Aidan Phelan, West-Tyrone-Brigade.«

»Tyrone Meehan, Belfast-Brigade.«

Er lächelte.

»Der Freund von Danny Finley, ich weiß. Es ist mir eine Ehre.«

Dann zündete er sich eine Zigarette an, die er aus Tabak und einem Seitenrand seiner Bibel gerollt hatte.

»Die Jungs sagen, Matthäus brennt besser, aber mir sind die Apostelbriefe lieber.«

Er nahm einen beißenden Zug und reichte sie mir.

»Petrus, Paulus, alles dasselbe …«

Wir rauchten schweigend.

Ich betrachtete den dunklen Raum. Verdorbenes Essen war in schleimigen Haufen an der Wand entlang verteilt. Rundherum Abfall, Fäulnis, Verwesung. Und Scheiße, verschmiert bis zur Decke. Spuren von Fingern. Ein Kruzifix an dem zerbrochenen Lichtschalter. Mich schauderte.

Die Wärter, die mich in die Zelle brachten, trugen Masken. Die Luft war dick wie in einem Abwasserkanal. Ich wusste nicht, dass ein Geruch einem die Kehle zukleistern kann. Als es Nacht wurde, hatte ich mich fast an den Gestank gewöhnt, an meine klebrigen Beine, die Kälte, die Dunkelheit und unser aller Scheiße.

»Is cimí polaitiúla muid!«

Eine ferne Stimme. Ein Schrei aus einer Zelle. Meine Sprache.

»Wir sind politische Gefangene!«, antwortete Aidan und humpelte zur Tür.

»Táimid ag cimí polaitiúla!«, schrie ich.

Bis dahin hatte ich keine Menschenseele gesehen. Nur den hasserfüllten Blick der Wärter. Und jetzt dieser Ruf meiner Kameraden, meiner Freunde, meiner Brüder im Kampf. Ein Dutzend rauer Stimmen in ihrer Wut, ihrem Zorn, ihrer Schönheit. Ein wunderbarer Tumult. Gebrüll und nackte Fäuste, die an die Türen hämmerten. Ich lauschte nach der Stimme meines Sohnes inmitten all der Geschlagenen. Und wollte sie doch nicht hören.

»Tiocfaidh ar là!«, erhob sich die Stimme des ersten Gefangenen wieder über das Getöse.

»Tiocfaidh ar là!«, antworteten die anderen.

»Unser Tag wird kommen!«

»Das war dein erstes Abendgebet«, lächelte mein Gefährte.

Dann verstummte alles.

*

Nachts weinte Aidan manchmal. Schluchzte wie ein Kind und zog sich die Decke über den Kopf. Eines Morgens betrachtete ich ihn. Er schlief mit offenem Mund, auf dem Bauch, eine Wange eingequetscht. Sein Arm hing auf den Boden. Maden ringelten sich in seinen Haaren und auf seinem Handrücken.

Nach dreizehn Monaten sah ich aus wie er. Die Haare hingen mir in fettigen Büscheln über Ohren und Nase. Mein Bart wuchs wild. Das Gesicht des einen erzählte vom Gesicht des anderen. Wie abgemagert ich war, sah ich an seinen abgespannten Zügen, seiner grauen Haut, seinen schwarz umrandeten Augen.

Er veranstaltete Schabenrennen in seiner Zellenecke. Ich ließ ihn die zweiunddreißig irischen Grafschaften aufsagen.

»Meath … Mayo … Roscommon … Offaly …«

Er lernte ein paar Worte Gälisch von mir. Unverzichtbar im Gefängnis.

»*Póg mo thóin!*« – »Küss mir den Arsch!« – war sein Lieblingskriegsruf. Den murmelte er jedes Mal, wenn ein Wärter die Tür öffnete.

Wir hatten beschlossen, gemeinsam zu scheißen, um aus der Privatangelegenheit eine Zeremonie zu machen, aus der Erniedrigung ein gemeinsames Ritual. Er hockte sich links neben die Tür, ich machte in meine Hände. Dann schmierten wir unsere Exkremente mit vollen Fingern in großen warmen Kreisen an die Wände. Anfangs musste ich kotzen. Von dem gemeinen Anblick und dem überwältigenden Gestank. Allmählich aber lernte ich, meinen Ekel in Zorn zu verwandeln. Verteilte frische auf schon getrockneten Schichten menschlichen Bewurfs, ohne mich zu schämen.

Die Gefangenen hatten Karton zu Röhren gerollt, die sie in den Spalt zwischen Tür und Boden steckten. Zur festgesetzten Zeit, gleich nach dem Essen, pissten wir alle hinein und setzten den Flur unter Urin.

»Sie werden uns niemals brechen!«, sagte mein Kamerad.

Besuche und Briefe waren verboten, Hofgang auch. Wir waren Tag und Nacht eingesperrt. Wir hatten jeglichen Zeitvertreib aufgegeben. Wir sprachen wenig. Wir hielten stundenlang die Lider gesenkt. Oft scheuten wir davor zurück, dem Blick des anderen zu begegnen.

»Wenn wir hier rauskommen, können wir das keinem erzählen«, sagte Aidan einmal.

»Das wissen doch alle draußen«, erwiderte ich.

Er schüttelte den Kopf.

»Wissen, Tyrone? Mein Gott, was wissen sie denn? Keiner versteht, was wir hier erleben! Scheiße ist für sie nur ein Wort, Tyrone! Kein Stoff! Nicht die Sauerei, die uns durch die Finger rinnt!«

Eines Morgens stürmten die Wärter in unsere Zelle und beschimpften uns. Polizisten mit Helmen begleiteten sie, rannten durch den Flur und hauten mit ihren Schlagstöcken gegen die Wände. Wir waren aufgestanden, nachdem wir das

Geschrei der anderen Häftlinge gehört hatten. Standen Rücken an Rücken, Nacken an Nacken, die Arme ineinander verhakt, die geballten Fäuste auf der Brust. Brüllten für unser Leben, gegen die Angst. Zitternd vor Zorn. Bildeten einen einzigen Körper, den sie mit ihren Hieben zerstörten.

Sie schlugen mich zu Boden, rissen mir die Decken vom Leib und schleiften mich an den Beinen in den Flur. Die Schlagstockhecke. Von ihren Schilden geschützt, rächten sie sich an den verfluchten Iren mit ihren Decken, ihrer Scheiße, ihren Beschimpfungen, ihrer Verachtung. Schlugen auf diese nackten Männer ein, auf Köpfe, Beine, Rücken, erhobene Hände. Brandmarkten uns. Drückten uns ihren Stempel auf.

Ich wurde an Bart und Haaren zu den Duschräumen geschleppt. Wehrte mich schreiend. Berauscht von den Schreien der anderen, spürte ich keine Schmerzen, gar nichts mehr. Erst glaubte ich, sie wollten uns töten. Es war das Grauen. Zu dritt drückten sie mich auf den Boden, die Arme auf den Rücken gedreht, ihre Hände um meinen Hals. Ich wehrte mich kratzend und spuckend. Dann hoben sie mich auf wie einen Sack und schmissen mich in eine Badewanne mit eiskaltem Wasser. Sie wollten mich ertränken. Ich strampelte mit Armen und Beinen. Bekam einen Kinnhaken. Fiel zurück, mein Kopf knallte gegen die Wand. Dann begannen sie mich zu säubern. Ein Jahr Widerstand wegzuputzen. Einer striegelte mich mit einer harten Bürste, Rücken und Arme. Rieb mich ab wie einen störrischen Gaul. Als müsste er eine Toilettenschüssel putzen. Schnaufte mit offenem Mund und drohte meinem Vater, meiner Mutter, allen Schweinen meiner Art.

»Das ist für Agnes Wallace, du Schwein! Sagt dir das nichts, Agnes Wallace?«, brüllte er.

Doch ich überschrie ihn.

»Und William Wright? Auch nicht? IRA-Dreckstück!«

Er striegelte, er kratzte. Fixierte meine Hände mit der Bürste auf dem Wannenrand und riss mir die Nägel ab.

»William McCully! John Commungs!«, bellte er in mein Ohr.

Hämmerte mir den Rhythmus mit der Bürstenrückseite ein.

»Robert Hamilton! John Milliken!«

Milliken. Daran erinnerte ich mich. Ein Leitender Aufseher der Gefängnisverwaltung, der auf dem Heimweg von der IRA erschossen worden war.

Mein Gott! Er rächte seine Toten.

»Thomas Fenton, du Sau! Desmond Irvine, du Mörder!«

Der zweite Aufseher löste ihn ab. Bearbeitete meinen Schädel mit einer stumpfen Schere. Riss mir die Haare aus. Schnippelte, rupfte.

»Mickey Cassidy! Gerald Melville!«

»James Connolly! Patrick Pearse! Eamonn Ceannt!«, gab ich zur Antwort. Ich brüllte mir die Seele aus dem Leib. Blut um Blut, Zorn um Zorn, ihre Opfer gegen meine.

Die Schere nahm ein Stück Ohr mit.

»Albert Miles!«

»Tom Williams!«

»Nazi!«, kläffte der Aufseher mit der Bürste. »Dreckiger Nazi!«

Ich hatte Blut in den Augen. Der dritte Aufseher würgte mich. Legte seinen Unterarm um meinen Hals und drückte zu. Ich bekam keine Luft mehr. Mein Mund stand offen, die Zunge hing heraus, ich kriegte die Kiefer nicht mehr zu-

sammen. Auf dem tätowierten Arm vor meinen Augen durch-
bohrte der Union Jack mit seinem Schaft das irische Ban-
ner.

»Ihr habt Danny Finley ermordet!«

Sie drückten meinen Kopf unter Wasser. Und hielten mich
fest: eine Hand auf meinem Schädel, eine im Nacken, zwei
Arme um die Beine, ein Schuh im Kreuz. Damit ich erstickte.

Auf dem Rückweg trafen wir auf einen Trupp Astronauten.
Mit Schutzhandschuhen, Stiefeln, Overalls, durchsichtigen
Schutzmasken, wasserdichten Kapuzen. Ausgerüstet mit
Putzmitteln, Hochdruckreiniger und Sauger.

»Geh doch zurück auf den Mars, Arschloch!«, knurrte ein
verwundeter Gefangener.

Mich brachte mein Wärter zurück. Ein komischer Kerl, fast
kahl und älter als die anderen, der stets ein Wort oder einen
Blick für uns übrig hatte.

Wir nannten ihn »Popeye«, wegen seines Kinns und der fehlenden Zähne. Er brachte uns das Abendessen. Und sah jedes
Mal bestürzt auf unser Loch. Nahm seine Stoffmaske ab, als
wollte er unseren Leidensweg teilen. Schüttelte den Kopf und
murmelte: »Jesus Maria!«

Er musste Katholik sein.

Einmal hat er mich gebeten, mit den Schweinereien auf-
zuhören und den blauen Anzug zu akzeptieren. Ich war allein
in der Zelle. Aidan hatten sie zur Verwaltung gebracht, um
ihm den Tod seiner Schwester mitzuteilen, die bei einem
Brand ums Leben gekommen war. Sonst blieb Popeye an der
Schwelle stehen. An diesem Tag kam er herein. Hielt sich in

der Mitte der Zelle, möglichst weit weg von den besudelten Wänden. Stellte den Blechnapf auf meine Matratze.

»Nicht mal Tiere leben so.«

Ich wiederholte unsere Forderungen. Skandierte unsere Parolen. Und ärgerte mich über mich. Er hatte als Mensch zu mir gesprochen, und ich hatte geantwortet wie ein Automat. Sein Kollege wartete auf dem Flur, er war vorsichtig in dem, was er sagte, und leise. Unser Dreck sei allen gleichgültig, die Briten würden uns auch tausend Jahre drinlassen, wenn nötig. Außer in unseren Vierteln, dem isolierten Kreis der irischen Republikaner, habe die Welt keinen Blick für uns übrig.

»Das geht jetzt schon vier Jahre so. Ist dir das klar? Vier Jahre! Und schau, wo ihr heute steht. Du bist es doch, der in der Scheiße lebt, Meehan, nicht Margaret Thatcher.«

Die Aufseher machten sich oft über ihn lustig. Dann verteidigten ihn die Gefangenen. Manche meinten, sein Mitgefühl sei nur ein Trick, so eine *Bad-guy-Good-guy*-Taktik. Doch eines Abends, als Aidan um seine Schwester weinte, bot Popeye ihm an, einen Brief zu seiner Familie zu schmuggeln. Er ließ ihn versprechen, dass er nichts Politisches schriebe, nur einen Trauerbrief, Trost eines Sohnes für seine Eltern. Aidan nahm an. Das war von beiden eine Wahnsinnsaktion, nach den Gefängnisregeln kriminell. Und für Popeye war es Verrat.

Aidan ging in sich, starrte die Wand an. Lange suchte er nach einer passenden Bibelstelle, dann riss er die Seite heraus. Las sie mir vor. »Das Nationalgebet nach der Niederlage«, Psalm 60. David betet zu Gott:

»Du hast dein Volk hart geprüft,
du gabst uns betäubenden Wein zu trinken.«

Der Junge aus Strabane fragte mich, was ich von seiner

Auswahl hielte. Ich gab keine Antwort. Ja, sagte er dann, Gott habe uns hart geprüft. Und diese Prüfung sei für ihn der Beweis seiner Gegenwart. Dann schrieb er lange auf den Seitenrand. Winzig und zusammengedrängt, wie die Gefangenen vor dem Deckenstreik, als es noch Besuche gab. Als wir unser Leben auf Zigarettenpapier erzählten, das wir unendlich oft zu einem Päckchen falteten, klein wie ein Fingernagel. Geheimes aus dem Untergrund, in Alu- oder Frischhaltefolie verpackt. Nachrichten in Männerbacken, anstelle einer fehlenden Plombe. Notizen, beim Kuss im Besuchsraum von einer Zunge zur anderen geschoben.

Aidans Brief steckte in einem Rest weißer Bohnen, als der Wärter eines Abends unsere Essnäpfe abholte.

Die Astronauten gingen durchs Gittertor zurück. Popeye trug mich. Hielt mich um die Taille, meine Hand lag auf seiner Schulter. Ich humpelte, spuckte Blut und Speichel. Alles tat mir weh. Meine Knie knickten bei jedem Schritt ein. Meine Haut brannte wie von der Sonne zerfressen und vom Sand zerrieben. Alles drehte sich. Ich stolperte. Und wartete einen Moment, dass der Boden sich beruhigte.

In diesem Augenblick sah ich Robert Sands. Zum ersten und letzten Mal in meinem Leben. Der Gefangene, der auf Gälisch in die einbrechende Nacht schrie, das war er. Man hatte mir draußen von ihm erzählt, mit sehr viel Respekt. Er war siebenundzwanzig Jahre alt. Vor dem Deckenstreik schrieb er Artikel für die republikanische Zeitung, Gedichte, zeichnete, gab Gälischunterricht. Bobby Sands war zusammen mit vier *óglachs* verhaftet worden. Sie hatten einen Revolver im Auto gehabt, für fünf. Er bekam vierzehn Jahre Haft.

»Deinem Chef geht's nicht gut«, murmelte Popeye.

Im Knast war Bobby der Anführer der IRA. Zwei Wärter hatten ihn links und rechts am Arm gepackt und schleppten ihn rücksichtslos in seine Zelle zurück.

»Schau nicht hin!«

Ich schloss die Augen. Ich hatte nicht viel von ihm gesehen, er war halb von seiner Decke verhüllt. Hinter meinen geschlossenen Lidern bewahrte ich seine weiße Haut und die Male von den Schlägen. Die Arme herabgesunken, die Beine weich. Die nackten Füße schleiften über die Fliesen. Der Kopf pendelte. Eine Seele im rauen Leichentuch.

In der Zelle traf mich ein Schock. Der Boden war feucht, alles stank nach Desinfektionsmittel, Ammoniak, Chlor, eine Mischung aus Leichenhalle, Abort und Krankenhaus. Sie hatten die Wände gereinigt. Nur noch Schatten unserer Spuren waren zu sehen. Decken und Matratzen waren nass. Aidan hockte in seiner Ecke, eine feuchte Decke um die Hüfte und über den Schultern. Die Haare auf einer Seite kürzer und eine große kahle Stelle vorn. Er rieb sich das Knie. Ich ging zu ihm hin. Von seiner Seite aus sah man das milchige Dachfenster draußen. Es regnete. Mir tat alles weh. Die Haut, der Kopf. Mein Blut pulsierte. Hinten im Kiefer waren zwei Zähne rausgebrochen. Meine Zunge war eine einzige Wunde. Aidan hatte ein Auge geschlossen. Und ich den Mund offen. Wir kämpften nicht gegen das Schweigen. Wir warteten auf die Nacht, stumm aneinandergepresst.

»*Tiocfaidh ar là!* – Unser Tag wird kommen!«

Geschrei auf dem Flur. Der Letzte kam wieder in seine Zelle zurück. Ich war mit dem Rücken zur Wand eingenickt.

Schlug die Augen auf. Stumme Frage von Aidan. Er lächelte im Dunkeln. Die Aufseher hatten das Licht noch nicht angeschaltet. Er stand auf. Ging zur Tür, in seine kleine Ecke unter dem Kruzifix. Ich stand auch auf. Er schiss auf den Boden, ich in meine Hände. Und dann begannen wir unsere Zelle wieder auszumalen.

*

Als ich am 7. Januar 1981 Long Kesh verließ, umarmte ich Aidan. Drückte ihn an mich wie Jack. Unsere Bärte, unsere wirren Haare, unsere verdreckten Decken, unser Stolz. Bobby Sands organisierte gerade einen Hungerstreik, damit wir unseren Status als politische Häftlinge wiedererlangten. Von Zelle zu Zelle stellten wir unsere Forderungen auf. Fünf lächerliche Forderungen: das Recht, Zivilkleidung zu tragen, sich frei zu versammeln und nicht für das Gefängnis arbeiten zu müssen. Wir wollten Besuch bekommen, einen Brief und ein Päckchen pro Woche. Und die Straferlasse, die wegen unseres Widerstands gestrichen worden waren.

Ich flehte Aidan an, sich nicht auf die Liste der Freiwilligen für das Martyrium zu setzen. Er war neunzehn und hatte eine zweijährige Tochter. Er war zu knapp fünf Jahren verurteilt worden und käme eines Tages wieder raus. Dann könnte er für sie sorgen.

Wir wussten, dass der Hungerstreik tödlich enden konnte.

Im Vorjahr, im Oktober 1980, hatten fünf Gefangene zweieinhalb Monate gehungert. Im Gefängnis von Armagh verweigerten drei Frauen das Essen. London spielte auf Zeit.

Während der Verhandlungen um das Ende der Bewegung versprachen die Briten, die Gefängnisregeln zu ändern. Der Hungerstreik wurde abgebrochen. Mary und die beiden Maireads waren bereit, wieder Nahrung zu sich zu nehmen. Auch Tom, Séan, Leo, Tommy und Raymond. Und Brendan, IRA-Offizier und Knastchef vor Bobby Sands. Einen Monat später widerrief Humphrey Atkins, Staatssekretär für Nordirland, sein Versprechen. Die republikanischen Gefangenen blieben gewöhnliche Verbrecher.

Bobby hatte den Abbruch des ersten Hungerstreiks akzeptiert, es war an ihm, den zweiten anzuführen. Zu seiner Entschlossenheit kam der Schmerz über den Betrug. Er machte den Anfang, am 1. März 1981, andere folgten, einer pro Woche, Lebende sollten die Toten ersetzen.

Aber nicht Aidan. Er nicht. Nicht mein Jack. Ich weiß nicht, warum ich ihn das versprechen ließ. Hier, innerhalb der Mauern, hatte ich keine Befehlsgewalt. Durch Stacheldraht und Wachttürme war ich vom Offizier zum einfachen Soldaten geworden. Nichts und niemand könnte Bobby dazu bringen, seinen Hungerstreik zu beenden. Weder der Rat der irisch-republikanischen Armee, noch unsere Anführer, noch unsere Priester, noch die Gebete der Frauen in unseren Straßen, noch seine Schwester, seine Mutter oder die Tränen seines siebenjährigen Sohnes Gerald. Und ich bat diesen Jungen, Aidan Phelan, den Tischler aus Strabane, am Leben zu bleiben. Flehte ihn an, es für mich zu tun.

»Du musst weiterleben«, sagte ich.

Er hat es mir als Sohn versprochen. Und Wort gehalten.

13

Am 8. Januar 1981 um vier Uhr morgens fielen drei Saracen-Panzer der Armee, zwei Landrover der britischen Polizei und ein Dutzend Soldaten in die Dholpur Lane ein. Neun Stunden nach meiner Entlassung kamen sie mich holen. Ich schlief, Sheila weckte mich. Sie brachen unsere Haustür mit einem Rammbock auf. Ich lief zur Treppe, im Schlafanzug, mit bloßen Füßen.

»Tyrone Meehan?«

Das war keine Frage. Das war ein Befehl. Der Soldat stand am Fuß der Treppe, den Gewehrkolben an der Wange. Ich nickte, die Hände erhoben wie für eine Durchsuchung. Ein Cop packte mich an den Haaren, ein anderer im Nacken. Die Tür war zerborsten und aus den Angeln gerissen.

»Er ist gestern erst rausgekommen!«, schrie Sheila. »Lasst ihn! Um Himmels willen! Er kommt gerade aus dem Knast!«

Vollkommen zerschunden, mit verrenkten Armen, das Kinn auf der Brust, landete ich auf der Straße. Der graue Panzer stand mit weit aufgerissenen Türen vor dem Haus. Kaum zehn Schritte waren es von meiner Schwelle zu dem vergitterten Stahlkoloss. Die Dholpur Lane stand wieder auf. Unter einem Hagel von Schreien, Steinen und Flaschen zog sich der Konvoi aus dem Viertel zurück. Ich lag auf dem

Boden des Panzers, die Hände auf dem Rücken gefesselt. Ein Cop zog mir eine schwarze Plastiktüte über den Kopf. Ich bekam die Panik. Ich dachte, sie wollten mich ersticken. Drei Polizisten drückten ihre Stiefel in meinen Nacken, meine Beine und den Rücken. Ich sah Aidan vor mir, die Zelle, den schmierigen Boden, die Wände mit den Exkrementen. Ich wollte sterben. Ich wollte nicht zurück ins Gefängnis.

Ein Offizier kniete sich neben mich hin, den Mund an meinem Ohr. Er stank nach Kanalisation.

»Na, Paddy! Wie war die Freiheit? Bisschen lang vielleicht, was? Wann bist du denn rausgekommen? Vor zehn, zwölf Stunden?«

Ich gab keine Antwort.

Seit wir 1941 mit Mama und Onkel Lawrence die Grenze überquert hatten, wusste ich, wann ich mich etwas trauen konnte und wann ich besser den Kopf einzog. Als mein Bruder Séanna einmal von einer Patrouille bedroht wurde, hielt er sich die Hände vors Gesicht und schnitt Grimassen wie ein Bauer, der den Stock seines Herrn fürchtet. Die Soldaten lachten. Séanna hatte einen Revolver und zwei Granaten bei sich.

»Der Feind unterschätzt uns, das ist seine Schwäche«, sagte er.

Wenn er Briten begegnete, spielte er oft den Blöden. Hinkte stark, verzog die Lippen, schob das Kinn vor und riss die Augen auf, dass sein Gesicht den äffischen Iren-Karikaturen in der englischen Presse glich. Er machte das für mich, sah mich dabei aus den Augenwinkeln an. Und immer gab es einen Soldaten, der den anderen zuraunte: »Ha! Der ist perfekt!«

Es ging nicht zum Verhörzentrum von Castlereagh. Dafür war die Fahrt zu lang. Auch nicht zurück nach Long Kesh. Wir fuhren nicht über die Autobahn, sondern durch kurvige Straßen. Meine rechte Wange wurde immer wieder gegen den Boden gequetscht. Kein Geschoss, weder Backstein noch Erdscholle, traf den Panzer. Und der beschleunigte auch nicht abrupt, um Schwärme feindseliger Kinder abzuhängen. Kein Zweifel: Wir befanden uns auf protestantischem Gebiet.

Ich stieg blind aus dem Landrover aus, die Plastiktüte noch über dem Gesicht. Hände stützten mich, stießen mich nicht. Männer- und Frauenstimmen. Eine Tür und noch eine. Kein Gittertor, kein schnappendes Schloss, kein klirrender Schlüssel – ein Flur mit freien Menschen. Der geschlossene Klang eines kleinen Raums. Das kannte ich von meiner Zelle. Ein Stuhl wurde mir gegen die Waden geschoben. Eine Hand berührte meine Schulter. Heizungswärme. Ich setzte mich.

Als sie meine Handgelenke befreiten und mir die Tüte abnahmen, ließ ich die Lider noch eine Weile halb zu. Das Neonlicht war unangenehm. An den Wänden abgeblätterte Krankenhausfarbe, ein Plakat von Hitchcocks Film »Die Vögel«. Das Fenster war vergittert. Dahinter unbekannte Gebäude. Regen pladderte an die Scheiben.

»Tee?«

Ich saß an einem großen Tisch, sie waren zu dritt. Alle in Zivil, keine Uniform. Ich ging auf Abstand. Dachte zunächst an Loyalisten. Aber sie sprachen mit englischem Akzent.

»Kaffee vielleicht?«

Der mich das gefragt hatte, zog seinen Anorak aus, ohne mich aus den Augen zu lassen. Er hatte sehr rote Haare und einen buschigen Schnauzbart. Sein linkes Auge saß tief in der Höhle. Der zweite war sehr schmächtig. Der dritte weißhaarig. Er sah aus dem Fenster. Beobachtete mein Spiegelbild im Glas. Unsere Blicke trafen sich.

»Warum bin ich hier?«

Der Feind hatte mich weder an Stühle noch an Wärme gewöhnt. Ich wusste, wie man seinen Kopf vor Schlägen schützt, wie man im Gefängnis überlebt, Beschimpfungen und Gebrüll übersteht. Mit ihrer Gewalt konnte ich umgehen, aber nicht mit dieser Ruhe. Der Schmächtige reichte mir eine Tasse Tee. Belauerte mich. Ich trank aus, ohne die Königin, die mir von dem blauen Porzellan entgegenlächelte, eines Blickes zu würdigen.

»Wir wissen alles über dich. Jetzt geben wir dir mal ein paar Informationen.«

Der Mann am Fenster drehte sich um. Setzte sich auf die Tischkante.

»Ich bin Stephen Petrie, Agent des MI5, britische Spionageabwehr.«

Ich stand auf.

»Davon will ich nichts wissen!«

Er lächelte.

»Setz dich, Tyrone, alles okay.«

Er zeigte auf den Schmächtigen, der mir den Tee serviert hatte.

»Das ist Willie Wallis von der Special Branch.«

Der deutete ein Nicken an.

»Und das ist Frank Congreve, Offizier der Royal Ulster Constabulary.«

Gleiche höfliche Kopfbewegung des Rotschopfs.

»Der Einfachheit halber kannst du auch ›Agent‹, ›Spion‹ und ›Cop‹ zu uns sagen. Oder ›RUC‹, wenn du höflich sein willst.«

Ich stand noch immer.

»Für mich gibt es keinen Grund, Sie irgendwie anzusprechen oder kennenzulernen. Wenn Sie mir nichts vorzuwerfen haben, lassen Sie mich gehen.«

Ich wunderte mich über meine Ruhe. Sie hatten keine Angst vor mir, ich hatte keine vor ihnen. Ich spürte, dass sie einen gleich starken Willen hatten wie ich. Der Agent setzte sich links neben mich auf einen leeren Stuhl. Er war der Sprecher.

»Ich werde dir eine hübsche Geschichte erzählen, Tyrone.«

Ich verschränkte die Arme.

»Eure Kinder mögen doch hübsche Geschichten, nicht wahr? Mit Feen und Zwergen und so was …«

Er wandte sich an den Cop: »Du bist doch aus der Gegend, wie heißen die Zwerge dort noch mal?«

»*Leprechauns.*«

»Genau, *leprechauns.*«

Mechanisch schloss ich einen Knopf an meinem Schlafanzug.

»Und wenn sie älter werden, träumen sie von Märtyrern und Helden.«

Er schob einen Aschenbecher zu mir hin.

»Irland braucht Helden, nicht wahr? Oder täusche ich mich da, Tyrone?«

Ich gab keine Antwort. Schaute den rothaarigen Cop an.

»Und du, Frank? Meinst du, dass Helden in Irland wichtig sind?«

»Lebenswichtig, Stephen, lebenswichtig.«

»Das Wort eines Protestanten aus Ulster«, lächelte der Agent.

»Willie?«, wandte er sich an den Spion.

Der warf sich in seinem Stuhl zurück.

»Mir scheint, unserem Freund wird die Zeit lang.«

Agent, Spion und Cop hatten die Rollen, die Fragen, die Positionen im Raum untereinander aufgeteilt. Selbst das Schweigen, so kam es mir vor. Manchmal führte der eine den Satz des anderen zu Ende. Oder sie fielen einander ins Wort. So zwangen sie mich, die Runde zu machen von einem zum anderen, von einer Frage zur nächsten. Ich musste unaufhörlich den Kopf drehen, um ihre Blicke auszuhalten. Ich war umzingelt. Mir war schwindelig und übel wie von einer holprigen Reise.

Der Agent betrachtete mich und nickte.

»Langweilst du dich mit uns, Tyrone?«

»Sind Sie fertig? Kann ich jetzt gehen?«

Ich drückte meine Zigarette in der königlichen Tasse aus. Der Cop wirkte leicht verärgert. Seufzend griff er zu einer ledernen Aktentasche.

»Klar lassen wir dich gehen. Aber vorher hätte ich gern, dass du darauf mal einen Blick wirfst.«

Er nahm ein Plastiksäckchen aus der Tasche, eine kleine, durchsichtige Hülle, und legte sie vor mich hin. Darin lagen drei durch einen Aufprall verformte Kugeln und ein gefaltetes Pappschild.

Ich setzte mich hin. Meine Beine wollten nicht mehr.

»Nimm es, Tyrone.«

Ich rieb mir die Oberschenkel. Ich schwitzte.

»Hast du Angst vor den Kugeln? Das sieht dir gar nicht ähnlich, Meehan«, sagte der Cop.

Er schüttete sie auf den Tisch.

»Hier, nimm.«

»Um meine Fingerabdrücke darauf zu hinterlassen? Halten Sie mich für bescheuert?«

Der Agent lächelte.

»Kennst du das Kaliber?«

Ich zuckte die Achseln und streckte die Hand aus.

»45 ACP, Tyrone. Die Munition einer Thompson-Maschinenpistole.«

Der Cop stand auf. Legte eine Kugel in meine Hand.

»Verstehst du langsam, warum du hier bist?«

Ich schaute das Kupferteil an. Und schüttelte den Kopf. Nein. Ich verstand gar nichts.

Da entfaltete er das vergilbte Etikett und legte es vor meine Tasse.

Eine rote Schrift.

Daniel Finley / Aug/14/69.

Ich ließ die Kugel fallen. Sie glitt mir durch die Finger wie Sand.

»Mein Gott«, sagte ich.

Ich verschränkte die Hände im Nacken, die Ellbogen erhoben, die Unterarme gegen die Ohren gedrückt, die Augen geschlossen. Senkte den Kopf. Mit offenem Mund und schmerzendem Kiefer. Mir blieb die Luft weg. Ich hörte mein Herz klopfen. Und war wieder in der Dholpur Lane, in den Gasschwaden.

»Danny hat nicht gelitten. Er war fast sofort tot«, sagte der Cop.

Unsere Straße. Die Barrikade. Seine aufgerissenen Augen. Seine Verblüffung.

»Deine erste Kugel hat ihn ganz nah am Herzen getroffen. Die anderen hat man ihm aus der Hüfte und dem Schenkel geholt.«

»Sie wissen gar nichts«, murmelte ich.

»Alles, Tyrone, wir wissen alles. Unsere Leute waren in der Menge. Zwei waren dabei, als du geschossen hast. Sie haben als Zeugen ausgesagt«, versicherte der Spion.

»Gestolpert und geschossen«, fügte der Cop hinzu.

»Ja, gestolpert und geschossen. Es war ein Unfall, Tyrone. Wir wissen es.«

Meine Hand zitterte wie im Gefängnis.

»Noch bevor wir die Waffe gefunden haben, wussten wir es, Meehan.«

»Und dann war da dieses Lied.«

Der Agent wandte sich dem Spion der Special Branch zu.

»Wie ging das Lied noch mal, Will? Weißt du es noch?«

Der andere nickte.

»Und wie ich mich erinnere!«

Dann begann er leise zu singen:

Danny ist für Irland gefallen
Er wurde feige ermordet
Doch sein Freund im Zorn
Schickte mit seiner alten Thompson
Die Mörder zur Hölle.

»›Sein Freund im Zorn‹, sehr schön gesagt!«, bemerkte der Agent lächelnd.

»Ich will dir nicht verschweigen, dass wir sehr gelacht haben, als diese Ballade durch die Pubs ging«, sagte der Cop.

Der Agent steckte die Hände in die Taschen.

»Stimmt. Wir haben uns auch gewundert, als Finleys Witwe dem Mörder ihres Mannes bei seiner Beerdigung applaudierte. Aber weißt du was? Wir haben beschlossen, nicht daran zu rühren. Den Dingen ihren Lauf zu lassen. Es ist wichtig, den Glauben nicht anzutasten.«

»So hast du den idealen Märtyrer geschaffen, und wir haben dir dabei geholfen, der perfekte Held zu werden«, fügte der Cop hinzu.

Sie lachten. Ich ließ die Lider geschlossen.

»Pass gut auf, Tyrone.«

Das war die feste Stimme des MI5-Agenten.

»Schau mich an.«

Ich öffnete die Augen wieder. Im Neonlicht tanzten bunte Flecken.

Der Agent hockte jetzt neben mir.

»Entweder du gehst hier raus und erzählst alles der IRA, oder du entscheidest dich wie wir, diese hübsche Geschichte auf sich beruhen zu lassen.«

Der Cop hielt mir ein Glas Wasser hin. Ich musste ständig auf das Filmplakat starren. Eine realistische Zeichnung: Eine Frau schützt schreiend ihren Kopf vor den Vögeln, die sie angreifen. »Das könnte der erschreckendste Film sein, den ich je gedreht habe«, wird Hitchcock auf dem Plakat zitiert. Erschreckend. Ich fühlte nichts. Nicht Kälte, nicht Wärme noch Angst. Ich war innerlich leer. Ich trank. Das Wasser machte ein Loch in meinen Bauch. Der Regen trommelte ans Fenster. Ich sah auf meinen Schlafanzug, meine nackten Füße auf ihrem Boden. Ich war niemand mehr. Alle sprachen jetzt gleichzeitig.

»Zehn Jahre später zu gestehen ist verdammt gefährlich, nicht?«

»Besser, man lässt den Märtyrer und den Helden in Frieden, meinst du nicht auch?«

Ich bat um ein zweites Glas Wasser.

»Was wollen Sie?«, fragte ich mit trockener Kehle und brennenden Lippen.

»Dich schützen, Tyrone.«

»Die Antwort, verdammt!«

»Dass du uns hilfst.«

»Niemals!«

»Denk an Sheila, Tyrone. Eine gute Frau. Und so schwach, mitten im Krieg. Ich bin mir nicht sicher, dass es ihr im Gefängnis von Armagh gefallen würde.«

»Und Jack? Dein Sohn, Meehan? Eine Unterschrift von dir reicht, und er sitzt seine Strafe auf dem Kontinent ab.«

»Kannst du dir vorstellen, was ihm sonst blühen würde, Tyrone? Einer von der IRA, ein Scheißkathole, ein Briten-Mörder, der in einer schottischen Zelle voller Mörder hockt?«

»Und du selber? Willst du wirklich in die Scheiße zurück?«

Der Agent erhob sich. Und gab den zwei anderen einen Wink.

Erst verließ der Cop den Raum, dann der Spion. Der Agent stand mit mir allein vor der offenen Tür. Er sprach leise. Mit sanfter Stimme.

»Die IRA erzählt überall, dass sie Frieden will. Und wir wollen ihn auch. Also schaffen wir diesen Frieden gemeinsam. Du und wir, Tyrone.«

»Ich bin kein Verräter.«

»Wer redet denn von Verrat? Im Gegenteil, was du tun

wirst, ist heldenhaft. Ihr sagt doch immer: Wer Frieden will, rüste zum Krieg! Und ich schlage dir vor, dem Krieg den Krieg zu erklären.«

»Das ist doch Schwachsinn!«

»Glaub, was du willst«, lächelte der britische Agent. »Mit dir ist es aus, Meehan. Aber gibt es keine andere Lösung als sich damit abzufinden?«

»Schwein!«

»Drecksack! Scheißkerl! Engländerschwein! Tob dich ruhig aus. Ich sage nur, dass man nie gut mit jemandem zusammenarbeitet, der sich verpflichtet fühlt. Mir sind Menschen lieber, die es freiwillig tun. Und du tust es doch freiwillig, oder, Meehan?«

»Lassen Sie mich gehen.«

»Ich biete dir ein blütenreines Gewissen.«

Ich schloss die Augen. Jacks Blick, Sheilas Liebe.

»Wenn man sich so abrackert, um ein Held zu werden, kann man doch auch den Friedensnobelpreis annehmen, meinst du nicht?«

Der Agent legte mir die Hand auf die Schulter. Ich spürte den Druck seiner Finger. Hart und besänftigend zugleich.

»Gewissensbisse verderben einem nur das Leben, Tyrone. Wir helfen dir, sie loszuwerden.«

Unsere Blicke trafen sich.

»Außerdem hast du doch schon den halben Weg geschafft, indem du über Dannys Tod gelogen hast.«

Ich nahm meinen Kopf in die Hände.

»Ich lass dich jetzt für einen Moment allein, Tyrone. Nicht um darüber nachzudenken, sondern um wieder zu dir zu kommen. Wir sind im Flur, falls du uns brauchst.«

14

Sheila hatte eine alte Angewohnheit. Schon während der Internierung ihres Vaters hatte sie sich mit ihrer Mutter an Preisausschreiben in Zeitungen und Kaufhäusern beteiligt. Sie füllten Fragebögen aus, um Einkaufsgutscheine, wattierte Morgenröcke oder einen Truthahn zu Weihnachten zu gewinnen. Als ich im Gefängnis war, griff sie wieder zum Stift. Kreuzte Kästchen an, suchte im Wörterbuch nach Antworten, warf ihren Namen für Werbeumfragen in Urnen. Das war ihre Art zu warten, die Zeit ohne mich totzuschlagen. Während ich in Crumlin einsaß, gewann sie ein Nähkörbchen aus Weidenholz, ein vierundzwanzigteiliges versilbertes Besteck im Koffer, einen Fußball, einen Wecker, Schokolade und Rabatte zu Dutzenden. Als ich aus Long Kesh heimkam, stand ein neuer Sessel im Wohnzimmer, der erste Preis eines Gewinnspiels von »Stuarts«. Seit Jacks Verhaftung hatte sie wieder angefangen zu spielen. Einmal wurde ihr Gewicht mit Wolle aufgewogen, nachdem sie fünf Fragen zum Stricken beantwortet hatte.

Sheila beklagte sich nicht über ihr Los. Sie liebte mich, weil ich gekämpft und ihren Sohn auf den Kampf vorbereitet hatte. Manche Frauen trugen Waffen, transportierten Bomben oder sammelten Informationen an unserer Seite. Sheila hatte sich anders entschieden. Sie war eine Militante, keine Soldatin. Sie und Cathy, Liz, Roselyn, Joelle, Aude, Trish und viele andere waren das Herz unseres Widerstands. Sie verbanden unsere Wunden, saßen singend vor den Rädern der Panzerwagen, blockierten in ihren Küchenschürzen die Viertel, holten ihre Männer aus dem Pub und zwangen sie aufzustehen. Wenn der Feind ins Ghetto kam, waren sie die Ersten, die ihn in Empfang nahmen. Im Morgenrock, im Nachthemd, manchmal barfuß auf den Straßen kniend, scharrten sie mit den Deckeln der Abfalleimer über den Boden. Sie waren unser Alarm. Unaufhörlich demonstrierten sie für die Freiheit Irlands. In Dreierreihen, ohne Geschrei, mit dem Foto eines Gefangenen oder einem Totenkranz in den Händen. Eine ganze Armada von Kinderwagen mit sich schleppend.

Um mit dem Lächeln des Ehemanns im trauerumflorten Rahmen zu leben, den Sohn zu verarzten, wenn er im Morgengrauen heimkehrt, oder die Hand des verhungernden Kindes bei seinem letzten Atemzug zu halten, braucht man Stacheldraht ums Herz. Sheila war eine von diesen Frauen.

Als ich an diesem Abend aus der Innenstadt heimkam, legte ich mit der Post ein Preisausschreiben neben das Telefon. Und wartete.

Es war der 2. März 1981. Ich hatte einen Eimer Kohlen aus dem Schuppen geholt und fütterte damit, auf dem Teppich kniend, den Ofen.

»Wie fändest du einen kleinen Ausflug nach Paris, Tyrone?«

Ich hielt inne. Mein Herz krampfte sich zusammen.

»Paris?«

Sheila kam mit dem Prospekt ins Zimmer.

»Nach allem, was du durchgemacht hast.«

Abwehrend hob ich die Hand. Wir sprachen nie über Long Kesh.

»Hör dir das mal an!«

Ich drehte mich zu ihr um. Sie hatte ihre Brille aufgesetzt. Sie war schön.

»Ist das Ihr Traum? ›Sanderson's Store‹ lässt ihn Wirklichkeit werden! Gewinnen Sie zur Eröffnung unserer nächsten Filiale in Ihrem Viertel ein Wochenende für zwei in Paris, der romantischsten Stadt der Welt!«

Ich kehrte ihr wieder den Rücken und legte weiter Kohlen nach.

»Kannst du dir das vorstellen, mit mir zusammen in Paris, *weeman*?«

»Kleiner Mann«. Seit unserer Kindheit nannte sie mich so, wenn wir alleine waren. Sheila war einen Kopf größer als ich.

Ich schloss die gusseiserne Klappe.

»Und man muss nicht einmal Fragen beantworten. Es ist eine Verlosung!«

Sie setzte sich an den Tisch.

»Paris! Kannst du dir das vorstellen?«

Sie las es noch einmal vor, dann füllte sie den Schein aus.

Ich streifte meine Jacke über und setzte die Mütze auf.

»Du gehst?«

Ja. Nie fragte sie mich, wohin ich ging oder wann ich heimkommen würde. Der Krieg machte nicht vor unserer Türe Halt, das wusste sie. Jedes Mal, wenn ich sie verließ, umarmten wir uns stumm. Ihr Blick, der in meinem versank, ihr Hoffnungslächeln.

»Kannst du das einwerfen, wenn du an einem Briefkasten vorbeikommst? Man muss es nicht einmal freimachen.«

Auf der Straße faltete ich die Werbesendung auf. Die Schrift meiner Frau: *Sheila und Tyrone Meehan. 16 Harrow Drive. Belfast.* Die kleinen blauen Buchstaben, ihre Art, unsere Vornamen zu unterstreichen. Als ich nach Falls kam, ging mir die Luft aus. Ich hatte mir eine Zigarette angezündet und den Mützenschirm tief in die Stirn gezogen. Sorgfältig schnitt ich unsere Namen aus dem Coupon aus. Zerkaute die Papierschnipsel. Zerriss den Rest und warf ihn über den Zaun in den Park. Dann ging ich ins »Busy Bee«. Der übliche Haufen. Gesichter, Blicke. Freundschaftsbezeugungen, Kopfnicken, ein mir ins Ohr geflüstertes Wort, eine Hand auf meiner Schulter.

Sie sahen den Verräter nicht. Wie machten sie es nur, dass sie ihn nicht erkannten? Das Wort war mir doch in die Stirn graviert. Ich hatte beschlossen zu trinken. Allein auf einem Hocker an der Bar. Über dem Tresen neben unserer Trikolore hing ein Plakat. Das Foto eines republikanischen *óglach* mit Camouflage-Jacke, Sturmmütze über dem Gesicht und einer Thompson in der Hand.

Unbedachte Worte kosten Leben
Im Taxi
Am Telefon
In Clubs und Bars
Beim Fußball
Zu Hause unter Freunden
Überall!
Was ihr auch sagt, sagt nichts.

Ich kannte diese Warnungen. Sie waren Teil unseres Alltags. Einmal habe ich einen Jungen dabei erwischt, wie er eines der Plakate abriss. Er wollte es für sein Zimmer, und ich verfolgte die Sache nicht weiter. Mein erstes Halbes stürzte ich fast in einem Zug hinunter. Dann das zweite. Und dritte. Paul, der Barmann, begann das nächste Bier schon zu zapfen, wenn das vorangegangene erst halb leer war. Ich musste ihn nicht darum bitten. Er wusste, dass heute Abend Besäufnis angesagt war. Und dass er mir in ein paar Stunden die Münzen für das letzte Bier aus der Hand sammeln müsste. Wir hatten in derselben Zelle in Crumlin gesessen, zusammen mit Paddy Moloney, der am anderen Ende des Raumes seinen Whiskey trank und die Zeitung las. Mein Blick traf den des maskierten Soldaten auf dem Plakat. Ich sah zu Boden.

Mein ganzes Leben lang hatte ich nach Verrätern gesucht. Mein ganzes Leben lang, wirklich. Bis zu diesem Abend hatte ich das Herz eines Wächters. Immer wenn ich einen Club betrat, streifte mein Blick durch den Raum. Das war seit jeher das Erste, was ich tat. Sheila ging zu unserem Tisch, ich blieb auf der Schwelle stehen. Sie kannte das schon. Ich überprüfte die Gesichter, die Gruppen, die Haltungen sämtlicher Anwesenden. Dann ging ich zur Toilette und klopfte an jede Tür, um zu erfahren, wer dahinter war. Wenn ein Unbekannter in den Pub kam, schickte ich ihm einen von unseren Jungs hinterher. Oft waren es ausländische Fans, Touristen, die mit unserer Sache sympathisierten und ein bisschen Kriegsluft schnuppern wollten. Dann setzte ich mich mit dem Rücken zur Wand. Seit ich in Belfast war, hatte ich nie mit dem Rücken zu einer Tür oder einem Fenster gesessen. Das hat uns Tom Williams gelehrt. Er sagte immer: »Ihr müsst den Tod kommen sehen!«

Den ganzen Abend war ich auf dem Posten. Ich trank, lachte, redete wie alle anderen, hatte aber die Warnung im Kopf und den Alarm im Bauch. Ich mochte diese Spannung. Und je später es wurde, desto nervöser wurde ich.

Wenn die Briten kamen, warnten uns die Fianna: »Brits!«

Das liebte ich. Diese Momente reinen Trotzes. Die Späher sahen ihre Panzerwagen kommen. Die Türsteher ließen sie unter den weißen Scheinwerfern des Pubs vor den schweren Gittern eine Weile auf dem Bürgersteig warten. Wir konnten sie auf den Kontrollbildschirmen sehen, nicht allzu stolz. Wenn der elektrische Riegel des Türöffners klickte, wechselten die Gläser auf den Tischen schnell ihre Plätze. Ein *óglach* der IRA im aktiven Dienst, der sich seit Beginn des Abends mit einem Glas Orangensaft gelangweilt hatte, bekam von seinen Nachbarn alle Biere zugeschoben und spielte den Betrunkenen. Die Soldaten beobachteten alles ganz genau. Die Getränke, die Gesten, die auf dem Boden liegenden Taschen. Sie gingen zwischen den Stühlen hindurch und forschten in den Gesichtern. Suchten nach geflohenen Häftlingen, bösen Jungs. Wir sahen ihnen nicht in die Augen. Manchmal amüsierten sie sich ein wenig.

»Hast dir den Schnäuzer abrasiert, Jim? Das steht dir besser.«

Und Jim O'Leary musste an sich halten, um nicht auf den Boden zu spucken.

Wenn die Kapelle nicht spielte, war es im Club dann still. Vollkommen still. Keine Gespräche, kein Lachen, kein Rascheln mehr. Nur die Schritte des Feindes waren zu hören. Wenn die Musik aber durch das Eindringen der Uniformierten unterbrochen worden war, ging der Sänger zum Mikrofon.

»Meine Damen und Herren: die irische Nationalhymne.«

Der ganze Saal erhob sich. Die Jungen, die Alten, der Pfarrer, der vorbeigeschaut hatte, die Mädchen, die für ihr Schulfest sammelten, die mürrischen Nationalisten, die Sonntagsrepublikaner, die Katholiken, die nur an die Auferstehung glaubten, die Soldaten der Republik, die für die Sandwiches Verantwortlichen, die Kellner, die Spüljungen, alle, die schon in der Tür standen, weil sie eigentlich gehen wollten, standen Habtacht. Unsere Feinde streiften im Vorbeigehen unsere Soldaten. Und das wussten sie.

Einmal sah ich zufällig einem von ihnen ins Gesicht. Ein schottischer Soldat mit der rot-weißen Feder am Käppi. Sein Gewehr bebte. Er wirkte so deplatziert zwischen all den silbernen Dauerwellen, roten Lippen, Gehstöcken, verblichenen Jacken, geballten Fäusten, Samstagabendkleidern. Der Junge sah mich lange an und entschuldigte sich mit seinem Blick. Das weiß ich, da bin ich mir sicher. Es tat ihm leid. Er trug seine Uniform wie eine Bürde. Er runzelte die Stirn und murmelte irgendetwas, als er an mir vorbeiging. Rückwärts, wie die Soldaten, wenn sie auf unsere Fenster zielten. Dabei stieß er an einen Tisch. Ein Glas fiel zu Boden. Er hob es auf. Rückte seine kugelsichere Weste zurecht und ging zu den anderen zurück.

»Verdammter Affe!«, schrie eine Frau.

Ich sah sie streng an. Der Soldat war schwarz.

Paddy Moloney hatte mir den Schlummerwhiskey spendiert, den man in den letzten Rest Guinness schüttet, wenn der Wirt sagt, dass es an der Zeit ist heimzugehen. Ich war betrunken. Pisste zwischen zwei Autos auf die Straße. In mir war zu viel

Bitterkeit. Es war dunkel. Wind war aufgekommen. Als ich am Park vorbeiging, sah ich auf dem Rasen die Papierfetzen tanzen, die Paris versprachen. Ich wusste, Sheila würde die Reise gewinnen. In ein paar Tagen würde ihr am Telefon die tolle Nachricht verkündet werden. In den »Andersonstown News« würde es ein Foto von ihr geben, strahlend, mit unseren Flugtickets in der Hand. Sie würde unseren Koffer packen, sich um alles kümmern und sich über alles freuen. Sheila war noch nie im Ausland gewesen. Ich auch nicht. Alles, was wir von der Welt kannten, war unser Stückchen Straße.

Ich betrachtete die Wolken, die über dem *an Sliabh Dubh* hingen, dem Black Mountain. Die Stadt war nicht feindselig, der Himmel auch nicht. Meine Stadt und mein Himmel, immer noch. Ich konnte den Blicken begegnen, ohne die Augen abzuwenden. Aber ich wusste, in ein paar Tagen würde das alles vorbei sein.

Anfangs hatte ich mich der IRA stellen wollen. Doch dann bekam ich Angst. Nicht vor dem Tod. Ich lebte in der Verblüffung von Danny, und gestehen hätte bedeutet, ihn um Verzeihung zu bitten. Ich hätte es getan, wenn ich mir sicher gewesen wäre, dass die IRA mir folgen, also mich verurteilen würde, dass sie mit mir gemeinsam dieses Symbol zerstören und eine glorreiche Seite ihrer Geschichte zerreißen würde. Aber ich war vom Gegenteil überzeugt. Unsere Anführer würden das Risiko der Wahrheit nicht eingehen. Ich erinnerte mich an den Besuch der Führungsspitze an meinem Krankenlager. Danny, der Märtyrer, Tyrone, der Held. Bloß nicht den Lauf unserer Geschichte in Frage stellen. Davor hatte ich Angst. Angst davor, umsonst die Wahrheit zu gestehen, umsonst um Nachsicht zu flehen. Meine Feinde bedienten sich der Lüge? Das lag in ihrer Natur. Meinen Chefs hätte ich das nicht zugebilligt.

Dann hätte ich allein dagestanden mit meinem Geständnis, keiner hätte es hören wollen. Die IRA hätte mich an die Leine gelegt, wie die Briten es tun würden. Der Armeerat hätte mich verpflichtet, mit dem Feind zusammenzuarbeiten. Er hätte mich zum Doppelagenten gemacht, der die einen und die anderen anlügt, in beiden Lagern gefährdet und von allen Seiten verachtet. Das war meine Angst. Der Republik nicht mehr aus Überzeugung zu dienen, sondern aufgrund von Erpressung. Vom Soldaten zum Opfer zu werden.

Mehrere Nächte fand ich keinen Schlaf. Und eines Morgens beim Aufwachen stand mein Entschluss fest: Ich würde mein Volk betrügen, damit die IRA es nicht zu tun brauchte. Ich würde mein Lager verraten, um es zu schützen. Die IRA verraten, um sie zu bewahren.

»Das Omen des Verrats annehmen.«

Diesen Satz betete ich mir vor, während ich nach Hause torkelte. Er war die schwarze Perle meines neuen Rosenkranzes. In Lower Falls traf ich Jim O'Leary. Drei vom Zweiten Bataillon folgten ihm, als kennten sie sich alle nicht. Sie waren in Eile. Im Dienst. Ich zwinkerte ihnen im Vorbeigehen zu.

Ich müsste den Briten Bedingungen stellen. Ausgeschlossen, ihnen dabei zu helfen, Jim oder die drei dort ins Gefängnis zu bringen. Keine Festnahmen, keine Opfer. Ich sollte zum Frieden beitragen, nicht zum Leiden. Ich war kein Cop, sondern ein irischer Patriot. Ich brauchte Garantien.

»Garantien. Ich will Garantien.«

Ich redete laut. Musste schon wieder pissen. Mich schauderte vor dem Plakat im Pub. Diesmal sprachen die Wände von mir. Verräter. Verräter. Verräter. Ich müsste ein anderes Wort dafür finden. Oder mir immer wieder vergegenwärtigen, dass Verräter auch Kriegsopfer seien. Ich ging an unserer Tür vorbei, immer weiter. Noch eine Runde durch das nächtliche Viertel. Plötzlich hörte ich das metallische Krächzen eines Funkgeräts. Soldaten lagen in einem Garten hinter Hecken und bunten Zwergen. Die Gesichter und Hände mit schwarzer Creme beschmiert. Nur die Augen schimmerten in der Dunkelheit. Hi, Jungs. Willkommen, meine neuen Freunde.

»Wenn du für uns arbeitest, dann um deinen Ruf zu retten, nicht deine Haut«, hatte der Cop zu mir gesagt.

Er hatte recht. Ich wollte bloß den großen Tyrone Meehan nicht ramponieren. Die IRA war mir scheißegal. Dieses Märchen vom Verraten, um nicht zum Verräter zu werden! Ich bekam Angst vor dem Anderen in mir. Ekelte mich vor mir selbst. Mein ganzes Leben lang hatte ich nach Verrätern gesucht, dabei versteckte sich der schlimmste von ihnen in meinen Eingeweiden. Den hatte ich nicht kommen sehen. Der war mir nicht aufgefallen. Der mit dieser Visage, der weichen Mütze, der abgewetzten Jacke. Der jetzt ein paar Pfosten rammte. Über alles und nichts lachte. Seinen Abend an die Wand kotzte. Den Schatten beschimpfte, der ihm zu Hilfe kam. Auf dem Bürgersteig ausrutschte, hinfiel und sich mühsam wieder aufrappelte. Der den Refrain zum Ruhme von Danny sang. Der längst allein war. Zum Drecksskerl geworden wie sein Vater. Ein Mann ohne Bedeutung.

*

Gemeinsam mit uns hatte ein anderes Paar die Reise nach Frankreich gewonnen. Franck und Margaret wohnten in Larne, einem Hafen in der Grafschaft Antrim.

»Protestanten, sicher Loyalisten, aber reizend«, hatte Sheila gesagt.

Wir flogen zusammen, erst nach London, dann nach Paris. Sheila saß am Fenster. Margaret auch, direkt vor uns. Seit das Flugzeug abgehoben hatte, hing sie über ihrer Lehne, um sich mit meiner Frau zu unterhalten. Sie sagte drei Worte, erzählte eine Geschichte, setzte sich wieder gerade hin und tauchte mit einem Lächeln auf den Lippen wieder auf.

»Sie hat so einen charmanten englischen Akzent«, lächelte Sheila.

Sie war so glücklich, dass nichts sonst von Bedeutung war. Durch das Fenster sahen wir unsere Stadt versinken, unsere tristen Straßen, die Werft Harland and Wolff, unsere nassen Felder, die Steinmauern, dann das riesige Meer. Sie glaubte, sie hätte nach meiner Hand gegriffen, doch ich war es, der ihre drückte. Margaret hatte ihr ein Bonbon für den Start gegeben.

»Also, diese beiden jungen Leute aus Belfast, die in Paris auf Hochzeitsreise sind. Eines Nachts gehen sie über die Champs-Elysées, als plötzlich vier Polizeiwagen auftauchen, drei Feuerwehrwagen und zwei Krankenwagen, alle mit laufenden Sirenen. Da nimmt der Mann seine junge Frau bei der Hand und sagt zu ihr: »Hörst du, Schatz, sie spielen unser Lied …«

Sheila lachte. Es war so lange her, dass ich sie lachen gesehen hatte.

»Sagen Sie ihr ruhig, wenn sie Ihnen auf die Nerven geht«, warf ihr rothaariger Mann ein, »ich mache das seit zwanzig Jahren so.«

»Keineswegs, Ihre Frau ist hinreißend«, antwortete Sheila.

Außerhalb unserer Straße fand sie alles wunderbar. Das Sandwich an Bord gehörte zu den besten ihres Lebens. Dabei war es ganz banal, Thunfisch mit Mayonnaise. Da die Reise nach Frankreich ging, trank sie Weißwein aus einer kleinen Plastikflasche. Und fand ihn so köstlich, dass sie die leere Flasche zur Erinnerung behalten wollte.

»Nennen Sie mich Maggie«, bot unsere Reisegefährtin an.

Es war Donnerstag, der 2. April 1981. Seit dreiunddreißig Tagen ließ Margaret Thatcher Bobby Sands krepieren.

»Das wird mir etwas schwerfallen«, lächelte Sheila.

Die andere nahm die Hände meiner Frau in ihre Hände.

»Mein Gott, wo hatte ich meinen Kopf? Bitte verzeihen Sie mir!«

Ganz reizend. Wir hatten vereinbart, während der gesamten Reise nicht über Politik zu sprechen und auch nicht über Religion. Sie wollten sogar Notre-Dame mit uns besuchen. Margaret redete laut. Sie sollten sich einen Frauenabend gönnen, fand sie. Nur sie beide. Ob Sheila Opern möge? Sheila lächelte. Ja, vielleicht, sie wisse es nicht.

Als sie vom Gewinn des Preisausschreibens erfahren habe, habe Margaret gleich ihre Tante angerufen, die in einem Vorort von Paris wohne. Was denn am 4. April in der Opéra Garnier gespielt würde? Arabella von Richard Strauss. Eine komische Oper, die sie auf ihrer Hochzeitsreise in Deutschland gesehen habe. Im letzten Akt bringe Arabella dem Mann, den sie liebe, ein Glas Wasser. So halte man in Kroatien um jemandes Hand an. Also habe Margaret Franckie, ihrem späteren Mann, wochenlang ein Glas Wasser gebracht, morgens, abends, das sei so ein Spiel zwischen ihnen gewesen.

Und da nun ausgerechnet diese Oper in Paris laufe, habe sie ihre Tante gebeten, zwei Eintrittskarten zu kaufen, aber Franckie habe gemeint, er fliege doch nicht nach Paris, um sich irgendwas Komisches reinzuziehen. »Eine komische Oper«, habe sie berichtigt. Er habe nur etwas geknurrt. Das habe Nein geheißen. Wenn Tyrone es also erlaube und Sheila Lust habe, dann vielleicht sie beide zusammen? Die Herren könnten sich ja derweil am Pigalle verlustieren oder in einer Nachtbar. Sheila hob den Daumen. Klar! Musik hören, schöne Kostüme sehen, Bühnenbilder, Lichter, zwei Stunden lang die Backsteine und die Angst vergessen.

Für Franckie ein Anlass zum Feiern. Er komme um die Oper herum, und wir hätten ein paar Stunden unter Männern. Er bestellte Bier für alle. Die Stewardess gab ihm das Wechselgeld in Francs zurück. Er betrachtete eine weiß glänzende Münze und reichte sie lächelnd Sheila.

»Sie werden sich in Paris sicher heimisch fühlen.«

Sheila begriff nicht gleich. Sie nahm die Münze.

»*République française*« stand darauf.

»Behalten Sie sie. Ein kleines Friedensgeschenk«, flüsterte der rothaarige Cop. Sheila löste ihren Gurt. Erhob sich und küsste ihn auf die Wange.

»Dafür schenke ich Ihnen einen Zehn-Francs-Schein.«

Er lachte, auch Margaret lachte und meine Frau.

Mein Magen krampfte sich zusammen. Das große Gewinnspiel von »Sanderson« war ein einziger Schwindel, ein Kriegsplan, ein Köder. In unserem Ghetto würde nie ein großes Kaufhaus eröffnen. Hunderte falsche Coupons hatten die Briten gedruckt, aber nie ausgewertet. Nur Tyrone und Sheila Meehan sollten den ersten Preis gewinnen.

An Bord des Flugzeugs nach Paris befanden sich ein nordirischer Polizist, eine Inspektorin der Special Branch, ein künftiger Verräter und seine tapfere Frau. Eine Idee des MI5. Und ich war damit einverstanden gewesen. Als ich nach Hause kam und den Gutschein neben das Telefon legte, habe ich Sheila zum ersten Mal verraten.

An dem Samstag, an dem die beiden Frauen in die Oper gehen wollten, würde ich zum britischen Spion werden. Mir kam es so vor, als wäre das ganze Flugzeug vom Geheimdienst gechartert. Überall sah ich Spione, überall Soldaten und hinter jeder Zeitung einen Verräter.

»Unser erster echter Kontakt wird in Paris stattfinden. Das ist sicherer, anonymer. Und Sie machen gleich ein bisschen Urlaub«, hatte der Agent des MI5 gesagt. Und dass ich gelegentlich wieder dorthin fliegen müsste.

»Tyrone?«

Meine Frau fasste mich am Arm. Sie zeigte auf die Wolkenlöcher, mit Tränen in den Augen. Das Flugzeug zog eine Schleife über Paris. Die Stadt vibrierte unter dem Flügel. Ich legte meinen Gurt an. Fing ihren Blick auf. Und las die stumme Frage darin: »Stimmt etwas nicht, kleiner Mann?«

Ich schüttelte lächelnd den Kopf: »Alles in Ordnung, große Frau.«

Unsere Blicke verschränkten sich ineinander. Ihre Lippen näherten sich meinem Ohr.

»Ich liebe dich«, murmelte sie.

»Ich dich auch«, sagte ich.

*

Die Briten hatten beschlossen, mit mir in der Menge unterzutauchen. Sie wussten, dass Paris an diesem 4. April 1981 demonstrierte. Wir mischten uns in den lärmenden Zug. Kein Vergleich zu unseren Märschen. Keine Kinder, keine Totenkränze, auch keine Soldaten. Sondern Luftballons, Trillerpfeifen, Lieder. Männer trugen Frauenhüte, Frauen Männerkrawatten. Ich fühlte mich nicht besonders wohl, aber auch nicht peinlich berührt. Mit meiner Mütze, meiner zu kurzen Hose, meiner Tweedjacke und meinem gesteppten Anorak sah ich nur einfach nicht nach dieser Stadt aus.

Der rothaarige Cop ging links von mir, der Agent des MI5 rechts. Wir sprachen in normaler Lautstärke, die fremde Sprache fiel in dem Tumult nicht auf. Das Wetter war schön. Meine zwei Feinde trugen Sonnenbrillen.

»Du bist nicht in der Position zu verhandeln, Tyrone. Aber wir haben dein Ansinnen geprüft.«

Das war der Mann vom MI5.

»Durch Erpressung oder Zwang wird niemand zu einem guten Agenten. Die, die man bedroht, brechen nach zwei gelieferten Informationen zusammen. Wir wollen eine andere Beziehung zu dir aufbauen.«

»Du sollst auch was davon haben«, ergänzte der Cop.

»Was davon haben?« Ich zuckte die Schultern. Ein Junge spielte im Laufen Trompete.

»Ja. Freude will ich nicht behaupten, aber ein bisschen Befriedigung vielleicht.«

»Deine Mitarbeit wird weder Verhaftungen nach sich ziehen noch Opfer fordern. Deine Informationen sollen dazu dienen, Leben zu retten, nicht Leben zu zerstören.«

»Ist das ein Versprechen?«

Der Cop sah mich an. »Ich gebe dir mein Wort drauf.«

Zwei junge Leute auf dem Bürgersteig warfen mir eine Kusshand zu. Ich zog mir die Mütze über die Augen.

»Von jetzt an bin ich ›Waldner‹. Das ist mein Codename. Der einzige, den du verwenden wirst«, sagte der Agent.

Er sah mich von der Seite an.

»Wiederhole.«

»Waldner.«

»Ich bin aus Liverpool. Und erst vor ein paar Monaten nach Belfast gekommen. Ich kenne keinen in den Vierteln, und keiner kennt mich. Das ist eine Garantie. Meine Anonymität wird dich schützen.«

Die Menge wurde immer dichter.

»Wenn mir etwas zustoßen sollte, ist dein Kontakt ›Dominik‹.«

»Dominik?«

Waldner deutete auf den rothaarigen Cop. »Franckie, dessen Vornamen du vergessen wirst.«

Ich war sprachlos. Narkotisiert. Gefügig. Verloren in Paris, unter unverständlichen Spruchbändern und lautem Gelächter. Ich würde die Meinen verraten. Ich war ein *brathadóirí*, ein Spitzel. Das war der Anfang. Ich hatte mir diesen Moment anders vorgestellt, in einem stillen Raum mit grauen Wänden, und wurde hier von Farben überwältigt.

»Du, Tyrone, wirst ›Tenor‹ sein.«

»Wie ein Sänger?«

»Wie ein Sänger.«

»Waldner und Dominik sind auch Figuren aus ›Arabella‹, die unsere Frauen heute Abend sehen«, erklärte der Cop.

»Sie ist deine Frau?«

»Es gibt schwierigere Missionen. Aber wir schlafen getrennt.«

Ich lachte. Zum ersten Mal seit meiner falschen Festnahme. Ich lachte wirklich, ein plötzlicher Schluckauf. Der Agent und der Cop sahen einander an. Ich ertappte sie bei diesem Blick. Sie waren erleichtert. Ich saß tief in der Falle. In einem tiefen Loch mit glatten Wänden. Durch nichts würde ich je wieder nach oben kommen. Ich gehörte ihnen, und sie wussten das. Waldner stieß mich mit dem Ellbogen an. Gleich würden wir ein Bier trinken und über etwas anderes reden.

Auf der Esplanade vor dem Museum Beaubourg wusste ich schon alles. Ich musste mir zwei Telefonnummern merken. Es war an mir, Waldner zu kontaktieren. Aber keine Informationen per Telefon, niemals. Ich müsste nur »Tenor« sagen, das war der Code, dass wir uns am nächsten Tag zur Zeit des Anrufs träfen. Es gab zwei Treffpunkte, einen für jede Telefonnummer. Einmal den kleinen Friedhof in der Clifton Street im Norden von Belfast. Kein gutes Viertel für einen Katholiken, aber es war ruhig dort, und es gab zwei Eingänge. Der Agent des MI5 war darauf gekommen, als er meinen Zeitplan studierte. Seit zehn Jahren hielt ich jeden Juli eine Rede zum Tod von Henry Joy McCracken, einem Presbyterianer, der zusammen mit Wolfe Tone und Robert Emmet die Society of United Irishmen gegründet hatte. Dazu reiste ich durch ganz Irland, ein Jahr nach Dublin, im nächsten nach Cork, Limerick oder Belfast, um sein Andenken wachzuhalten, vor Menschenmengen oder mageren Grüppchen, egal. Es war meine Pflicht, seinen Namen vor der Jugend zu nennen. Daran zu erinnern, dass die Gründungsväter der irischen Republik Protestanten waren.

Die britische Justiz hatte ihm angeboten, ihm das Leben zu schenken, wenn er gegen andere irische Rebellen aussagte, aber er hatte sich geweigert. Deshalb wurde er am 17. Juli 1798 gehängt und auf dem Friedhof von Clifton beigesetzt. Ich ging oft zu seinem Grab, um mich mit ihm zu unterhalten. Allein. Erzählte ihm von Tom Williams, der wie ein Bettler auf dem Gefängnisgelände von Crumlin verscharrt worden war. Und von Danny Finley. Und bat ihn um Rat. Er antwortete mir durch das Murmeln des Windes.

Meine Anwesenheit auf diesem Friedhof würde niemanden wundern. Es gab dort eine geschützte Stelle an der Wand, die von einer Hausecke verdeckt war. Dort würden wir uns treffen. Ein Verräter am Grab eines Mannes, der gestorben war, weil er nicht geredet hatte.

Der zweite Treffpunkt war die Post im Stadtzentrum. Weniger geschützt, aber anonymer. Zur Post zu gehen ist kein verdächtiger Akt. Auf dem Friedhof würden Informationen ausgetauscht. Auf der Post wortlos Unterlagen übergeben.

Und dann wäre da auch noch Paris. Wo ich etwas Luft schnappen könnte. Wo ich in Sicherheit wäre und über alles und nichts reden könnte.

»Was ist alles und nichts?«

»Politik«, antwortete Waldner.

»Politik?«

»Interna aus deiner Partei, Zwistigkeiten, Entscheidungen. Die Dechiffrierung, wenn du so willst.«

»Ich will nicht.«

Er nickte verständnisvoll.

»Werden Sie in Paris sein?«

»Nein, hier triffst du dich mit ›Honoré‹.«

»Honoré?«

»Dort ist unsere Botschaft, Rue du Faubourg-Saint-Honoré.«

»Du wirst ihn sicher mögen«, sagte der Cop.

Im Notfall oder in besonders schwerwiegenden Fällen sollte ich nach Hause gehen, ›Tenor ist heiser‹ sagen und auf meine Verhaftung warten. Es war auch vereinbart, dass ich regelmäßig vorgeladen würde, wie alle Männer in unserem Viertel. Und sieben Tage festgehalten, wie es die »Sondergesetze« vorsahen. Dann hätte ich Zeit durchzuatmen, Bilanz zu ziehen, und würde dann wieder freigelassen, ohne Verdacht zu erregen.

Plötzlich erstarrte ich. Vor mir küssten sich zwei junge Mädchen auf den Mund. So etwas hatte ich noch nie gesehen. Keiner schaute hin. Sie lagen einander in den Armen und küssten sich.

»Das ist eine Gay-Demo«, lächelte Waldner.

»Gay?«

Ich blickte mich um. Männer Hand in Hand, Frauen mit erhobenen Fäusten, unbekannte Parolen. Im Vorbeigehen klebte mir ein Mädchen ein rosa Dreieck auf den Anorak.

»Entzückend«, spottete der Cop.

Ich riss den Aufkleber ab. Zögerte. Und klebte ihn wieder an.

»Willst du das nicht doch abmachen?«, fragte Waldner am frühen Abend, als wir auf einer Terrasse Bier tranken.

»Ist doch jetzt völlig nutzlos«, knurrte der Cop.

Die Demonstration war lange vorbei. Die Blicke der anderen waren ihnen anscheinend peinlich. Also sagte ich Nein. Nur so, ohne Aggression, ohne Spott. Mir war dieses Dreieck egal, aber es zeigte ihnen, dass ich nicht am Boden lag.

»Auf unsere Frauen, unsere Freundinnen und dass sie einander nie treffen!«, sagte Waldner und hob sein Bierglas.

»Auf Sheila«, antwortete ich.

Abends traf ich sie im Hotel wieder. Sie hatte einen wunderbaren Nachmittag verbracht. Ich erzählte ihr von dem Kuss der beiden Frauen. Sie bekreuzigte sich lachend. Ließ mich im Sessel Platz nehmen. Ging ins Badezimmer. Kam mit einem Glas Wasser zurück und reichte es mir.

15

KILLYBEGS, SAMSTAG, 30. DEZEMBER 2006

Gestern Morgen bekam ich Besuch. Ein Wagen hielt hinter der kleinen Brücke. Ich stand am Brunnen, um Wasser für die Nacht zu holen. Hörte den Wagen wenden. Stellte den Eimer auf den Brunnenrand. Eine Autotür schlug zu. Ich ging rückwärts zum Haus zurück. Während all dieser Jahre hatte ich Séannas Hurling-Stock aufbewahrt, der nun hinter meinem Sessel lag. Ich hatte aus Seil einen Griff darum geflochten und eine Lederschlaufe drangemacht, damit er gut in der Hand lag. Lächelnd hatte ich mir dabei vorgestellt, wie überrascht ein Mörder wäre, wenn er einem Einundachtzigjährigen mit einem antiquarischen Schläger in der Hand gegenüberstünde.

Rückwärts gehend, hatte ich die Schneise meines Feldwegs im Blick. Ich hörte schwere Schritte auf dem Weg. Und hatte zum ersten Mal Angst.

*

Vor knapp zehn Tagen hatte mich die IRA in einem Vorort von Dublin vernommen. Mir gegenüber Mike O'Doyle und ein alter Mann von der Spionageabwehr der IRA, den ich nicht kannte. Ich habe einfach gestanden, ein britischer Agent zu sein, Punkt. Das hatte ich der Presse gesagt und wiederholte es nun vor meinen früheren Waffenbrüdern. Der Rest ging sie nichts an.

Ohne den Friedensprozess wäre ich mit einer Kugel im Nacken auf einer Müllhalde an der Grenze gelandet. Aber die IRA hatte die Waffen niedergelegt, und mein Schicksal war Teil dieser Verpflichtung. Sie würden mich nicht umbringen. Sie hatten die militärische Möglichkeit, aber nicht die politischen Mittel dazu. Und ich wollte, dass sie die Verantwortung für das, was mir zustoßen könnte, übernahmen. Ich hatte beschlossen, nicht zu fliehen. Ich würde in meinem Land bleiben. Und ich wollte, dass sie das wussten.

»Ich gehe nach Hause, nach Killybegs, im Donegal.«

»Schnauze, Meehan!«, brüllte der Ältere.

Man konnte ihm die Überraschung ansehen.

»Jetzt wisst ihr's!«

»Wir wollen nichts wissen.«

Na und? Jetzt wussten sie es. Und saßen in meiner Falle. Ich war nicht mehr ihr Soldat oder ihr Gefangener, ich stellte mich unter ihren Schutz. Wenn mich einer umbrächte, egal ob Loyalist, Brite oder ein Tresennationalist mit seinem Jagdgewehr, würden alle die IRA bezichtigen. Da könnten sie noch so viel dementieren. Und es wäre vorbei mit dem Friedensprozess. Wenn die Republikanische Bewegung die Verhandlungen weiterführen wollte, musste sie mein Leben bewahren.

»Was mache ich jetzt?«, fragte ich.

»Deine Sache!«

Ich war verblüfft.

»Damit unterschreibst du mein Todesurteil, Mike O'Doyle, ist dir das klar?«

Er schaltete die Kamera aus, die meine Vernehmung aufnahm.

»Das hättest du dir früher überlegen sollen, Tyrone. Wir können nichts mehr für dich tun.«

*

Ein Typ kam den Weg entlang. Klein, kräftig, kurz geschnittene weiße Haare, zusammengekniffene Augen. Leere Hände, eine Schultertasche. Als er mich sah, hielt er an und grüßte.

»Tyrone Meehan?«

Ich blieb in der Tür stehen.

»Sind Sie Tyrone Meehan?«

»Warum?«

»Jeffrey Kerr, vom ›Donegal Sentinel‹.«

Mit erhobener Hand verbot ich ihm, näher zu kommen. »Wie haben Sie mich gefunden?«

»Man erkundigt sich, zählt eins und eins zusammen …«

Ein Journalist. Der Anfang vom Ende. Er spähte auf das Haus.

»Darf ich eintreten?«

»Nein.«

»Darf ich etwas näher kommen?«

»Was wollen Sie?«

»Verstecken Sie sich für länger hier?«

Er bewegte sich langsam, wie ein Kind, das einem Vogel

nachstellt. Schnaufend und schwerfällig stolperte er durch die Fahrrille.

»Ich verstecke mich nicht. Ich will nur in Ruhe gelassen werden.«

»Werden Sie hierbleiben oder woanders hingehen?«

»Ich gehe nirgendwohin. Bitte verschwinden Sie.«

»In letzter Zeit wird viel über Sie geredet.«

»Sehen Sie? Ich bin mitten im Nirgendwo und tue niemandem etwas zuleide, also gehen Sie jetzt!«

Der Kerl atmete schwer. Schaute unglücklich auf meine Tür – der Blick dessen, der draußen bleiben muss. Dann hob er eine Hand und ging.

»Wer hat Ihnen diese Adresse gegeben?«

Der Journalist winkte ab. Drehte sich nicht einmal um.

»Gegeben? Verkauft!«

»Wer?«

»Ein Freund von Ihnen, Timy Gormley.«

Ich schüttelte den Kopf. Timy Gormley, sagte ich laut, der »König der Kais«! Ich rechnete nach. Es war das erste Mal seit fünfundsechzig Jahren, dass ich diesen Namen hörte. Als ich wegging, hatte der ramponierte Bandenchef Streit mit Joshe Byrne gesucht, dem narbengesichtigen Elf. Und jetzt, nach dieser langen Zeit, war Joshe ein alter Pfarrer geworden, Timy ein Schwein geblieben, und ich war gar nichts mehr.

Ich wartete, bis die Autotür zuschlug und der Wagen abfuhr. Dann ging ich zurück ins Haus. Das Feuer war fast erloschen. Ich zog einen zweiten Pullover über den ersten. Mir wurde schwindlig. Ich setzte mich an den Tisch. Sah den Journalisten vor mir auf dem Weg, merkwürdig das Gleichgewicht haltend, fast seitwärts gehend, den linken Arm hinter dem Rücken. Jedes Mal, wenn ich mich bewegt hatte, hatte er sich mitbewegt. Ich fand ihn seltsam, nicht verdächtig. Und plötzlich wurde mir alles klar. Die Tasche, die Haltung, die Hand im Rücken, um keinen Schatten zu werfen – er hatte eine Kamera dabei und mich gefilmt. Er hatte meine Hütte entwendet, die Tanne, die Umgebung, mein unrasiertes Gesicht, meine müden Augen, meine zu große Hose, meinen weiten Pulli, meine schlammigen Schuhe. Er hatte ein bisschen zu schnell aufgegeben, fand ich, aber auf nichts verzichtet. Er hatte weder Stift noch Block herausgeholt. Er hatte schon vor seinem Kommen gewusst, dass ich ihm nichts sagen würde. Dass er weder mit einem Geständnis noch mit einem Reuebekenntnis in die Redaktion zurückkehren würde. Er hatte gar nicht die Absicht gehabt, meine Worte zu stehlen, nur mein Bild.

Ich konnte nichts essen. Der »Donegal Sentinel« brauchte keinen Film. Der Kerl würde ein Foto für den Aufmacher herausnehmen und den Rest ans Fernsehen verkaufen. Das wusste ich. Da war ich mir sicher. Ich konnte nicht schlafen. Ich blieb am Tisch sitzen, den Kopf auf den Armen, den Anorak über die Schultern geworfen, und sah in die tanzende Kerzenflamme.

An diesem Nachmittag hat man mich nicht ins »Mullin's« reingelassen. In der Bridge Street wandten zwei Männer den Kopf ab. Eine Frau wechselte die Straßenseite. Vor der Tür zum Pub wartete der Wirt. Er wusste, dass das meine Zeit war. Ich wurde langsamer. Er stellte sich auf seine Schwelle. Ich sah ihn fragend an.

»Wir wollen keinen Ärger, Meehan.«

»Was für Ärger?«

»Du bist in der Zeitung, im Fernsehen. Wir sind einfache Leute, weißt du. Das ist alles eine Nummer zu groß für unsere kleine Stadt.«

Ich steckte die Hände in die Taschen. Und gab auf.

»Besser, du kaufst dein Bier im Laden und trinkst es zu Hause.«

Die Tür ging auf und ein Mann kam heraus. Er setzte seine Mütze auf, grüßte den Wirt, mied meinen Blick. Der Raum hinter ihm war voll. Der Tisch meines Vaters stand nicht mehr da, der Garderobenständer auch nicht. Sie hatten den Zigarettenautomaten umgestellt. Der nahm nun meinen Platz ein.

»Tut mir leid, Meehan.«

Tat es nicht. Ich glaube nicht, dass es ihm leidtat. Er ging in sein Lokal zurück. Ich sah noch einmal hin, ein letztes Mal, bis die Schwingtür hinter seinem Rücken zufiel. Die dunkle Holzvertäfelung, der alte Tresen, die vergoldeten Lampen, die hohen Hocker, die Stiche, die schwarz-rote Decke, die Lautsprecher ganz hinten, die kupfernen Zapfhähne, Wolken von Wärme und das Gerede der Leute. Ich ging nicht gleich. Überquerte die Straße und lehnte mich gegenüber an die Wand. Und hoffte, die Türe ginge noch einmal auf.

»Los, Tyrone Meehan! Komm zurück! Ein letztes Bier noch zur Erinnerung. Zwei Mal nachgezapft und am runden Tisch, wie gewohnt! Aus Respekt vor deinem Vater und dir zu Ehren. In Erinnerung an den Jungen, der sich nicht traute reinzukommen oder durch den Raum zu gehen, der vom Rauch husten musste und mit den Lippen den Schaum aus den hingehaltenen Gläsern nippte, der Patraig Meehan singen hörte, wenn er ihn vom Saufen abholte und Schritt für Schritt im Dunkeln nach Hause brachte. Auf dich, Tyrone Meehan! Bevor die Timy Gormleys dieser Welt und des Himmels dir den Garaus machen!«

Ich kaufte mir eine Flasche Whiskey und lief durch die Stadt. Bis zum Festungsturm. Es war kalt. Raureif hatte alles bedeckt, das Gras, die Dornen, die Bäume, die Steinmauern. Einmal hatte mein Vater zu mir gesagt, Mama hätte es verdient, in einem Schloss zu leben. Und wenn sie sich zu Tode plagte, wären wir dran schuld. Wir Kinder. Das war im Sommer. Leichter, salziger Regen. Er war mit mir zu diesem Turm gegangen. Schnell, ohne auf mich zu warten. Dann setzte er sich auf die Felsen gegenüber der Ruine und erzählte mir die Geschichte dieses Bergfrieds. Dort hatte einst eine Frau gelebt, eine sehr schöne Frau, die mit ihrem Mann glücklich war. Der war ein Graf oder Prinz, das weiß ich nicht mehr genau, jedenfalls hatte er Arbeit. Als das erste Kind zur Welt kam, fielen die ersten Steine vom Turm. Beim zweiten wieder. Und je mehr die Familie wuchs, umso mehr verfiel der Turm. Eines Tages ging der Prinz zornig fort, und die Prinzessin wurde von einem riesigen Stein erschlagen, der sich vom Dach gelöst hatte.

»Und die Kinder?«, fragte ich.

Mein Vater erhob sich. Ging mir voraus mit seinen Vaterschritten.

»Die Kinder? Die wurden zu Raben.«

Er zeigte auf einen schwarzen Vogel am Himmel. »Schau, das ist Francis.«

Ich folgte ihm mit ängstlichen kleinen Schritten. Leise weinend. Ich wollte unser Haus nicht ruinieren. Ich wollte nicht, dass Papa fortging. Ich wollte nicht, dass Mama starb. Ich wollte kein Rabe werden.

Da war ich sechs Jahre alt.

16

KILLYBEGS, SONNTAG, 31. DEZEMBER 2006

Sheila hatte eine weiße Papiertischdecke aus Strabane mitgebracht, wo sie bei einer Freundin wohnt, seit ich hier bin.
Sie hatte unser Sylvesteressen vorbereitet, eine große Schüssel *bangers and mash*, die sie auf meinem Campingkocher
fertiggarte. Dann verfeinerte sie die Würste und das Püree
noch mit eingelegten Zwiebeln, pürierten Erbsen und dünnen Scheiben von gelben Äpfeln.

Ich deckte den Tisch. Zwei Teller und unsere Teebecher
als Gläser. Sheila hatte eine Flasche Weißwein draußen an
der Hauswand stehen gelassen. Die würde bis zum Essen kalt
sein. Außerdem hatte sie noch sechs Bier für mich und Gin
für sich mitgebracht. Ich schnitt das dunkle Brot auf. Zwei
Scheiben für jeden, mit einem Stück Butter. Ich betrachtete
ihren Rücken, der über den einzigen Brenner gebeugt war.
Der Geruch nach Öl wärmte das Haus. Ich lauschte Sheilas
Schweigen. Sie bewegte sich, als ob nichts wäre. Als unsere
Blicke sich trafen, lächelte sie. Nicht ihr töchterliches, ihr
mütterliches, ihr kämpferisches Lächeln, sondern ein sehr
altes Lächeln, das ich nicht von ihr kannte.

Wir hatten nicht darüber gesprochen. Als sie mich nach meinem Verhör bei der IRA hier besuchen kam, nahm sie mich in

die Arme und schloss die Augen. Schaute mich an und hielt mich dabei an den Händen. Suchte in meinem Blick nach etwas, das anders war als vorher. Ich wollte ihr antworten, ihr sagen, dass ihre Anwesenheit mir guttat. Doch sie legte mir sanft die Hand auf den Mund.

»Nein, Tyrone. Sag nichts. Ich frage dich nichts, ich will nichts wissen.«

Ich wollte ihre Hand wegschieben. Sie kam näher.

»Bitte, kleiner Mann. Du wirst lügen müssen, also lass es.«

Dann packte sie ihre große Tasche mit den wichtigsten Dingen aus: Toilettenpapier, Kerzen, Zigaretten, Brot, ein paar Konservendosen. Ich fragte, ob die Zeitung dabei sei. Da stehe nichts Gutes drin, sagte sie.

Ich hatte zwei Gabeln für mich aufgedeckt und zwei Messer für Sheila. Sie lächelte. Ich war noch nie sehr begabt gewesen in Küchendingen. Dann setzten wir uns. Sie sprach ein Gebet, drei Worte nur, um Maria für unsere Wiedervereinigung zu danken. Bei »Boots« hatte sie eine rote Kerze mit einem goldenen Stern gekauft. Der Tisch war mit Kiefernnadeln und Eichenmisteln geschmückt. Wir stießen mit kühlem Wein an. Das war kein Fest, sondern eine schmerzliche Zeremonie. Das störende Kratzen des Bestecks, der Kampf des Feuers mit dem feuchten Holz, die Flamme der Kerze.

»Schmeckt gut«, murmelte ich.

Ihr Blick antwortete mir.

Es war einundzwanzig Uhr. Die Kälte siegte.

»Ich bleibe nicht bis Mitternacht auf«, gähnte Sheila.

Sie war erschöpft. Und entschuldigte sich.

»Ich auch nicht. Ich schreib noch ein bisschen, dann komme ich nach.«

»An wen schreibst du?«

»An niemanden. Ich schreibe auf, was mir durch den Kopf geht.«

Sheilas Freundin in Strabane hatte Apfel-Crumble gebacken. Und die Hälfte für mich eingepackt. Eine Mahlzeit fast wie für einen freien Mann.

Auf dem Weg hierher war Sheila von der *Garda Síochána* angehalten worden. Nach ihrer Beschreibung erkannte ich Séanna, den alten Cop, und den jungen, der ihm nicht von der Seite wich. Das Polizeiauto stand etwas weiter oben an der Straße. Dublin habe der Artikel im »Donegal Sentinel« nicht gefallen, und im Fernsehen sprächen sie über Killybegs.

»Dank dem verdammten Journalist weiß jetzt ganz Irland, wo sich Ihr Mann versteckt.«

»Er versteckt sich nicht«, gab Sheila zurück.

Trotzdem. Ich müsse aufpassen, beim Verlassen des Hauses, beim Einkaufen, in der Stadt. Umsichtig sein auf den zwei Kilometern zwischen dem Dorfausgang von Killybegs und meiner Hütte. Ich solle Pubs meiden und Menschenansammlungen, alles, was die Einwohner in Gefahr bringen könnte.

»Die Einwohner?«, fragte Sheila.

»Das ist nicht unser Krieg«, antwortete der alte Schutzmann. »Wir klagen niemanden an und wir verteidigen niemanden. Wir wollen bloß, dass die Mörder sich nicht bis zu uns verirren.«

Ob sie unangenehm gewesen seien, fragte ich. Nein, gar nicht. Nur beunruhigt angesichts der kommenden Tage.

Sie habe sie vorgewarnt, dass sie nächsten Dienstag mit einem Besucher kommen werde, einem französischen Freund. Die Polizisten hätten geantwortet, dass es nicht die Franzosen seien, die sie fürchteten, sondern sämtliche Iren der Welt.

»Glauben Sie, dass die IRA ihm Ärger machen wird?«, fragte der junge Cop.

»Nein. Werden sie nicht, aber sie werden auch nicht verhindern, dass es ein anderer tut«, antwortete Sheila.

»Dann ist er ganz schlecht dran«, murmelte der Alte.

Wir erhoben uns vom Tisch. Das Geschirr würde bis nächstes Jahr warten müssen. Sheila kam zögernd auf mich zu. Ich nahm sie in die Arme und verbarg mein Gesicht in ihren grauen Haaren. Der Moment der Glückwünsche war gekommen. Wir blieben einen Augenblick so stehen, unsere Schatten tanzten an den Wänden.

»Viel Glück für uns«, flüsterte meine Frau.

»Viel Glück für dich.«

Ihre Wärme, ihre herbstliche Haut, der Holzrauch in ihren Haaren. Ich drückte ihr Schluchzen an mich.

Plötzlich ihre schroffe Stimme: »Mein Gott, Tyrone! Was hast du uns angetan?«

Das war keine Frage. Sondern ein Schmerz. Ich drückte sie nur noch fester. Auch ich weinte, ohne dass mein Körper es verriet. Der Schmerz einer Waise. Die gar nichts mehr hat, keine Mutter, keinen Vater, kein Land, das sie ernährt, und keinen Himmel, der sie schützt. Nur entsetzliche Einsamkeit und Schweigen für immer. Und ewige Kälte, so große Kälte. Ich war mir zuwider. Und weinte um mich.

»Und was wird aus mir?«, fragte Sheila.

Sie habe doch Jack, sagte ich, ihre Freunde und ihre Heimat.

»Meine Heimat warst du, kleiner Mann.«

Sie löste sich von mir und verbarg ihre Trauer mit ihrer Hand. In meinem Pullover und ihren Socken ging sie zu Bett, drehte sich zur Wand und suchte Schlaf. Er war uns beiden abhandengekommen. Ihr seit zehn Tagen, mir seit fünfundzwanzig Jahren.

17

Nach meiner Entlassung aus Long Kesh hatte die IRA beschlossen, mich bis auf Weiteres aus dem Verkehr zu ziehen.
Ich war zu sichtbar, zu bekannt. Der Führungsstab forderte
mich auf, mich politisch zu betätigen. Also nahm ich an fried-
lichen Demonstrationen teil. Setzte mich unter den Bildern
der Hungerstreikenden auf Stufen. Mischte mich mit einem
Blumenkranz in der Hand unter die Menge. Zum Oster-
gedenktag marschierte ich nicht in schwarzer Uniform mit
unseren Soldaten, sondern in den Reihen der Familien der
Gefangenen. Für alle war ich ein Veteran der Decken, des
Hygienestreiks. Ein ehemaliger Kämpfer.

Eines Tages, als ich mit Sheila im »Thomas Ashe« ein
Bier trank, trat ein britischer Soldat an unseren Tisch und
fragte mich nach meinem Namen. Sein Offizier näherte sich
lächelnd.

»Schon gut. Meehan ist jetzt in Rente.«

Sheila legte ihre Hand auf meine.

»Lass es auf dich zukommen«, hatte der MI5-Agent mir
geraten.

Ich drängte nicht. Ich provozierte nichts. Ich ließ es auf
mich zukommen. Vielleicht, sagte ich zu mir, reicht ihnen
ja meine Einwilligung in den Verrat. In ihren Augen war

ich Agent. Aber ich war kein Verräter. Noch nicht. Ich hatte nichts gesagt, nichts getan, niemanden verraten. Es gab nur dieses eine Gespräch in Paris, das sie als Pakt ansahen. Ich hatte einen verrückten Gedanken. Ich hoffte, dass damit alles vorbei sei. Dass sie nichts von mir verlangen würden, nie.

Das Gefängnis hätte mich verändert, wurde hinter meinem Rücken gemurmelt. Vor dem Hygienestreik hatte ich auch getrunken. Pints geleert wie jeder andere auf dieser Insel. Doch seit meiner Entlassung hatte ich zu trinken angefangen. Richtig zu trinken. Ich kannte ein paar solcher Kameraden. Die heimlich tranken, immer weiter weg von ihrem Viertel. Die andere ihren Wodka bestellen ließen, einen Jungen in den Schnapsladen schickten und ihm anboten, das Wechselgeld zu behalten. Die nicht zu den Treffen erschienen, Aufträge vergaßen. Wenn sie zu einer Gefahr für die Sicherheit wurden, trennte die Partei sich von ihnen. Dann zerschlugen sie ihr Glas und gelobten hoch und heilig Besserung. Trugen einen goldenen Pelikan am Kragen, um als Abstinenzler erkannt zu werden. Schütteten mit dem Blick Ertrinkender Mineralwasser in sich hinein. Und wurden oft wieder rückfällig.

Ich hatte Schmerzen im Bauch, in den Gelenken, im Kopf. Morgens humpelte ich immer eine Weile, bevor ich normal gehen konnte. Zitterte. Bier war mein Wasser, Wodka mein Schnaps. Ich hatte mir eine Trinkflasche aus grünem Leder und Metall gekauft, die 11 Deziliter fasste. Ich hatte es abgemessen: 7 Esslöffel und 22 Teelöffel.

Zwei Mal hatte mich der Wirt des »Thomas Ashe« diskret gebeten zu gehen. Beim dritten Mal rief ich alle Anwesenden als Zeugen an: Dieses Schwein setzte den Freund von Danny

Finley vor die Tür. Ich riss die Tischdecke samt den Sandwiches von dem großen Tisch herunter. Warf sie mir wie eine Gefängnisdecke um die Schultern. Und brüllte inmitten zerbrochener Untertassen und verstreuter Brote, ob sie das an nichts erinnerte. Wirklich nicht? Sollte ich auf den Boden scheißen, damit die Erinnerung wiederkomme? IRA-Leute griffen ein. Erst mal sollten sich alle beruhigen. Der Krieg werde auf der Straße geführt, nicht in den Pubs. Ich verließ die Kneipe. Und war am nächsten Tag wieder da, um mich zu entschuldigen.

Die IRA hatte mir dazu geraten. Waldner hatte es mir befohlen.

Noch bevor ich zum Verräter wurde, wurde ich lästig. Der MI5-Agent fragte sich, ob ich mich deshalb so aufführte, um von meiner Gemeinschaft verstoßen zu werden. Damit ich wertlos, nutzlos würde. Er erinnerte mich daran, dass sich nichts geändert habe. Ich hatte Danny umgebracht, Jack saß immer noch im Gefängnis, und Sheila war zerbrechlich. Ich solle mit der Randale aufhören. Das war ein Befehl. Also trank ich weniger und weniger. Schließlich nur noch wie vorher, wenn ich Lust darauf hatte.

Aber ich wusste, dass ich es nicht mehr im Griff hatte.

*

Bobby Sands starb am 5. Mai 1981 nach dreiundsechzig Tagen Hungerstreik. Als er im Sterben lag, wurde er zum Abgeordneten in Westminster ernannt, aber es war zu spät. Francis Hugues starb am 12. Mai, mit fünfundzwanzig Jahren, nach neunundfünfzig Tagen Hungerstreik. Pasty O'Hara und Ray McCreesh starben gemeinsam am 21. Mai, mit dreiundzwanzig und vierundzwanzig Jahren, nach einundsechzig Tagen Hungerstreik.

Am 22. Juni, als die IRA-Brigade von Belfast beschloss, einen Aufseher von Long Kesh zu erschießen, bereiteten sich Joe McDonnell, Martin Hurson, Kevin Lynch, Kieran Doherty, Thomas McElwee und Michel Devine auf den Tod vor.

Die ganze Stadt trug Trauerflor. Die IRA musste reagieren.

Franck »Mickey« Devlin kam als Letzter in den ersten Stock eines Backsteinhauses in der Siedlung Divis Flats. Zu dritt saßen wir in dem kleinen Zimmer auf dem Boden. Mickey haute mir auf den Rücken, froh, mich zu sehen. Fast hätte er wieder seinen Stift hervorgeholt, um mich zu ärgern, dann ließ er es aber bleiben. Als er das Kruzifix erblickte, bekreuzigte er sich. Und zwinkerte dann dem Papst zu.

Als er kam, hatte er um Tee gebeten. Es klopfte. Jim O'Leary öffnete und nahm das Tablett von unserer Gastgeberin entgegen.

»Auf der Straße ist es ruhig«, sagte sie. Dann zog sie sich lautlos zurück.

»Tee, Tyrone?«, fragte Jim.

»Ja, bitte«, antwortete ich.

Mickey nahm Fotos aus seinem Hemd. Fünf Aufnahmen aus der Ferne. Er legte sie auf dem Teppich aus wie ein Kartenspiel.

Ich zog die Vorhänge zu und machte das Licht an.

Die anderen beugten sich über die Bilder.

»Kackfresse«, sagte Jim.

»Er heißt Ray Gleeson und lebt in der Nähe von Clifton-ville in einem gemischten Viertel.«

»Kathole?«, fragte Jim.

»Ja. Er ist dreiundfünfzig Jahre alt. Arbeitet seit 1962 für die Strafvollzugsbehörde und ist seit vier Jahren in Kesh.«

Jim reichte mir eines der Fotos.

»Ein Freund von dir, Tyrone?«

Popeye.

Mein Wärter. In Zivil, mit einem zu großen Anzug, einem schlecht sitzenden Hemd, kahlem Schädel und Zigarette im Mundwinkel.

Ich nahm die Dunkelheit zum Vorwand und ging zur Nachttischlampe. Wandte ihnen den Rücken zu. Popeye. Mein Herz klopfte, mein Kopf pochte, ein Trommelwirbel der Angst, den jeder hören musste.

»Kennst du den?«

»Nein«, sagte ich.

Ich bückte mich. Betrachtete die anderen Bilder. Popeye, der seinen Wagen vorsichtig von unten inspizierte, Popeye, der durch die Innenstadt lief, Popeye, der an einer roten Ampel stand.

»Warum er?«, fragte ich.

Das war mir so herausgerutscht. Blödsinnige Frage. Ich hielt den Atem an.

Mickey warf mir einen merkwürdigen Blick zu. Ohne es zu wissen, half er mir aus der Patsche.

»Warum ein Kathole, meinst du?«

»Ja, warum ein Kathole?«

Jim machte eine vage Geste und meinte, sein Viertel würde den Rückzug erleichtern.

Nun ergriff unser Jüngster das Wort. Ich kannte ihn kaum. Er wirkte ein bisschen wie ein Student, das mochte ich nicht. Er sagte zu mir, die Hungerstreiks seien unsere Priorität und dass die IRA auf diesem Gebiet antworten müsse.

Ich sah ihn an. Und lächelte kalt.

»Terry heißt du, oder? Also, Terry, willst du mir vielleicht die Situation im Gefängnis erklären?«

Er erstarrte, von meiner Aggressivität überrascht.

»Und du meinst, uns militärische Taktik beibringen zu müssen? Ja, Terry?«

»Beruhige dich, Tyrone«, murmelte Mickey.

Er sammelte die Fotos ein, den Blick auf mich gerichtet.

»Aufseher ist Aufseher. Seine Religion ist scheißegal.«

Ich nickte. Ich musste mich beruhigen. Er hatte recht.

»Wenn deine Freunde dich komisch anschauen, ist es vorbei, Meehan. Das heißt, du hast zu viel gesagt oder nicht genug. Wenn du böse wirst, statt zu lachen, oder lachst, statt böse zu werden, kommen die Zweifel. Und Zweifel sind tödlich«, hatte Waldner gewarnt.

Also setzte ich mein Tyrone-Gesicht auf und schimpfte über den lauwarmen Tee.

»Donnerstags arbeitet er bis elf. Da ist es ruhig in seiner Gegend. Er macht immer dasselbe. Startet, fährt bis zur Clifton-Kreuzung und legt seinen Gurt an, während er auf Grün wartet. Dort könnten wir ihn kriegen«, sagte Terry.

»Ergreift er keine Vorsichtsmaßnahmen, wechselt er nie den Weg?«

Der Student lächelte mich an.

»Nichts. Außer, dass er unter seinen Wagen schaut, tut er nichts.«

»Nächsten Donnerstag?«, fragte Jim.

»Je früher, desto besser«, antwortete ich.

Ich hatte meine Gefühle wieder im Griff. Mickey sah mich an und nickte. Jim beobachtete ihn verstohlen. Ich bemerkte ihre Erleichterung. Der alte Tyrone Meehan war zurück.

»Wer ist dabei?«, wollte ich wissen.

»Ich, Terry, drei aus Divis und ein Mädel auf dem Fahrrad, das die Knarren einsammelt«, antwortete Mickey.

»Jim?«

O'Leary schüttelte den Kopf.

»Du kennst mich, Tyrone. Ich kann besser mit Pulver als mit der Pistole.«

»Was machst du dann hier?«

Ich hatte wieder meinen Chef-Ton drauf.

»Die Vorgehensweise stand noch nicht fest. Wir hatten erst überlegt, seinen Wagen zu präparieren, aber da er ihn jeden Morgen untersucht …«

Ich unterbrach Jim, indem ich die Hand hob. Und stellte mir den rothaarigen Cop und den MI5-Agenten als Zeugen der Szene vor. Es war das erste Mal, dass meine Fantasie sie zu Hilfe rief.

Mit schneidender Stimme sagte ich: »Mickey? Das nächste Mal regelst du das vorher. Dies hier ist ein Briefing, keine öffentliche Debatte.«

Mickey nickte. Angekommen. Jim stand auf.

»Je weniger man weiß …«, sagte er und verließ den Raum.

Jim O'Leary war Sprengmeister. »Mallory«, wie wir ihn in der Bewegung nannten. Er war Soldat, kein Politiker. Seiner Meinung nach sollte die Partei von den Gewehren befehligt werden. Er hielt nichts von Flugblättern, Verhandlungen, Kompromissen. »*Brits out!*« – Briten raus! – war sein Programm, wie bei meinem Vater. Er träumte nicht von einem irischen Frieden, sondern von einem britischen Debakel. Er wollte die Briten bekriegen, schlagen, erniedrigen und dann erst über ihre Kapitulation verhandeln.

Mallory war ein Techniker. Schweigsam, geduldig, arbeitsam, verbrachte er Tage und Wochen damit, immer leistungsfähigere Sprengsätze auszutüfteln. Er arbeitete an der Fernsteuerung, präparierte Autos, Türmatten, Briefe. Eine Mine, die für Panzerfahrzeuge auf dem Land gedacht war, musste ganz anders konstruiert sein als eine Bombe, die in der Stadt auf dem Weg einer Patrouille gelegt werden sollte. Milchflaschen am Straßenrand waren eine Bedrohung für den Feind. Ebenso wie Strommasten in Belfast, Gaszähler in Schenkelhöhe, die kleinste Mauerritze. Die Briten rissen unsere Fahnen ab? Er präparierte den Fahnenmast.

Jim O'Leary misstraute Militärsprengstoffen aus Ungarn und der Tschechoslowakei. Er war ein irischer Bauer und zog die Rohstoffe unserer rauen Gegend vor. Ein großer Sack Unkrautvertilger, Zucker, Säure, etwas irische Erde, geriebene Seife, um die Wunden zu infizieren, Bolzen, Nägel, und die Sache war geritzt.

Er hatte keine Bedenken. Keine Reue, nie. Aber einen Grundsatz, der von unserer Führung bestimmt worden war: keine zivilen Opfer. Die IRA kündigte Bombenexplosionen eine halbe Stunde vorher an. Manchmal war das nicht genug. Dann konnte es Opfer geben. Einmal war ich mit Jim in einem republikanischen Pub gewesen. Eine Passantin war mitten auf der Straße von einem unserer Geräte getötet worden. Das

Fernsehen zeigte die Bilder in Endlosschleife. Die IRA hatte die Polizei gewarnt, doch die hatte die Straße nicht geräumt.

»Briten-Sauerei!«, schrie ein junger Mann und setzte sein Glas ab.

»Die Bombe hat sie getötet, nicht die Briten«, widersprach Mallory.

Der Junge kam nicht aus dem Viertel. Er wollte dazugehören, deswegen machte er so viel Wind.

»Ohne die Briten hätte es gar keine Bombe gegeben, du Trottel«, schrie er.

»Falsch. Ohne den Bombenleger hätte es keine Bombe gegeben.«

»Die IRA lässt sich nicht so gern Vorschriften machen!«

Der Junge stieg von seinem Hocker. Jim sollte sich erklären. Er kam keine zehn Meter weit. Zwei von uns hielten ihn auf. Der eine packte ihn im Nacken und drückte ihn auf einen Stuhl. Der andere deutete mit dem Kinn auf Mallory und flüsterte ihm etwas ins Ohr. Jim trank ruhig, Auge in Auge mit dem Jungen. Als der erfuhr, wen er da vor sich hatte, wurde er kreidebleich. Ein großer, erstaunter Körper mit einem offenen Mund.

Wenn die Sache für Zivilisten gefährlich wurde, blieb Jim bis nach der Explosion. Einmal hatte er eine Zündung wegen einer Hochzeit ausgesetzt. Patrouille und Brautpaar gingen wenige Meter an seiner ferngesteuerten Bombe vorbei, die Soldaten waren von einem heiteren Zug aus langen Kleidern und Jacketts umhüllt. Ein anderes Mal ging er mit einer Frau von der IRA noch einmal zurück, um seine Bombe aus dem ersten Stock eines protestantischen Pubs zu holen. Dort sollte ein loyalistisches Führungstreffen stattfinden, das aber abgesagt wurde. Mit dem Semtex-Paket, das in den Toiletten deponiert worden war, wurde er auf dem Bürgersteig verhaftet. Elf Jahre Gefängnis.

»Du bist ein Mörder, Jim O'Leary!«, sagte der Priester bei seiner Hochzeit.

»Kümmere du dich um meine Messe, ich kümmere mich um dein Land«, erwiderte Jim.

Seit diesem Tag ging Cathy aus Solidarität mit ihrem Mann nie wieder zur Kommunion.

*

Als Fionna Phelan in den Bus stieg, folgte ich ihr. Sie setzte sich hinten hin, ich setzte mich neben sie. Was sie überraschte – denn das Fahrzeug war fast leer. Sie hielt die Handtasche auf ihrem Schoß fest. Ich hielt ihr meine Hand hin.

»Tyrone Meehan, ich habe mit Aidan in einer Zelle in Long Kesh gesessen.«

Ihr Gesichtsausdruck veränderte sich. Das Blut kehrte zurück, das Lächeln auch. Sie nahm meine Hände, als wären es die ihres Sohnes.

»Tyrone Meehan? Tut mir leid, Sie haben mir Angst gemacht.« Sie sah mich genauer an. »Was machen Sie in Strabane?«

Sie wollte, dass ich mitkäme, zu ihr nach Hause, um ihren Sohn und ihren Mann zu sehen. Sie war so aufgewühlt wie bei einem zärtlichen Stelldichein. Aber ich musste noch am gleichen Tag zurück nach Belfast. Ich würde an der nächsten Haltestelle aussteigen.

»Erzählen Sie niemandem von mir.«

»Nicht einmal meinem Mann?«

»Auch ihm nicht. Niemandem. Tut mir leid.«

Sie war beunruhigt. Die Angst der Frauen hier.

»Was ist los?«

Sie hatte ihre Hände in meine gelegt.

»Nichts. Alles in Ordnung. Ich wollte nur wissen, ob Sie Ende letzten Jahres eine Nachricht von Ihrem Sohn bekommen haben.«

Erstaunen in ihrem Blick. Eine Nachricht? Die Nachricht! Die einzige überhaupt. Sie griff in ihre Tasche, ihre rote Brieftasche. Darin, geschützt von einer Plastikhülle, die Nachricht ihres Sohnes. Sie lächelte traurig.

»Die Bibel zerreißen, also wirklich ... so was macht man doch nicht.«

Wie sie die Nachricht erhalten habe? Um die Weihnachtszeit habe jemand am Tor geklingelt. Sie habe aus dem Fenster geschaut und einen Mann draußen stehen gesehen, mit einem kleinen Ding in der Hand. Er habe ihr gewinkt und es über den Zaun geworfen. Da habe sie zu schreien begonnen.

»Mein Sohn ist rausgestürzt, mein Mann hinterher. Ein Loyalist, hab ich gedacht, eine Bombe. Der Typ ist in einer Straße verschwunden.«

Im Gras lag ein kleiner silbriger Seehund-Schlüsselanhänger mit einem Reißverschluss am Bauch. Ihr Sohn drehte ihn mit dem Schürhaken um. Bückte sich, hob das Stofftier auf und öffnete es.

»Da ist ihm der Zettel in die Hand gefallen, und er hat ihn gleich in seiner Faust versteckt. Und ängstliche Blicke auf die Straße geworfen.«

Er hatte acht Jahre in Crumlin gesessen. Als er das schimmernde Papier erkannte, stieß er einen Freudenschrei aus.

»Dann hat er die Tür zugemacht, mit Riegel und Kette verschlossen und die Vorhänge zugezogen. Und gesagt, ich soll die Hand ausstrecken. ›Nachrichten von unserem Aidan‹, hat er gesagt. Und als ich geheult habe, hat der Blödmann gelacht.«

Hatte sie den Mann gesehen, der das Felltier über den Zaun geworfen hatte?

»Ja, sehr gut, wegen der Straßenlampe. Klein, nicht mehr jung, mit Glatze. Ich erinnere mich noch, dass ich gedacht habe, wenn er uns was Böses antun wollte, hätte er seinen Kopf doch unter einer Mütze versteckt.«

Popeye hatte also Wort gehalten.

*

»Meehan?«

»Sag nichts, Popeye, frag mich nichts. Die IRA will dich am Donnerstag töten.«

»Was redest du da, Meehan?«

Er wiederholte meinen Namen, als verkündete er ein erstaunliches Ereignis.

Ich hatte gewusst, dass ich ihn da finden würde, beim Wohltätigkeitsbasar des Hundeclubs der Docks von Belfast. Popeye hatte einen braun-weißen Foxterrier. Die IRA hatte überlegt, die Sache gleich hier zu erledigen. Seinen Wagen an der »Fountain's Tavern« zu präparieren, aber da war zu viel los. Frauen, Kinder, Hunde. Wenn es Ray Gleeson auf dem

Weg zur Arbeit erwischte, träfe es einen Gefängnisaufseher. Hier nur Taffys Herrchen. Also hatte Jim O'Leary das Ganze abgeblasen.

Ich sagte Popeye noch einmal, dass er bedroht sei. Man habe ihn lokalisiert, ausspioniert, verfolgt und fotografiert. Donnerstag sollte es passieren.

»Ich werde dich bei der Polizei anzeigen müssen, Meehan.«

Ich sah ihn an. Sollte er doch tun, was er wollte. Sein Gesicht erinnerte an die Frau auf dem Hitchcock-Plakat, die von den Vögeln angegriffen wird. Er legte mir die Hand auf den Arm.

»Warum sagst du mir das?«

Ich sah ihn an. Ihn, seinen Hund, die sonntägliche Menschenmenge. Mikrofonansagen, Tanzmusik, Zwingergeruch. Ich war ein Verräter. Ich hatte soeben verraten. Ich schüttelte seine Hand ab. Und machte eine Ohnmachtsgeste. Warum? Meinetwegen. Bestimmt. Um mich zu schützen. Eine Frau, deren Hund mit Bändchen in den Farben der britischen Fahne geschmückt war, rempelte mich an. Sie entschuldigte sich, lächelte mir zu, grüßte Popeye. Ich hatte hier nichts zu suchen, und doch war dies der richtige Ort für einen Verräter wie mich.

Ich rannte zur Bushaltestelle. In Panik. Das war nicht mein Viertel. An den Wänden überall Graffiti zu Ehren der loyalistischen Paramilitärs. Die Straßenränder blau-weiß-rot bemalt. Ich war mitten unter ihnen. Im Heiligtum des Feindes. Ich fürchtete mich davor, einem von ihnen zu begegnen. Einem, der mein Gesicht in hassender Erinnerung hatte. Oder, noch schlimmer, einem der Unseren. Einer IRA-Einheit im Einsatz.

»Hey? Ist das nicht Meehan, dort auf dem Bürgersteig?«

Auf diesem Bürgersteig gesehen zu werden wäre der Anfang von meinem Ende. Popeye hatte das riskiert, hatte sich mitten ins Ghetto von Strabane geschmuggelt, um Aidans Brief zu überbringen. Also hatte ich meine Nachricht in seines gebracht. Und er hatte sich bedankt, ohne zu verstehen. Ich kannte seinen Blick. Es war der Blick eines Gefangenen.

*

Ich wurde nicht hart angefasst, als man mich am 8. Juli 1981 morgens in der Castle Street, die von der Falls Road in die Innenstadt führt, überprüfte. Polizeikontrolle der Katholiken vor den Schranken, Absperrungen und Betonblöcken auf der Straße. Frauen und Kinder links, Männer rechts, mehrere Dutzend Leute warteten darauf, die Hände für die Durchsuchung zu erheben. Soldaten in der Baracke ließen ihren Blick über die Menge schweifen, das Auge am Sucher des Sturmgewehrs. Sie waren angespannt. Seit fünf Uhr morgens brachte der Tod von Joe McDonnell unsere Viertel zum Kochen: Der Älteste der Hungerstreikenden war mit dreißig gestorben, nach einundsechzig Tagen ohne Nahrung. In der Baracke warf ich alles, was ich in der Tasche hatte, auf den Tisch. Der Cop fragte mich nach meinem Namen, meiner Adresse, woher ich kam und wohin ich ging. Sein Kollege rief die Zentrale an.

»Ich buchstabiere: M. E. E. H. A. N. Tyrone, wie die Grafschaft.«

Ich musste ihnen folgen. Ein paar Jungen aus der Menge riefen Parolen für mich. In dem Panzerfahrzeug war ich mit den Uniformierten allein. Kein Wort, keine Beschimpfung, kein Schlag. Ich war nicht einmal gefesselt. Es ging die Falls Road hinauf bis zur Kaserne in der Glen Road gegenüber dem Milltown-Friedhof.

In einem Büro wartete Waldner auf mich. Und der Cop mit den roten Haaren. Kein Tisch, nur unsere drei Stühle.

»Zigarette, Tenor?«, fragte Waldner.

»Mein Name ist Meehan.«

»Meehan heißt du nur für den Polizeitrottel, der dich hergebracht hat. Für uns bist du Tenor.«

Die zwei Briten setzten sich. Waldner war verlegen. Ich begegnete dem Blick des Cops, der mir beruhigend zublinzelte.

»Also, Tenor. Wir haben dich herbringen lassen, um dich an die Regeln zu erinnern.«

Ich betrachtete die Zigarette zwischen meinen Fingern.

»Was du für den Schließer getan hast, war mutig. Aber es ist nicht das, was wir von dir verlangen.«

»Du bist kein Cop, Tyrone«, setzte Dominik fort. »Es ist nicht deine Aufgabe, für Recht und Ordnung in Nordirland zu sorgen.«

»Recht und Ordnung sind wir«, fügte der MI5-Mann hinzu.

»Was hätte ich tun sollen?«

Waldners Miene hellte sich auf.

»Kluger Kopf, brav!«

»Ihn krepieren lassen?«

»Er wird schon noch krepieren, dein Popeye!«

Ich erstarrte. Diesen Spitznamen hatte ich nie gebraucht.

»Und weißt du, warum dein Popeye krepieren wird? Weil die, die ihn umbringen wollen, noch da sind.«

Der Rothaarige neigte sich zu mir.

»Wir haben ihn mit seiner Frau weggebracht. Er ist in Sicherheit. Aber was wird das nutzen? Die IRA wird sich einen anderen aussuchen und ihn irgendwann abknallen.«

»Und wenn nicht Popeye, dann Gontran oder Olive«, lächelte Waldner.

Er reichte mir eine weitere Zigarette mit den Fingerspitzen, wie man es in Belfast macht.

»Also, wenn deine Freunde wieder damit anfangen, lässt du sie machen. Du sagst uns nur, wer umgebracht wird, wann und wie. Wir kümmern uns um den Rest.«

»Das Warum interessiert euch nicht?«

Der MI5-Agent sah mich mit geballten Fäusten an. Und einem Hauch von Verachtung.

»Das Spiel nicht, Meehan.«

»Keine Festnahme! Das ist unsere Vereinbarung.«

»Für dich sind diese Leute jetzt genauso gefährlich wie für uns«, knallte mir Dominik an den Kopf.

»Ich habe euch nichts gesagt. Nichts gegeben. Ich habe nichts zu befürchten!«

Waldner stand auf und packte mich mit beiden Händen am Kragen.

»Du hast nichts zu befürchten? Bist du bekloppt oder was, Ire? Du bist ein britischer Agent, mit einem Codenamen und einem Führungsoffizier. Du bist tot, Meehan!«

»Beruhige dich, Stephen! Ich glaube, er hat verstanden«, lächelte der Cop.

Der Agent ließ mich los und strich meine Jacke glatt.

»Sorry, Tyrone. Zurzeit schieben wir verdammt viele Überstunden.«

»Die Arbeit bringt uns noch um«, fügte der andere hinzu.

Sie standen auf. Waldner legte mir einen Arm um die Schulter.

»Wir wollen etwas über einen deiner Leute wissen«, murmelte er. »Wir glauben, dass er von außen einen Ausbruch aus Crumlin organisiert.«

»Nie gehört.«

»Du musst nicht gleich etwas sagen, du hast alle Zeit der Welt.«

»Das ist keine Frage der Zeit. Ich weiß von nichts.«

»Denk noch mal drüber nach. Wir wissen, dass Franck Devlin etwas ausheckt, und wir wollen wissen, was.«

»Mickey?«

Das war mir so rausgerutscht. Ich war wie vom Donner gerührt. Mangelnde Wachsamkeit, ein Anfängerfehler. Sie hatten mich müde gemacht und drangekriegt. Ich hätte mir am liebsten die Zunge abgebissen. Meine Lippen zitterten.

»Devlin ist Mickey?«, fragte Waldner.

Der Cop schlug sich mit der flachen Hand auf die Schenkel. Er strahlte. Der MI5-Agent sah mich lächelnd an.

»Popeye, Mickey, ihr seid ja richtig gebildet …«

»Ich verstehe nicht.«

Seine Lippen wurden hart, sein Gesicht versteinerte.

»Du verstehst nicht? Dann werde ich es dir erklären. Wir wissen, dass ein gewisser Mickey hinter Popeye her war, dass er ihn ausspioniert und fotografiert hat. Aber niemand konnte die Verbindung zwischen ihm und Devlin herstellen.«

»Devlin, verdammt! Wir hatten ihn direkt vor der Nase! Direkt vor der Nase!«, wiederholte der Cop.

»Scheiße, vergreift euch nicht an Franck! Ich war mit ihm in Crumlin, er ist mein Freund …«

»Dein Freund? Was denn für ein Freund? Du hast deine Freunde gewechselt, Meehan. Jetzt sind wir deine Freunde!«, sagte der Cop.

Dann schaute er auf die Uhr.

»Ende der Besprechung.«

»Keine Verhaftung«, murmelte ich noch einmal.

Das war keine Drohung mehr, sondern ein Flehen. Innerlich brüllte ich. Ich hatte einen trockenen Mund und das dringende Bedürfnis zu pissen. Ich war geschlagen und unendlich traurig. Mein Verstand funktionierte nicht mehr. Ich suchte nach einem Satz, einem Wort. Und fand nicht einmal mehr einen Blick, um ihnen zu antworten. An der Kasernentür schob mir der Cop einen Umschlag in die Tasche. Ich zuckte zusammen.

»Wir wollen dich nicht kaufen. Nur damit du mit dem Taxi heimfahren kannst.«

»Spesen, wenn du so willst«, lächelte der MI5-Mann.

Er reichte mir die Hand. Ich übersah sie. Und ging Richtung Baracke.

»Übrigens, Tyrone ...«

Ich drehte mich um. Der Cop kam mit ausgestreckter Hand auf mich zu.

»Der Tod von Joe McDonnell tut mir leid.«

Ich war angeschlagen und überempfindlich. Auf der Treppe fühlte ich alte Tränen hochsteigen. Ich hatte Bauchschmerzen. Klapperte mit den Zähnen. Mir war so kalt.

Also nahm ich seine Hand. Und die des anderen. Und drückte sie beide.

*

Auf dem Heimweg schaute ich im »Thomas Ashe« vorbei. Ich hatte beschlossen, die dreißig Pfund aus dem Umschlag zu verjubeln. Ich begann mit zwei Pints an einem Nachmittagstisch. Abgesehen von drei stumpfen Blicken war der Club leer. Die Stimme aus dem Fernseher, ein Hurling-Match, der dumpfe Aufprall der Billardkugeln im Nebenzimmer. Dann ging ich ins »Busy Bee« und in »Hanlon's Corner«. Jedes Mal kippte ich einen kleinen Wodka an der Theke, wie in Eile. Gab einem Freund zwei Bier aus, ohne anzustoßen, und spendierte einem Unbekannten ein weiteres. Ich setzte auf die Gerüchteküche.

»Tyrone Meehan hat die Taschen voller Geld!«

»Wo hast du die Kohle her, Meehan?«

»Knisternde Scheine! Nicht diese Lappen, die es beim Arbeitsamt gibt!«

Sie hatten mir 30 Pfund gegeben. Dreißig Silberlinge, ein Judas-Lohn. Das war bestimmt Absicht. Ich hatte beschlossen, mich schnappen zu lassen. Oder zu sterben. Ich könnte von der Albert Bridge in den Lagan springen – ich bin Nichtschwimmer. Oder mit dem Auto unterwegs nach nirgendwo nachts in eine Felswand rasen. Oder trinken, immer mehr trinken, bis mein Herz zu schlagen aufhört.

Ich erblickte mein Spiegelbild über dem Tresen. Ich hatte die Mütze auf wie ein Schafzüchter, der einen Verkauf feiert. Sterben? Armseliger Bauer. Die Armen haben keine Zeit für solche Gedanken. Ich sah meine hängenden Augenlider, die graue Mähne, diese Ohren, die Falten von der Arbeit. Betrachtete den verzogenen Kragen meiner Tweedjacke, den abgenutzten Stoff, mein offenes Hemd. Besichtigte meine Niederlage. Nach vorn gebeugt, schaute ich Patraig Meehan in die Augen. Sah auf einmal ihn im Spiegel. Und die Leere um ihn herum, das Schweigen, wenn er näher kam, den Respekt, die Beklemmung. Das Holz, das Kupfer, die Wärme, die goldene Dunkelheit des »Mullin's« in meinem Heimatdorf. Mein Vater war wiedergekehrt, als Teil von mir. Er grinste wie ein Idiot, prostete seinem Spiegelbild mit meinem Glas zu. Versuchte, die Haltung eines Nüchternen einzunehmen. Schwankte. Mitleiderregend. Er hatte auf seinen Krieg verzichtet, auf Spanien, die Republik, sein Leben. War über unsere Winterwege fortgegangen, Steine und Erde in den Taschen. Er wollte im Meer sterben und erfror am Straßenrand. Er hatte die Möwen gerufen, doch die Polizei verjagte die Raben. Er hatte nichts mehr, war weder Vater noch Kämpfer. Nur ein Lumpenbündel im Raureif.

Also verzichtete ich aufs Sterben. Und aufs Leben. Ich würde woanders sein, zwischen Himmel und Erde. Und auf alles scheißen! Die Briten, die IRA und ihre Befehle! Ich war den Krieg so leid, die Helden, die erstickende Gemeinschaft. Ich war müde. Müde des Kampfes, der Demonstrationen, der Gefängnisse, der Heimlichkeit und des Schweigens, müde der von Kindheit an wiederholten Gebete, müde des Hassens, des Zorns und der Angst, müde unserer erdigen Haut, unserer löchrigen Schuhe, unserer innen feuchten Regenmäntel. Mein Bruder Séanna brüllte mir in die Ohren. Ich übernahm die Parolen seiner Entwaffnung Wort für Wort. Was hatte sie denn für mich getan, die Republik? Die Schönen, die Großen, die Wahren, die Tom Williams und Danny Finleys, waren mit unserer Jugend gestorben! Und all diese Männer mit Krawatte und Rundhalskragen, die Connollys und Pearses, hatte man mit unseren Geschichtsbüchern begraben! Wir waren Kopisten, Nachahmer ihres Ruhms. Spielten pausenlos die alten Lieder ab. Mit Seele, Haut und Ziegelsteinen standen wir herzlosem Stahl gegenüber. Wir würden verlieren. Wir hatten schon verloren. Ich hatte verloren. Und ich würde Irland kein weiteres Leben opfern.

»Kevin? Schenkst du mir noch ein letztes Glas ein, bevor du deinen verdammten Eisenvorhang runterlässt?«

Betrunken und nervös ging ich schlafen. Am nächsten Morgen stand mein Entschluss fest, wie ich sie von Mickey ablenken könnte. Ich würde ihnen einen Tipp geben. Einen unwichtigen, aber einen Tipp. So würde ich sie vielleicht loswerden. Und ihn retten. Ich musste meinem Verräterjob nachkommen. Bevor der Tag zu Ende wäre, würde ich die Schwelle überschritten haben. Es war wie ein Eid auf die Republik. Ein Weg ohne Wiederkehr. Ich hatte ihn eingeschlagen und würde mich verlaufen. Für Fragen und Zweifel war es zu spät. Auch für Antworten.

Seit einer Woche war Jack aus der Isolationshaft entlassen. Er war wieder bei seinen Freunden und in seiner Zelle. Ein Geschenk von Meister Waldner an seinen Spitzel Tenor. Und ich hatte ihm dafür gedankt.

»Bist ein feiner Kerl«, hatte der rothaarige Cop auf dem Heimweg von Paris zu mir gesagt.

Das war's. Ein Dreckskerl ist vielleicht ein feiner Kerl, der aufgegeben hat.

*

Ich traf Waldner auf dem Friedhof. Und nannte ihm die Poolbeg Street 23. Er lehnte an der Wand, sein Blick schweifte über die Gräber. Er hatte ein Bukett dabei und bat mich, es für ihn auf das Grab von Henry Joy McCracken zu legen.

Die Hausnummer 23 war ein Gelegenheitsversteck. Fast eine Ruine, in der früher Waffen und Geld gelagert wurden. Vor vier Monaten hatten wir sie geräumt. In der Straße war zu viel los, das Haus war zu exponiert. Kinder aus dem Viertel stiegen durch das zerbrochene Fenster ein, um dort heimlich zu rauchen. Eines Abends überraschten zwei von unseren Leuten einen Jungen, der den Kamin durchwühlte. Er hatte eine unserer Pistolen und Munition gefunden. Als sie kamen, ließ er seine Beute fallen und haute ab.

Waldner beobachtete mich. Mir gefiel sein Lächeln nicht.

»Poolbeg Street 23?«

Ja, in Lower Falls. Er nickte. Das kannte er. Er nahm meinen Arm. Wir gingen zwischen den Gräbern hindurch wie alte Freunde. Er erzählte mir die Geschichte von Damian Bray, einem fünfzehnjährigen Jungen, der in dem Viertel Haschisch rauchte. Und es weiterverkaufte, um sich sein Taschengeld zu verdienen. Zusammen mit zwei älteren Freunden besorgte er den Stoff in Dublin, nähte ihn sich ins Futter seines Parkas ein und spielte Grenzgänger.

»Keine großartige Sache, weißt du. Hundert Gramm da, zweihundert Gramm dort. Keine Mafia, aber nützlich für uns.«

Er blieb am Grab von McCracken stehen. Überreichte mir das Bukett.

»Eines Tages wurde Bray verhaftet. Er hat vor Angst gekotzt.«

Ich kniete nieder und legte die Blumen auf das Grab.

»Eine sehr löbliche Familie, die Brays. Der Vater in Long Kesh, ein Bruder bei der IRA. Waschechte Republikaner, außer ihm. Er war einer von denen, die ›IRA=Cops‹ an die Wände schreiben. Du weißt, was ich meine?«

Ich wusste es.

»Also haben wir ihm einen Handel angeboten. Sein Gras war uns egal. Das bisschen Dealen auch, aber wenn er nach der Vernehmung freikommen wollte, müsste er uns was dafür geben. Ungefähr so wie du, verstehst du?«

Der MI5-Agent ging langsam weiter.

»Und soll ich dir was sagen? Er hat uns eine Adresse gegeben. Und du weißt jetzt bestimmt auch, welche.«

Ich schwieg.

»Er hat dort nach einem Versteck für seinen Scheiß gesucht und eine Knarre gefunden. Die IRA hat ihn überrascht, und er ist weggelaufen. Irre, wie diese Jungs euch hassen.«

»Was willst du mir damit sagen?«

»Dass die IRA mit ihrer Art, sich in den Vierteln als Polizei aufzuspielen, sich echte Feinde unter den Kleinkriminellen gemacht hat. Bei uns gibt's Richter, bei euch eine Kugel ins Knie. Da sind ihnen die Briten letztendlich lieber.«

»Warum erzählst du mir das?«

»Warum? Na, weil wir nach dem Geständnis des Jungen die Nummer 23 unter Beobachtung gestellt haben, Tyrone. Und gesehen haben, wie deine Leute vor mehreren Monaten alles weggeschafft haben. Seitdem ist es dort leer. Nichts mehr. Verlassen.«

Er blieb an der Pforte stehen.

»Kann es sein, dass du uns vielleicht verarschst?«

»Die 23 wurde nie überwacht. Das stimmt nicht. Niemand ist verhaftet worden!«

»Wen sollten wir denn verhaften? Die drei Fianna und den armen Trottel, der dort aufgeräumt hat? Wir wollen der IRA nicht billig kleine Helden fabrizieren, sondern ihr einen Schlag versetzen!«

Er ließ einen Umschlag in meine Tasche gleiten. Ich protestierte nicht.

»Bis bald, Meehan. Ruf an, wann du willst.«

Nach ein paar Schritten drehte er sich noch einmal um.

»Übrigens, Mickey hat geredet. Und weißt du was? Er hat den Namen des nächsten Wärters auf der Liste preisgegeben, den Ort der Operation, einfach alles.«

Er beobachtete mich.

»Und dann … Es tut mir leid, aber er hat auch deinen Namen genannt. Und den deines Sprengmeisters. Weißt du? Der bei dem Treffen nicht hätte dabei sein sollen.«

Regen begann, den Himmel reinzuwaschen. Er schlug seinen Kragen hoch.

»Jedenfalls hattest du recht, ihn rauszuschmeißen. Es ist Aufgabe des Chefs, für die Einhaltung der Regeln zu sorgen.«

*

Martin Hurson starb am 13. Juli 1981 im Alter von fünfundzwanzig Jahren nach sechsundvierzig Tagen Hungerstreik. Kevin Lynch, auch fünfundzwanzig, nach einundsiebzig Tagen. Und Kieran Doherty, sechsundzwanzig, am Tag darauf, dem dreiundsiebzigsten Tag des Hungerstreiks.

Franck »Mickey« Devlin wurde fünf Tage im Verhörzentrum von Castlereagh gefoltert. Sie hinderten ihn am Schlafen, ließen ihn stundenlang nackt mit ausgebreiteten Armen und dem Gesicht zur Wand stehen. Er wurde geschlagen, bekam Elektroschocks, wurde gewürgt, mit Zigaretten versengt und mit feuchten Lappen am Atmen gehindert. Zwischen den Befragungen warfen sie ihn mit verbundenen Augen in einen schalldichten Raum. Dort, so sagen jene, die es erlebt haben, sind selbst die eigenen Schreie gedämpft. Europa hat solche Methoden als »unmenschlich und erniedrigend« bezeichnet. Waldner war das egal. Für ihn war nur wichtig, dass die Republikaner gestanden. Bevor ein weiterer Schuss falle, bevor eine weitere Bombe explodiere, bevor ein anderer Popeye irgendwo in der Stadt ermordet werde. Ob ich das verstünde?

»Stell dir vor, Meehan, ich bin dein Gefangener, und dein bester Freund ist in unserer Hand. Unsere Leute wollen ihn killen. Ich weiß, wann und wo. Was machst du dann mit mir?«

Ich verstand.

Das Viertel war durch Mickeys Verhaftung in Aufruhr. Mickeys Frau kam Sheila besuchen. Sie weinten. Ich machte Tee und verließ das Haus.

»Im Knast ist besser als tot«, murmelte ich meiner Frau beim Heimkommen zu.

Ihr Blick gefiel mir nicht. Sie forschte nach Alkohol. Aber ich hatte nicht getrunken. Nur zwei Bier in einer Bar, die nicht die meine war. Ich wollte mich der Niedergeschlagenheit und Traurigkeit nicht stellen.

Die Briten hatten Mickey am 3. August nach einer Straf-
aktion gegen einen Vergewaltiger verhaftet. Der Kerl war ein
Wiederholungstäter, durfte seit Monaten Divis Flats nicht
mehr betreten. In der Nacht zuvor hatte er eine Frau auf dem
Heimweg belästigt. Er hatte ihr ins Gesicht geschlagen und
versucht, sie in ein Gebüsch zu zerren. Er war betrunken und
schwankte. Sie konnte sich losreißen und lief ins Büro der
Sinn Féin, um Anzeige zu erstatten und ihren Angreifer zu
beschreiben.

Die IRA holte ihn nachts aus dem Haus seiner Eltern. Er
war zurückgekommen, um sich bei ihnen zu verstecken. Lag
angezogen auf seinem Kinderbett und schlief seinen Bier-
rausch aus. Unsere Jungs trugen Sturmhauben. Die Mutter
ging kreischend dazwischen, der Vater nahm einen Stuhl, um
seinen Sohn zu verteidigen.

»Finger weg von den Eltern!«, hatte Mickey befohlen.

Zwei von uns schleiften den Taugenichts zur Treppe. Ich
hielt mich auf der Straße im Hintergrund. Befehligte die
Operation nicht. Weil ich solche Bestrafungsaktionen nicht
mochte. Wir waren eine Armee, keine Polizei. Unsere Aufgabe war es, die Briten zu vertreiben, nicht Verbrecher zu
verdreschen. Doch die Bevölkerung forderte Sicherheit in
unseren Vierteln.

Mickey wartete in der Tür mit zwei anderen. Die Mutter
stürzte sich auf ihn und riss ihm die Maske vom Gesicht. Er
schob sie weg. Sie fiel hin und zeigte auf ihn.

»Das ist Franck Devlin! Ich kenne dich, Franck Devlin!«,
schrie sie.

Überall gingen Lichter an. Der Typ wurde mit dem Wagen
zu einem kleinen Platz an der Straße gebracht, wo das Opfer

wohnte. Er wehrte sich. Mickey schlug ihm mit dem Kolben gegen die Schläfe. Er wurde mit entblößtem Oberkörper an eine Laterne gebunden. Eine Frau kam angelaufen, drückte einem von uns ein Schild mit der Aufschrift »Vergewaltiger« in die Hand und rannte gleich wieder weg. Die IRA hängte dem Kerl das Schild um den Hals. Sein Oberkörper war mit kaltem Teer beschmiert. Er war bewusstlos, sein Kopf hing nach hinten. Schatten bewegten sich in den Fenstern, Gespenster auf den Bürgersteigen, Silhouetten in halb geöffneten Haustüren.

»Unser Land befindet sich im Krieg!«, brüllte Mickey, damit die ganze Straße ihn hörte.

Ein *óglach* zog am Verschluss seiner Pistole. Ein metallisches Klicken in der Stille. In der ersten Etage eines Hauses hielt sich ein Mann die Ohren zu.

»Wir dulden keinen Angriff auf unsere Gemeinschaft. Und keinerlei Gewalt gegen die Frauen, die dazugehören.«

Der Soldat schoss zwei Mal. Nicht in die Knie, sondern in die Schenkel. Wir hatten beschlossen, dass der Verurteilte wieder gehen können sollte. Er stieß einen lang gezogenen Schrei aus. Sein Kopf fiel erneut zurück.

»IRA! IRA!«, skandierte eine ferne Stimme.

Eine Kämpferin mit Handschuhen sammelte die heißen Patronenhülsen ein, und wir zogen ab.

Die Eltern des Opfers waren in der Gemeinschaft verhasst. Der Briefträger vergaß sie, die Milchflasche wurde eines Morgens an ihrer Tür zerschmettert. Der Vater wurde in den Bars nicht bedient, Bingo-Runden ließen die Mutter allein am Tisch sitzen. Sie waren die schwarzen Schafe der Straße. Sie hatten nichts zu verlieren. Also haben sie bei der königlichen Polizei Anzeige erstattet. Und Mickey angegeben.

Die Stadt wirkte wieder einmal wie ein trauriger Rabe. Der Himmel, die Blicke, alles stank nach Trauer. Trauer um Mickey, um seine Frau. Auch ich war traurig. Zum ersten Mal wurde mir das Know-how der Briten ekelerregend bewusst. In jedem Gespräch, jedem Blick, jedem Schweigen tauchte das Grauen der Folter auf. Aber eben auch, trotz allem, dass Mickey nicht durchgehalten hatte. Er hatte geredet. Die Briten hatten es verlautbart. Ihre Zeitungen hatten sich darauf gestürzt. Waldner schützte mich. Der Cop schützte mich. Sie hatten den Verdacht abgelenkt. Franck Devlin war erst einen Monat, nachdem ich seinen Namen genannt hatte, verhaftet worden. Eine Ewigkeit. Ich war kein Verräter. Ich war erschöpft. Und gönnte mir eine Atempause. Eine letzte Illusion der Unschuld.

In dem dritten Umschlag, den ich am 5. August bekam, waren dreihundertfünfzig Pfund und zwei Flugtickets nach Paris. Ein Vorschuss, um meine erste Reise zu bezahlen. Ich sollte »Honoré« am Landungssteg der *Bateaux-Mouches* treffen. Ich hatte ihn nur einmal gesehen, bei meinem ersten Besuch in Frankreich mit Sheila und dem falschen Polizistenpaar. Er war ein waschechter Engländer. Nicht einmal ein grimmiger Protestant von zu Hause. Er sah mich an, wie man einen Verräter ansieht. Er schüttelte mir nicht die Hand. Er blieb nur auf ein Bier und starrte auf mein rosa Dreieck. Mit dem MI5-Agenten und dem Cop ging er auch nicht freundlicher um. Er war jung, kaum fünfunddreißig. Kannte Belfast nur von einem

Hubschrauberflug über der Stadt. Musterte mich eingehend. Nur die Sinn Féin interessiere ihn, nicht die IRA. Unsere Partei, nicht unsere Armee. Für Bomben seien die da zuständig, sagte er und deutete mit dem Kinn auf die beiden anderen.

»Ich kenne mich mit Politik nicht gut aus«, antwortete ich.

»Du weißt, wer was denkt in deiner Partei. Welcher Anführer an Boden verliert oder an die Macht kommt. Das weißt du doch, Tenor?«

Ich zuckte die Schultern. Ja, natürlich. Das wusste ich.

»Das interessiert mich, weißt du. Und da es für mich nicht so leicht ist, zu euren Versammlungen zu kommen …«

Dann stand er vom Tisch auf und verabschiedete sich, indem er seine eingerollte Zeitung an die Schläfe führte.

Ich mochte ihn nicht. Er hatte sich gewaltsam Zutritt zu meiner Geschichte verschafft. Der Cop und der MI5-Mann wirkten dagegen fast beruhigend auf mich. Wir hatten nun eine gemeinsame Geschichte. Sie kannten meine Art und ich ihre. Wir hatten einander alles gesagt. Es gab kein Verständnis zwischen uns, aber auch keinen Hass. Der Cop hatte einmal zu mir gesagt, er würde meine Ideen bis zum Tod bekämpfen, aber er respektiere sie. Und Waldner gestand mir, als er mir die Tickets nach Paris gab, dass er mir gern anderswo begegnet wäre und zu einer anderen Zeit. Logen sie? Beide? Wahrscheinlich. Was sie sagten, war vielleicht dazu gedacht, mich einzulullen, vielleicht stand so etwas auch in ihrem Handbuch für Informanten. Mir war das egal. Ich war ein Gefangener, lebenslänglich zum Lügen verurteilt, und diese beiden Wärter demütigten mich wenigstens nicht in meiner Isolation.

Honoré gehörte nicht zu dieser Geschichte, nicht einmal

zu diesem Feind. Er war ein Schafdieb, der ein offenes Gatter nutzte. Er hatte sich nach den anderen herangemacht, um mich wie eine Orange auszuquetschen. Ein blasser Botschaftsbeamter. Tinte an den Fingern, kein Blut. Ich stellte mir vor, wie er im Schein seiner Schreibtischlampe Organigramme zeichnete, die Zungenspitze zwischen den halb geöffneten Lippen. Für ihn war unser Land eine Grafik, unser Kampf eine Statistik. Er sah in uns keine Frauen und Männer, sondern Laborratten. Der Cop zielte mit seinem Gewehr auf uns, Honoré beobachtete uns unterm Mikroskop. Er nannte mich Tenor. Hoffentlich wusste er nichts über mich, über Danny und dass es Jack und Sheila gab. Hoffentlich blieb ich anonym. Das Synonym eines Verräters. Ein Codename.

Er würde mich bestimmt dazu bringen, Paris zu hassen.

18

KILLYBEGS, DIENSTAG, 2. JANUAR 2007

»Reicht das?«, fragte Antoine.

»Es reicht nie«, antwortete ich.

Der kleine Franzose war schwer mit Holz beladen. Er trug die feuchten Äste wie ein Junge aus der Stadt. Nachts hatte es geschneit und der Morgen hatte Raureif gebracht. Ich beobachtete, wie er sich über einen Stamm beugte, als hätte er Angst, seine Kleidung zu ruinieren. Ich drehte einen alten Baumstumpf um, er hob den Kopf, und unsere Blicke begegneten sich.

Vorhin, als Sheila ihn vor dem Haus abgesetzt hatte, betrachtete er die große Tanne, das Haus meines Vaters, den Himmel meines Landes, meinem Blick aber wich er aus, und ich suchte seinen nicht. Ich schloss die Tür ab, wandte ihm den Rücken und ging Richtung Wald, die Axt auf der Schulter.

»Wir holen Holz für den Kamin.«

Er folgte mir.

Ich fürchtete diesen Blick. Aber er interessierte mich auch.

Ich hatte Antoine seit dem 10. Juli 2006 nicht mehr gesehen. Da hatte ich ihn nach Long Kesh mitgenommen. Seit dem Friedensprozess war das Gefängnis leer. Wie Jack waren die letzten Kriegsgefangenen sechs Jahre zuvor entlassen worden. Übrig geblieben waren die Gebäude, die Wachtürme, die Mauern mit dem Stacheldraht und unser aller Spuren.

Als wir die Zelle Nummer 8 verließen, in der Bobby Sands gestorben war, war Antoine völlig aufgewühlt. Ich legte ihm den Arm um die Schultern und sagte »Sohn« zu ihm. Den Kosenamen hatte ich ihm vor dreißig Jahren gegeben. Als er den Schnaps besang und mich seinen irischen Vater nannte. Doch diesmal hatte er eine andere Bedeutung.

Vor dem Gefängnistor sagte ich zu ihm: »Ich liebe dich.«

Er sah mich an. Wollte etwas sagen. Ein Wort, das die Stille zerstörte.

»Ich liebe dich«, wiederholte ich.

Aber er blieb stumm.

Mein Verräterdasein neigte sich dem Ende zu. In ein paar Monaten oder Wochen würde es vorbei sein. Nach über zwanzig Jahren war ich dem Feind nicht mehr von Nutzen. Er würde mich fallenlassen, mich verkaufen. Antoines Blick war einer der schönsten gewesen, die mich jemals getroffen hatten, und auch einer der letzten.

Wenn er mich ansah, mochte ich mich. Ich mochte mich in dem, was er von mir glaubte, was er über mich sagte, was er sich erhoffte. Ich mochte mich, als er an meiner Seite marschierte wie der Adjutant eines Generals. Als er sich um mich kümmerte. Mich mit seiner Unschuld beschützte. Ich mochte mich in seinen Aufmerksamkeiten, seinem Stolz auf mich. Ich mochte mich in dieser Würde, die er mir zugestand, in diesem Mut, dieser Ehre. Ich mochte an ihm alles, was sein Herz über mich sagte. Wenn Antoine mich ansah, sah er den siegreichen Fianna, den Gefährten von Tom

Williams, den Rebellen von Crumlin, den Unbeugsamen von Long Kesh. Wenn er mich ansah, war Danny Finley lebendig.

Doch nun, in Killybegs, war der Blick des kleinen Franzosen erloschen. Er kämpfte mit seinen Ästen, ich mit meinem Baumstumpf. Er sah mich nicht mehr. Er suchte den Verräter. Ich lächelte ihm zu. Ich weiß nicht, warum. Ich machte Feuer. Wind drückte den weißen Rauch nach unten.

»Du kannst dich hinsetzen«, sagte ich.

Er nahm am Tisch meines Vaters Platz, die Hände zwischen den Beinen. Ich setzte meine weiche Mütze ab und stopfte sie in die Hosentasche.

»Wenn der Franzose das will, ist er willkommen.«

Father Byrne hatte die Nachricht weitergegeben, und jetzt war Antoine da, schwer beladen mit seinem Schweigen.

»Was möchtest du wissen? Ich höre dir zu, Sohn.«

Ich wandte ihm den Rücken zu und beugte mich über das feuchte Holz.

»Nichts.«

In seiner Stimme lag ein Zittern.

Ich schenkte ihm Tee ein. Er betrachtete die Wand, ich den Boden. Unsere Blicke waren nicht mehr füreinander bestimmt.

»Willst du wissen, ob meinetwegen Republikaner sterben mussten?«

»Nein!«

Er schrie fast, mit erhobener Hand. Und stieß dabei seine Tasse um. Der heiße Tee lief auf seine Schenkel. Kein Laut, nichts. Er schob seinen Stuhl zurück.

»Willst du es nicht wissen?«

Er beobachtete die Flüssigkeit, die auf den Lehmboden tropfte.

»Du willst nicht?«

»Ich weiß nicht.«

Er wusste es nicht. Er war weder zornig noch traurig. Er war verloren. Wie ein Kind im tiefen Wald. In Belfast hatte ihn die IRA gewarnt. Wenn er versuchen sollte, mich zu treffen, würde er verbannt. Von einem Verräter wendet man sich ab, man spricht nicht mit ihm. Man fährt nicht quer durchs Land, um seinen Blick zu erforschen. Man fragt ihn nichts. So einer ist krank. Wer mit ihm in Berührung kommt, wird infiziert. Ihn sehen heißt ihn zu verstehen. Ihm zuhören heißt selbst zum Verräter zu werden.

»Du weißt, dass du nicht nach Irland zurückkannst?«

Ich lehnte mit dem Rücken an der Wand. Er nickte. Ja, natürlich, das wisse er.

Seit ich ihm vor zwanzig Jahren die gleiche Mütze gekauft hatte wie meine, hatte ich ihn immer damit gesehen. Es war seine Verkleidung als Ire. In Belfast glaubte er, dass sie ihn zu einem der Unseren machte. In Paris benutzte er sie, um sich als Auswanderer zu fühlen. Eine Bauernmütze, die niemand mehr trug außer dem alten Tyrone Meehan und ein paar Postkarten-Greisen. Mit meiner Mütze war Antoine zu Tony geworden. Doch jetzt war Antoine mit unbedecktem Kopf gekommen. Ohne Gemeinsamkeit zwischen uns beiden.

Das Feuer ging nicht an. Der Rauch biss in den Augen.

»Und unsere Freundschaft?«, fragte er.

Endlich sah Antoine mich an.

»Wie, unsere Freundschaft?«

Er senkte den Kopf, und ich ärgerte mich. Eine Frage mit einer Frage zu beantworten, ist die Taktik derer, die keine Antwort wissen.

Er nahm den Faden wieder auf.

»War sie echt?«

Das war es also.

Ich hatte mir kurz eingebildet, der kleine Franzose sei meinetwegen gekommen. Um mich zu beschimpfen oder zu bedauern. Um mir zu sagen, was ich alles Schlimmes getan hätte. Um mir seine Enttäuschung, seinen Zorn, seine Scham ins Gesicht zu schreien. Dabei war es seinetwegen.

»Ich verstehe deine Frage nicht, Antoine«, sagte ich und ging zum Kamin zurück. »Du fragst mich, ob ich dein Freund bin?«

Er nickte.

»Deshalb hast du diesen weiten Weg gemacht?«

Die gleiche schüchterne Bestätigung.

Ich setzte meine Mütze wieder auf. Sein Bild eines Iren.

»Sieh mich an und sag mir, was du glaubst.«

Er schüttelte den Kopf.

»Ich weiß es nicht mehr.«

»Du weißt nicht viel, was?«

Er war enttäuscht. Ich war verletzt. Ich weiß nicht, wer von uns beiden mehr getroffen war.

Ich hätte ihm antworten können. Ihn daran erinnern, wie er mir in der Pariser Metro über den Weg gelaufen war. Zur Hauptverkehrszeit, der Waggon war voll. Ich musste zu einem Treffen mit Honoré, dem Bürokraten, in einem Café am Boulevard Saint-Michel. An der Station »Opéra« sah ich den kleinen Franzosen einsteigen. Mit seiner Mütze, seinem

IRA-Abzeichen, seinen rührenden Ansteckern. Ich war baff. Paris hatte über zwei Millionen Einwohner, und ich traf den einzigen, den ich nicht treffen durfte. Gott, der Zufall, mein schlechtes Gewissen oder seine Naivität ließen uns beide genau an diesem Tag und zu dieser Zeit nicht nur in die Metro steigen, sondern in dieselbe Linie, dieselbe Richtung, denselben Waggon. Ich saß auf einem der Vierersitze. Er hielt sich vor mir an einer Stange fest und schaute herausfordernd drein. In Belfast hätte ich ihn angesprochen.

»Antoine? Bist du auf einer Mission, kleiner Franzose? Du siehst aus, als wolltest du gleich einen Sturmangriff starten! Nimm die Zähne auseinander! Und atme mal tief durch!«

Ich machte mich so klein wie möglich. Mir gegenüber saß eine Frau, daneben ein Zeitungsleser und eine Mutter mit einem Kind auf dem Schoß. Ich lehnte am Fenster. Sah hinaus in den endlosen Tunnel. Er beobachtete die Leute. Unsere Blicke trafen sich im spiegelnden Glas. Er riss Augen und Mund auf. Erstarrte, verblüfft. Wenn ich in Paris war, nahm er mich immer bei sich auf. Beherbergte mich, verköstigte mich und half mir, mich zurechtzufinden. Ich war sein irischer Widerstand. Durch mich kämpfte er. Durch mich hatte er die Anstecker, die Mütze, aber auch das Kribbeln des Untergrunds. Einmal wollte er wissen, was ich in Paris zu tun hätte. Ich fragte ihn lächelnd: »Arbeitest du für die Briten oder was?«

Da wurde er rot. Und entschuldigte sich. Und stellte nie wieder dumme Fragen.

Er holte mich jedes Mal vom Flughafen ab und brachte mich wieder hin. Da er keinen Führerschein hatte, zahlte ich das Taxi.

»Ein Geschenk der IRA!«

Ich nahm die Rechnung, und er war stolz.

Aber was hatte ich ohne ihn hier verloren an diesem Mittwoch, in dieser Metro, mit der kleinen Reisetasche, die er mir geschenkt hatte? Er kam auf mich zu, setzte höflich die Ellbogen ein. Ich drehte mich um. Stoppte ihn mit hartem Blick und befahl ihm mit dem Finger auf dem Mund zu schweigen. Er blieb mitten im Waggon wie angewurzelt stehen. Ich deutete ein eisiges Lächeln an. Beruhigte ihn. Er entspannte sich. Nickte stumm Bestätigung.

»Verstanden, Tyrone!«

Ich war auf Mission, in einem gefährlichen Auftrag unterwegs. Er durfte nichts von meiner Anwesenheit wissen. Die IRA schützte ihn. Und ich schonte ihn dieses Mal. Er lächelte sein leises Lächeln. Sein Sohneslächeln. Das mich jedes Mal ans Herz rührte. Das Lächeln dessen, der wortlos versteht, fraglos zustimmt. Mein kleiner Franzose, mein Gefährte des Schweigens.

Bis zur nächsten Station hatte er wieder Haltung angenommen, die Mütze tief ins Gesicht gezogen. Kämpfte nicht mehr, sondern passte auf. Schildwache statt Soldat. Ich stand auf. Ließ meinen Blick über die Menge schweifen. Er fühlte sich, als wäre er aus einer anderen Welt, einer anderen Geschichte, einem Geheimnis. Er war im Krieg, sie waren im Frieden. Und sein Anführer war auch da, geschützt durch ihre Ahnungslosigkeit. Welcher Stolz!

Ich trat auf den Bahnsteig. Er wachte. Seine Augen flüsterten, alles ruhig, keine Gefahr. Keiner war mir gefolgt. Als die Metro wieder anfuhr, nickte er. Eine kaum merkliche Bewegung, ein Zeichen zwischen ihm und mir. Und ich sah ihn in dem überfüllten Wagen stehen mit seiner Mütze, seinem Lächeln auf den Lippen und der Gewissheit, unsere Republik beschützt zu haben.

Von diesem Blickwechsel habe ich lange geträumt. Und nicht einmal Waldner oder Honoré etwas gestanden. Ein paar Wochen später, in Belfast, nahm ich Antoine beiseite. Er dürfe meine Anwesenheit in Frankreich niemandem verraten. Niemals. Nicht einmal unseren Genossen. Das sei zwar die Regel, wenn er mich beherberge, diesmal aber noch wichtiger. Er verstand das. Natürlich. Er hörte auf Tyrone Meehan, so selbstverständlich, wie man bei den ersten Noten der Nationalhymne Haltung annimmt. Er versuchte nicht, meinen Krieg zu begreifen, er lebte seinen eigenen.

Ich hätte ihm all das sagen können. Ich schuldete ihm einen Teil der Wahrheit. Ich schuldete ihm einen anderen Blick, den echten, den eines befleckten Wesens. Den eines Ehr- und Treulosen. Er sollte diesem Blick begegnen. Ihn kennenlernen. Genauso wie den schwachen und gehetzten Menschen. Indem ich ihn in meine Höhle einlud, schenkte ich ihm, was von mir übrig war.

»Du weißt, dass ich sterben werde, Sohn?«

Aus seinem Schweigen hörte ich ein Nein.

»Mein Gott! Du weißt wirklich nichts von diesem Land …«

Ich löste mich von der Kalkwand.

Sheila hatte gerade gehupt. Sie wollte nicht hereinkommen. Sie war gegen diesen Besuch. Sie verstand nicht, warum ich einen Fremden zu mir ließ.

Antoine erhob sich. Er fror, seine Lippen waren grau. Ich ging zur Tür und öffnete sie. Zögerte es hinaus. Ich wusste, das dies unser letztes Mal war.

»Du hast mir nicht geantwortet«, murmelte Antoine.

Mein eisiger Körper, ein Grabeskörper. Ein Schmerz. Wie ein Messer vom Hals bis ins Herz. Ich breitete meine Arme aus. Für ihn. Und für Jack, der mir fehlte.

Stumm suchte er darin Schutz. Meine feuchte Jacke, mein alter Wollpullover, mein Winterschal, sein eisiger Mantel. Ich fühlte die schäbigen Decken von Long Kesh. Diese ekelhafte Mischung aus Sauer, Mann und Hund. So verharrten wir.

Ich hätte ihm antworten können.

Er war für mich zugleich der Fremde und mein Volk. Der, der mich gesehen hatte, und der, der mich niemals mehr sehen würde. Er war der kleine Franzose und dieses ganze Irland, dem er Schritt für Schritt folgte. Ein bisschen Belfast, ein bisschen Killybegs, ein bisschen von unseren alten Gefangenen, unseren Märschen, unserem Zorn. Er war Mickeys Blick und Jims Lächeln. Er war in unseren Siegen und unseren Niederlagen. Er liebte dieses Land so sehr, dass er ein Teil davon war.

War das Freundschaft? Darauf hatte ich keine Antwort. Hatte ich diese Liebe verraten? Natürlich hatte ich sie verraten. Ich hatte mich hinter Antoine versteckt, hinter seinem Mut und seinen Überzeugungen. Reue oder Bedauern darüber konnte ich nicht empfinden. Auch für eine Entschuldigung oder einen Anfall von Gewissen war es zu spät. Der Verräter und der Verratene eng umschlungen. Ja, der Mann in der Pariser Metro hatte ihn benutzt. Na und? Was änderte das an dieser traurigen Umarmung?

Antoine trug seinen Stadtmantel, seine zu kurze Hose, seine schwarzen Wollhandschuhe. Ich hatte einen gebeugten

Rücken, wirre Haare, meine weiche Mütze und eine knittrige Hose, die in schlammigen Stiefeln steckte. Sanft schob ich ihn weg. Er schenkte mir einen Blick, den ich nicht wollte.

Ich kehrte ihm den Rücken und hob eine Hand zum Abschied.

Sollten sie doch kommen, sollte der Tod mich doch holen. Mir war es gleich.

19

Ich hatte den kleinen Franzosen im »Thomas Ashe« kennengelernt, im April 1977. Später hat er behauptet, ich hätte ihm an jenem Abend das Pissen beigebracht, aber daran kann ich mich überhaupt nicht mehr erinnern. Ich habe ihn von Weitem gesehen, er saß ganz hinten mit Jim O'Leary, unserem Sprengmeister, und Cathy, dessen Frau. Er und zwei baskische Sympathisanten, die in der Menge untergingen, waren die Einzigen, die republikanische T-Shirts trugen. Die IRA, das waren hier alle. Außer denen, die die Insignien ihres Ruhmes trugen.

Erst habe ich ihn für einen Amerikaner gehalten, einen von denen, die in all ihren irischen Wurzeln erzittern und weinen, wenn sie zum ersten Mal den Fuß auf unsere Erde setzen, und gleich losrasen, um sich einen weißen Zopfpulli und eine Tweedmütze zu kaufen. Einen von denen, die ganz Irland lieben, vom Schlamm bis zum Regen, von der Armut bis zur Traurigkeit. Einen von denen, die sich nützlich machen wollen und ein Gewehr verlangen, aber zögern, uns ihren Reisepass zu geben, bevor sie ihn im amerikanischen Konsulat als verloren melden.

Und dann sah ich seinen Mund, der so beweglich war und in dieser typisch französischen Art die Worte ordentlich kaute. Er sprach mit offenem Mund, wie jemand, der keine Geheimnisse hat.

Am nächsten Tag sah ich ihn auf dem Ostermarsch wieder. Ich stellte gerade die Fianna in Reih und Glied auf der Straße auf, als ich seinem Blick begegnete. Er weinte. Weinend betrachtete er die Menge, unsere Frauen, Kinder und Männer. Er weinte nicht wie ein Kind oder ein Verwundeter, sondern stumm, und nutzte den Regen, um seine Tränen zu tarnen. Als sich die ehemaligen Gefangenen zu Hunderten in Dreierreihen aufstellten, darum herum die Witwen mit ihren Kränzen und die Kinder im Sonntagsstaat, drehte er sich zur Wand. Antoine war nicht wie die anderen Besucher. Er beobachtete unseren Schmerz nicht, er teilte ihn.

Es war kalt. Wir marschierten los, und er folgte uns. Ein Verwandter in unserem Kielwasser. Kurz zuvor hatte ich ihn zum ersten Mal »Sohn« genannt. Ihn an die Ecke der Divis Road gestellt und ihm eine Überraschung versprochen. Die Überraschung war die IRA. Mehrere Dutzend Kämpfer in Paradeuniform mit schwarzen Mützen und weißen Schulterriemen. Ich betrachtete meine Männer mit seinen Augen. Und schauderte. Er war am Vorabend gekommen und stand schon mitten im Krieg. Hubschrauber, Panzerfahrzeuge, unsere Fahnen, unsere Pfeifen, unsere Trommeln. Was sah er? Soldaten im Schatten, Kinder ohne Väter, Frauen ohne alles. Traurige, erschöpfte Wesen, eine düstere Menge. Mit den Gefährten des Schweigens: Armut, Würde, Tod. Wie er streifte ich müde Mäntel und schlammige Schuhe. Regenhaare und übermüdete Gesichter. Und begegnete meinem mürrischen Schatten in einer spiegelnden Fensterscheibe. Ich konnte nichts an diesem Volk verleugnen. Es war aus mir gemacht, ich war von ihm durchdrungen. Dem kleinen Franzosen blieb der Mund offen stehen. Ich war bewegt und stolz. Weil es mein Land war, das ihm dieses Geschenk darbrachte.

An diesem Aprilsonntag habe ich Antoine zum ersten und zum letzten Mal weinen gesehen. Sehr viel später, Jahre später, habe ich ihn nach dem Warum gefragt. Das sei seine Art, uns Beifall zu spenden, erklärte er schlicht.

*

Als ich aus Long Kesh herauskam, erfuhr ich, dass Antoine von der IRA benutzt worden war. Empört über meine Verhaftung, das Verfahren, die Verurteilung und entmutigt von den Hygienestreiks, hatte er Jim O'Leary angefleht, ihm eine Aufgabe zu geben, eine Rolle, irgendetwas, das uns helfen könnte.

Doch der irische Krieg ist Sache der Iren. Ich war immer misstrauisch gegenüber Ausländern, die an unserer Seite kämpfen wollten. Besser in ihrem eigenen Land unsere Situation erläutern, Meetings organisieren, Pressekonferenzen abhalten, Demonstrationen organisieren. Aber ihnen auch nur eine einzige von unseren Kugeln anvertrauen? Niemals.

»Das bringt uns noch um«, hatte Jim mir entgegnet. »Connolly hat uns Internationalismus gelehrt, nicht den Kult der Grenzen!«

»Die IRA ist keine Söldnerarmee!«

Jim musste lachen.

»Söldner, Tyrone? Was denn für Söldner? Als dein Vater für die spanische Republik kämpfen wollte, war er da ein Söldner?«

Er ging mir auf die Nerven. Er hatte recht oder unrecht, je nach meiner Laune. Ich wollte nur nicht, dass ein Ausländer in unserem Krieg fiel oder ins Gefängnis kam. Das war alles. Was wohl die britische Propaganda dazu sagen würde, die Presse, die Unionisten? Dass die IRA ein Sammelsurium von Franzosen, Amerikanern und Deutschen sei, die sich nach einer Revolution sehnten. Eine neue Attraktion für die westliche Linke. Macht die Augen auf, Iren! Seht, wer auf eurem Boden in eurem Namen kämpft!

Jim spottete. Ich sei ein engstirniger Nationalist. Ob ich Irland je verlassen habe? Auf der anderen Seite des Atlantiks gewesen sei? Ob mir in meinem Leben ein einziges fremdes Wort, ein einziger anderer Blick begegnet sei? Ob ich irgendeine Vorstellung von Rom oder von Brüssel habe? Ob ich in meiner Straße schon mal nach links oder rechts geschaut habe? Er traf ins Schwarze. Damals hatte ich Belfast noch nicht für Paris verraten. Wir saßen im »Thomas Ashe« und bestellten Bier für unsere Tische. Das war, bevor der Spitzel mich denunzierte. Auch der kleine Franzose war dort und hörte uns wortlos zu. Sie tauschten einen schnellen belustigten Blick. Ich dachte bei mir, die beiden hecken bestimmt etwas aus. Und hatte recht.

Antoine nutzte die dreizehn Monate, die ich in der Zelle, unter der Decke zubrachte, um mich herauszufordern. Jim hatte ihn diskret mit einem Offizier für internationale Angelegenheiten zusammengebracht. Antoine war ein Geigenbauer aus Paris und den britischen Geheimdiensten vermutlich nicht bekannt. Er marschierte zwar durch unsere Straßen und trank in unseren Clubs, aber das taten viele andere auch. Er spielte Geige, das war seine Waffe. Die Polizei musste ihn für einen Idealisten auf der Suche nach Harmonien halten.

Jim hatte sich erkundigt. Der kleine Franzose wohnte in einer ruhigen Straße, die auf den Boulevard des Batignolles führte, zum Viertel der Geigenbauer. Dort gab es ein unbenutztes Dienstbotenzimmer. Antoine gab Jim die Schlüssel mit einem Marineanker als Anhänger. Das Zimmer wurde zu einem Versteck mit Innenhof und einem kleinen Mäuerchen, von wo aus man ins Nachbarhaus gelangen konnte. Rome, Liège, Europe, drei Metrostationen in der Nähe. Eine ideale, friedliche Lage. Mehrere von uns wechselten einander unter diesem Pariser Dach ab. John McAnulty, Mary Devaney und Paddy Best. Keiner von ihnen ist Antoine jemals begegnet.

Er transportierte auch Geld für eine Einheit auf der Durchreise. Und noch mehr Geld für die Kämpfer auf dem Weg nach Ungarn. Zwei Mal mietete er Autos mit falschen französischen Papieren. Er diente als Übersetzer. Begleitete einen IRA-Offizier im Nachtzug von Paris nach Bilbao. Und stellte keine Fragen. Unsere Ziele waren sein Gewissen und unser Leiden seine Gewissheit.

Als ich erfuhr, dass Antoine der IRA geholfen hatte, ging ich zu Jim. Eine kurze, laute Auseinandersetzung. Ich war sein Chef. Verlangte Namen, Orte, Daten, Fakten. Der kleine Franzose sollte aus alldem herausgehalten werden.

Am nächsten Samstag führte ich Antoine in ein Nebenzimmer des »Thomas Ashe«, unsere Ecke hinter der Bar. Einer bewachte die Tür. Antoine setzte sich. Ich blieb stehen. Warf seine Schlüssel auf den Tisch. Die mit dem Marineanker. Und fragte: »Was ist das?«

Verblüfft sah er mich an.

»Meine Hausschlüssel.«

»Wem hast du sie gegeben?«

Er senkte den Blick.

»Wem, Sohn?«

Er schüttelte den Kopf. Er kannte die Namen nicht. Ich beugte mich über den Tisch. Ich flüsterte. Der Lärm aus dem Saal wogte in Wellen zu uns herüber. Auf der Bühne spielte die Band »Oh! Danny Boy«.

»Du bist kein Ire, Antoine«, sagte ich leise, wie man eine schlechte Nachricht ankündigt.

»Was wärst du, wenn du kein Ire wärst?«, hatte der Wirt des »Mullin's« einst meinen Vater gefragt.

»Ich wäre beschämt«, hatte mein Vater geantwortet.

Ich lehnte mich an die Wand. Er sei Antoine, der Geigenbauer, nicht Tom Williams oder Danny Finley. Ein Freund der Iren, ein Kamerad, ein Bruder, gewiss, aber doch nur vorübergehend. Kein Vorfahr war während der Großen Hungersnot gestorben, kein Großvater von den Engländern gehängt worden, kein Bruder im aktiven Dienst gefallen, keine Schwester verhaftet. Er bringe andere in Gefahr durch die Freude, die er sich damit mache. Freude? Empört winkte Antoine ab.

»Krieg spielt man nicht, Sohn, den führt man.«

Er habe keinen Anspruch auf unseren Zorn, sagte ich noch.

Dann setzte ich mich ihm gegenüber. Legte meine Hand auf den Tisch, Handfläche nach oben. Und bat ihn, seine Hand danebenzulegen. Musikerhand neben Bauernhand. Tyrone-Haut neben Antoine-Haut. Die eine rau von Backsteinen, die andere von Holz poliert. Leder und Seide.

»Versprich mir, dass du mit alldem aufhörst.«

Er sah mich an.

»Versprich es mir!«

Er würde unser kleiner Franzose, unser Geigenbauer bleiben. Er solle uns von Ahorn und Ebenholz, Buchsbaum und
Palisander erzählen. Einen Zylinder aus hellem Holz zwischen unsere Biere stellen und bei seinem Leben schwören,
dass dies die Seele einer Geige sei. Er könne jederzeit Trink-
lieder und die Nationalhymne für uns spielen oder eine Klage
am Grabesrand, um einen der Unsrigen zu beweinen. Er
würde unser Spiegelbild sein, unser Gegenüber.

»Ich verspreche es.«

Er hatte verstanden.

Da beugte ich mich über den Tisch und nahm sein Gesicht
in meine Hände.

»Kleiner Garnichtsoldat.«

*

Thomas McElwee starb am 8. August 1981, im Alter von vierundzwanzig Jahren, nach zweiundsechzig Tagen Hungerstreik. Micky Devine am 20. August, nach sechzig Tagen.
Siebenundzwanzig Jahre alt.

Das war der Moment, in dem die Familie eines der Strei-
kenden ein Ende dieses Martyriums verlangte. Vater und
Mutter wärmten mit ihren Händen die Hände des Todge-
weihten im Schmerzensbett. Ihr Sohn war ins Koma gefallen.
Sie erlaubten die Zwangsernährung. Dann gab eine andere
Mutter nach. Und noch eine. Und noch eine. Und weitere
acht Mütter, die sich weigerten, ihr Kind zu verlieren.

Am 3. Oktober 1981 um fünfzehn Uhr dreißig wurde der Hungerstreik offiziell abgebrochen. Hunderte Freiwillige warteten noch darauf, sich dem Protest anzuschließen. Einige hatten sogar heimlich ihre Namen in der Liste nach vorn verschoben, um früher dranzukommen.

Ein paar Tage später wurde es den Gefangenen gestattet, Zivilkleidung zu tragen, nicht aber, sich als politische Häftlinge zu bezeichnen.

Margaret Thatcher hat nie nachgegeben.

Antoine hatte das Martyrium Schritt für Schritt verfolgt. Seine Ohnmacht machte ihn wütend. Er beobachtete unsere Bestürzung wie ein Zeuge, der auf Abstand gehalten wird.

»Glaubst du nicht, dass der Franzose uns nützlich sein könnte?«

Ich zögerte, sah Waldner an.

»Welcher Franzose?«, fragte ich schließlich.

Mitleidheischende Geste.

»Oh nein, Tenor! Nicht mit uns, bitte nicht.«

Ich schwieg. Ich wusste nicht, was er wusste.

»Antoine Chalons, sagt dir das nichts?«

Wir gingen unter einem großen Regenschirm die Straße entlang.

»Keiner will deinem Antoine etwas antun.« Er sah mich lächelnd an. »Ganz im Gegenteil, Meehan. Ganz im Gegenteil.«

Ich hatte die Hände in den Taschen. Und kniff mich mit Daumen und Zeigefinger so fest in den linken Schenkel, dass ich fast aufschrie.

»Es war ganz richtig, ihm zu raten, dass er mit seinem Schwachsinn aufhören soll, aber uns hilft das gar nicht.«

Ich blickte ihn an. »Er hat nichts mit alldem zu tun.«

Waldner blieb abrupt stehen. Ich sah auf.

»Nichts? Er hat Terroristen versteckt und Kohle verschoben, das nennst du nichts?«

»Du bluffst! Dafür hast du keinen Beweis!«

»Die französische Polizei hat alles, was sie braucht. Seine Werkstatt wird überwacht, und ich biete dir an, ihn unter Schutz zu stellen.«

Er ging wieder weiter. Meine Frage war idiotisch: »Was willst du?«

Waldner zündete sich eine Zigarette an und beobachtete die Straße.

»Die Franzosen überwachen ihn. Wir können sie beruhigen, indem wir ihnen sagen, dass wir den Kerl brauchen. Dass sie ihn uns nicht wegnehmen dürfen.«

An diesem Tag weigerte ich mich, den Friedhof zu betreten. Die vorgebliche Heldenehrung in Begleitung des Feindes schnürte mir den Hals zu. Waldner war höflich wie immer. Keine Befehle. Nur Vorschläge. Ich könnte das Ende des Hungerstreiks doch zum Vorwand nehmen, meine Haltung gegenüber Antoine zu ändern. Mich mit ihm zu treffen. Ihn in unsere Geheimrunde einzuladen. Und um seine Schlüssel zu bitten.

»Aber nur du wirst sie benutzen, Meehan. Keinesfalls darf er jemand anderen beherbergen oder irgendwas transportieren. Er wird dein Alibi sein.«

»Ich habe für die IRA nichts in Paris zu tun.«

»Du findest bestimmt was, Tyrone. Deine Vorstellungskraft ist doch schon legendär.«

Zwei Tage später, am 11. Oktober 1981, kam Antoine nach Belfast.

Ich nahm ihn im Wagen mit hinauf in die Stadt.

»Bist du immer noch bereit, der irischen Republik zu dienen?«

Er sah mich an. Verblüfft. Seine Augen lachten. Natürlich! Selbstverständlich sei er bereit. Wann? Sofort! Was ich denn von ihm wolle. Ich holte ihn mit einem Blick herunter. Wir fuhren an Panzern vorbei. Er lächelte dem behelmten Soldaten zu, der mit dem Gewehrkolben an der Wange aus dem Drehturm schaute.

»Pan! Pan! Pan!«, amüsierte sich der kleine Geigenbauer. Eine gut gelaunte Lautmalerei, eine französische Salve durch die Frontscheibe.

Bei seiner nächsten Reise gab er mir seinen Schlüssel. Nein, er würde mich nichts fragen, niemals. Ja, er würde mich am Flughafen abholen und mich am Ende meines Aufenthalts wieder hinbringen. Versprochen, Tyrone.

»Das bleibt aber ein Geheimnis zwischen uns, ja, Antoine?«

»Nicht mal Jim darf es wissen?«

»Niemand. Nur du und ich. Die Mission ist absolut vertraulich.«

Er sah mich an, plötzlich besorgt.

»Ihr werdet doch nicht in Frankreich zuschlagen?«

Niemals, kleiner Honigbrotsoldat. Man blutet doch die Rückzugsbasis nicht aus. Man liebt sie, man schützt sie, man respektiert sie. Die IRA wird deine Heimat nie antasten. Sie ist uns heilig.

»In Ordnung, Sohn? Machen wir es so?«

Wir machen es so. Natürlich. Wäre es weniger eng bei

ihm gewesen, hätte er seine Geige hervorgeholt und die große Neuigkeit darauf gefiedelt. Der kleine Franzose würde
in unser Glied eintreten. Aus Liebe zu unseren Leben sein
liebeleeres Leben hinter sich lassen. Ich hatte ein komisches
Gefühl dabei. Nicht Scham, nicht Schuld, nicht Reue. Ich
sah ihn an. Nein, es tat mir nicht leid. Indem ich ihn benutzte,
machte ich seine Wahnsinnstat wieder gut. Er könnte Krieg
spielen ohne Risiko und ohne Schaden anzurichten. Und ich
könnte ihn schützen. Er hatte die Augen geschlossen. Die
Hände im Nacken verschränkt. Das pure Glück. Und ich war
so glücklich für ihn.

»Pan! Pan! Pan!«

Waldner, der sich über das Tonbandgerät gebeugt hatte,
schreckte auf. Sah mich fragend an.

»Da sind wir an einem Panzer vorbeigefahren«, antwortete
ich.

Er nickte lächelnd.

»Schrecklich, dein kleiner Franzose.«

Vor drei Monaten hatten sie ein Mini-Aufnahmegerät plus
Mikrofon in meinem Handschuhfach versteckt. Jeden Sams-
tag schrieb ich im Postamt am Castle Place auf einem Tisch
voller Formulare eine Postkarte. Die Bänder befanden sich
in einem geschlossenen Umschlag, der mit Klebeband im
»Belfast Telegraph« befestigt war. Dann kam Waldner an dem
Tisch vorbei und nahm die Zeitung. Kein Wort fiel, kein
Blick. Sehr praktisch. Als ob weder er noch ich es wären.

*

Allmählich lernte ich Honoré begreifen. Fast wie man einen französischen Wein entdeckt. Man betrachtet ihn lange, ehe man ihn probiert. Er war anders als Waldner oder der rothaarige Cop. Die blieben mit ihren militärischen Fragen in Belfast. Und wenn sie mich trafen, waren sie im Krieg. Honoré dagegen war kein Soldat, eher ein Student, der für sein Fach lernte. Und ich war das Thema.

Unser Treffpunkt war der Campus von Jussieu in Paris. Im Gegensatz zu Belfast waren die Eingänge in die Gebäude nicht bewacht, die Treppen frei und die Räume meist offen. Nur einmal, nach gewalttätigen Zwischenfällen zwischen linken und rechten Studenten, gab es Kontrollen durch das Aufsichtspersonal. Honoré bat mich um ein Passfoto, um mir eine Karte für Universitätsmitarbeiter ausstellen zu lassen, falls sich so etwas wiederholen sollte, doch schon am nächsten Tag waren die Aufpasser verschwunden, und wir konnten unsere Gewohnheiten wieder aufnehmen. An schönen Tagen saßen wir draußen im Hof auf Stühlen, die wir uns aus einem Hörsaal geborgt hatten. Ich sprach, er schrieb auf. Von Weitem konnte man uns für einen Professor und seinen Studenten halten. In der Cafeteria, in der hintersten Reihe eines leeren Hörsaals, an den Tischen eines verlassenen Lokals ähnelten wir den Phantomen, die uns umgaben. Beide aßen wir Sandwiches und tranken Limo. Kein Alkohol bei unseren Treffen, das hatte er sich von mir erbeten wie einen Gefallen. Also kam ich mit einem Flachmann in der Tasche. Und trank heimlich wie ein Loch.

Als ich Honoré zum ersten Mal sah, war er im Botschaftsanzug, aber zu unseren Treffen in Paris erschien er lieber in Jeans, Rollkragen und Turnschuhen.

Anfangs fragte er mich nach unwichtigen Sachen. Das waren vermutlich Fingerübungen. Was die IRA plante, interessierte ihn nicht. »Was sie denkt, will ich wissen.«

Er wollte verstehen, wer bei uns die Befehlsgewalt hatte, Politiker oder Militärs. Ob es Meinungsverschiedenheiten darüber gab und wer für welche Position stand. Er stellte mir Fragen zum irischen Tagesgeschehen. Beim letzten Kongress der Sinn Féin hätten die Leute den einen Redner bejubelt und den Saal geräumt, als der andere das Podium betrat – warum? Und wie sich das auf die Strategie der Bewegung auswirke? Das kam mir alles recht harmlos vor. Nur wie er mitschrieb, erinnerte mich daran, wer er war. Er hatte mich pausenlos im Blick. Schaute nie in sein Notizbuch. Kritzelte die Buchstaben nach Gefühl hin und baute die Sätze instinktiv zusammen. Weil er fürchtete, den dünnen Faden abreißen zu lassen oder zu verlieren. Meine Augen, seine Augen. Solange ich ihm in die Augen sah, vergaß ich fast, dass er mitschrieb, das wusste er genau. Ab und zu nickte er und zwinkerte mir zu, machte mir sein aufblitzendes Verständnis zum Geschenk. Wenn ich zögerte, ermunterte er mich, indem er die Brauen zusammenzog. Zwei Freunde im Gespräch. Der Ältere schien den Jüngeren zu fesseln. In meinem ganzen Leben hatte mir noch nie jemand so zugehört.

Es ist schwer zu beschreiben, zu erklären und zu verstehen, aber nach und nach fand ich Gefallen an diesem Austausch. Meine Worte brachten niemanden um, fügten niemandem Leid zu, schickten niemanden ins Gefängnis.

»Du wirst den Kerl sicher mögen«, hatte Waldner gesagt. Und ich hatte gleichgültig abgewunken.

Manchmal brachte Honoré mich sogar zum Lächeln.

»Findest du nicht, dass man die Protestanten ausschließt, wenn man seine Partei ›Sinn Féin‹ nennt?«

»Wieso ausschließt?«

»Nun, wer sich ›wir allein‹ nennt, schließt andere aus!«

»›Wir selbst‹, Honoré«, korrigierte ich lächelnd. »›Sinn Féin‹ heißt auf Gälisch ›wir selbst‹. Wir werden uns selbst befreien.«

Er notierte es, verzog aber das Gesicht und kreiste das Wort schwarz ein.

»Wenn ich etwas einkreise, muss ich es noch überprüfen«, hatte er einmal erklärt.

»Du kreist ziemlich viel ein …«

»Stimmt.«

Die große Frage für den britischen Agenten war unsere wahre Haltung zu einem möglichen Waffenstillstand. Unsere Zeitungen, Versammlungen, Demonstrationen forderten einen dauerhaften Frieden. Er wollte wissen, ob das bloß für die Öffentlichkeit gedacht war oder uns wirklich antrieb.

»Wie könnt ihr Dinge predigen wie: ›Das Gewehr in der einen Hand, den Wahlschein in der anderen‹?«

Ich erklärte es ihm, wie ein Mann einem Kind. Wir hatten Zeit und ich war geduldig. Ja, die republikanische Bewegung sei bereit, über einen Frieden zu reden, aber wir brauchten ein starkes Signal aus London. Ohne so ein Signal würde uns das Volk selbst verbieten, die Waffen niederzulegen.

»Jetzt, nach den Hungerstreiks?«

Ich sah ihm direkt ins Gesicht. Die Kontakte zwischen London und der IRA seien nie abgerissen. Nicht einmal während Bobbys Todeskampf, nicht einmal nach seinem Tod und dem vieler Kameraden. Immer habe es Mittel und Wege der Kommunikation zwischen beiden Lagern gegeben. Das wisse er genauso gut wie ich. Also könne er auch mit seinen Fangfragen aufhören.

»Was für ein starkes Signal?«

»Eine Geste für die Gefangenen.«

»Eine Geste?«

»Oder ein Zeichen, ein Wort, ein Satz, der allen einen ehrenhaften Ausstieg ermöglicht.«

»Dafür ist es zu früh.«

»Dann eben mit der Waffe in der Hand …«

Er schrieb den Satz auf und strich ihn gleich wieder durch. Wir wussten beide, dass Nordirland keinen militärischen Sieg erringen würde. Die IRA konnte das britische Militär nicht vertreiben. Nach den Kämpfen gegen die Urgroßeltern, die Eltern und die Söhne würden die Briten eben auch gegen unsere Kinder und Kindeskinder kämpfen müssen. Er nickte und sah mich an. Etwas blitzte in seinen Augen auf. Neugier, Interesse, vielleicht sogar Sympathie, das fand ich lange nicht heraus. Eines Tages fragte er mich, warum wir diesen Krieg führten.

»Gott hat uns zu Katholiken gemacht, das Gewehr hat uns zu Gleichen gemacht«, antwortete ich.

Er kreiste den Satz ein – nur um mich zum Lächeln zu bringen.

1991 wechselten wir vom Campus in die roten Touristenbusse, die aus England importiert worden waren.

»Morgen, fünfzehn Uhr, Times Square«, sagte er in Anspielung auf die Doppeldecker in seiner Heimat.

Winters wie sommers gingen wir immer nach oben, an die frische Luft. Wählten unsere unmittelbaren Nachbarn mit Bedacht. Asiaten oder Nordafrikaner waren uns am liebsten. Sprachen sie Englisch miteinander, suchten wir uns einen anderen Platz. Honoré saß immer außen, ich immer am Gang, damit man mich nicht von der Straße aus sehen konnte. Es war eine geführte Stadtrundfahrt. Mit Musik und touristischen Informationen. Jeder Reisende bekam Kopfhörer. So konnten wir ungestört halblaut sprechen. Honoré stieg am Louvre aus, ich bei der Oper. Ohne Verabschiedung. Bis zum nächsten Mal.

Auf dem Rückweg zu dem Versteck ging ich manchmal an Antoines Werkstatt vorbei. Ich beobachtete ihn von der Straße aus durch das Fenster im Erdgeschoss, hinter dem er sich mit dem Messer in der Hand über einen Geigenwirbel beugte. Oft blieben auch Bewohner des Viertels stehen, um ihm bei der Arbeit zuzuschauen. Die bemerkte er gar nicht, doch meine Gegenwart spürte er. Und hob den Kopf. Wartete auf ein Zeichen, ein Blinzeln, den Code eines Widerstandskämpfers, bevor er sich wieder ans Werk machte. Ich wusste, dass sein Herz klopfte: Vor seinem Fenster stand der große Tyrone Meehan, der heimlich den Kampf seines Landes unterstützt hatte. Wie hatte er das gemacht? Waffen transportiert? Orte ausgekundschaftet? Eigentlich egal. Von Bedeutung war nur, dass er in dieser Stadt, in dieser Straße, in diesem Versteck sicher war und dass er das einem französischen Geigenbauer verdankte.

Paris wappnete mich für Belfast. Mit Honoré flanierte ich durch die Stadt. Mit Waldner drückte ich mich an Mauern entlang. Meine Arbeit mit dem einen erlaubte es mir, den anderen zu informieren. Warum den Feind nicht von unserer Politik unterrichten? Was hatten wir zu verheimlichen? Nichts. Sinn Féin forderte seit Langem einen Dialog mit den Briten. Und hier in Paris nahmen Honoré und ich gerade Friedensgespräche auf. Elf Jahre war er für mich Margaret Thatcher, John Major, dann Tony Blair. Und ich für ihn die IRA.

Aber vor allem war ich Tyrone Meehan, ein republikanischer Kämpfer. Ich verleugnete nichts, befleckte nichts. Das Schwein hatte ich in der Falls Road gelassen. In Paris verriet ich nichts, sondern unterrichtete. Ging einer nützlichen, kämpferischen, wesentlichen, wahrscheinlich sogar historischen Arbeit nach. Das hatte noch keiner der Genossen versucht: Ohne das Wissen, geschweige denn die Erlaubnis meiner Vorgesetzten stand ich durch den Botschafter in direktem Kontakt mit dem Feind und bereitete mit ihm gemeinsam die Zukunft vor. Es war schwindelerregend. Mehr als Trunkenheit. Ich fühlte mich stärker als alle und alles. Größer als unsere Politiker, größer als der Rat der republikanischen Armee, größer als Waldner und der rothaarige Cop. Und so viel wichtiger als Honoré, dieser Junge aus Norfolk, dem ich in den Stift diktierte. Nie zuvor hatte ich eine solche Macht gespürt. In meinem ganzen Leben hatte ich nie diese Kraft besessen. Ich gehorchte keinem. Ich machte die Geschichte meines Landes. Still und heimlich, am Rande der Meinen, diente ich meiner Heimat mit all meiner Kraft. Ich war dem Frieden so ungeheuer viel dienlicher, so viel nützlicher als ein dummer Schuss von einem Dach auf eine nächtliche Patrouille.

In Honorés Blick lag Respekt. Dieses besondere Leuchten, diese vollkommene Aufmerksamkeit, dieses Schöne, was ich

nicht hatte benennen können, das war es: Honoré respektierte mich. Saugte jeden meiner Sätze auf. Kreiste manches noch
zur Überprüfung ein. Aber immer weniger. Das Wort »fas-
ziniert« kam mir eines trunkenen Tages in den Sinn. Das traf
es genau. Exakt dieses Wort. Ich faszinierte den Feind, und er
respektierte mich. Er beherrschte mich nicht mehr, ich war es,
der ihn in der Hand hatte.

Eines Nachmittags im Juni 1994, als unser Bus am Trocadéro
stand, verwandelte ich Honorés Respekt in Bewunderung. Ich
hatte ihm eben mitgeteilt, dass die IRA die vollständige Einstellung der Feindseligkeiten beschlossen habe. Er sah mich
an, ohne zu schreiben. Der Eiffelturm, lachende Touristen,
Souvenirverkäufer, ein Himmel ohne Bedrohung. Als er sich
mir wieder zuwandte, glaubte ich, ein Kind vor mir zu haben.

»Bist du sicher, Tyrone?«

Tyrone. Nicht Meehan oder Tenor. Der Vorname, den
mein Vater mir gegeben hatte. Ja, ich sei sicher. Ich wisse es.
Vor Jahresende. Vielleicht noch diesen Sommer.

»Waffenruhe«, murmelte Honoré vor sich hin.

»Nein. Die vollständige Einstellung der Feindseligkeiten.«

Er sah mich wieder an. Wie man einen Freund streichelt.
Dann wandte er zum ersten Mal die Augen von mir ab. Und
schrieb. Seine Hand zitterte. Als wollte er diese Wendung
nicht entwischen lassen.

»Die vollständige Einstellung der Feindseligkeiten.«

Er las es noch einmal. Blieb bis zum Champ-de-Mars darin
versunken.

Und kreiste es nicht ein.

Die Briten würden mit der IRA verhandeln. Die Protestanten müssten sich abfinden mit unserem Platz im Feld der Macht und später auch am Entscheidungstisch. Dann wäre Irland eines Tages wieder vereint. Die Grenze würde von Tausenden lachenden Kindern überrannt. Unsere Frauen und Männer, Töchter und Soldaten würden querfeldein zu unseren Brüdern in der Republik laufen. Einander umarmen, küssen, vor Freude schreien, endlich! Da, der Wind erhebt sich und die Sonne geht über unseren Fahnen auf. Von Stadt zu Dorf, von den Gassen in Belfast bis in die Alleen von Dublin, von den Hügeln von Wicklow bis zum Hafen von Killybegs fallen wir alle auf einmal auf die Knie, beten für unsere Märtyrer und danken dem Himmel. Unsere protestantischen Brüder nehmen unsere ausgestreckte Hand an. Nie wieder Krieg. Frieden auf ewig. Und ich stehe in einer dunklen Ecke, ohne Uniform und ohne Orden, ohne Freunde und ohne Beifall. Unbekannt, namenlos, in der Mitte meines Volkes. Ich, der ich all das geschaffen habe. Und endlich um Verzeihung bitten kann, Danny Finley, Jim O'Leary und meine Träume.

20

Ich hatte von diesem Tag geträumt. Achtundfünfzig Jahre
lang hatte ich nie aufgehört, daran zu glauben. Am 19. Januar
2000 wurde uns der Körper von Tom Williams, gehängt mit
neunzehn Jahren am 2. September 1942 und wie ein Hund
in einem Gemeinschaftsgrab auf dem Gefängnisgelände von
Crumlin Road verscharrt, zurückgegeben.

Seine Familie und seine letzten Waffenbrüder waren dabei,
als er ausgegraben wurde. Kameraden hatten mich gebeten,
ebenfalls zu kommen. Am Morgen war ich betrunken. Sheila
zog mich für die Feier an.

»Komisch, einen zu ehren, der unsere Jungs umbrachte,
während wir gegen die Nazis kämpften«, sagte Waldner.

»Irland steht über allem, nicht wahr?«, fragte Honoré.

Ja, so war es. Ich hatte keine Lust mehr zu antworten. We-
der dem einen noch dem anderen. An diesem Tag, als ich die
Saint-Pauls-Kapelle in Clonard betrat, war ich nur noch der
Junge, dem Tom einst seinen ledernen Ball vermacht hatte.
Ich hatte ihn in der Tasche, als ich zum Chor schwankte.
Alle saßen sie da, alle, in der ersten Reihe: Nell, seine ewi-
ge Verlobte. John, der gemeinsam mit ihm zum Tode ver-
urteilt und dann begnadigt worden war. Billy, Eddie, Madge,
Joe, die Mitglieder seiner Einheit. Joe hob seinen Stock zum

Gruß und bat die anderen, ein wenig zu rücken. Ich winkte lächelnd ab. Und ahmte mit meiner in die Luft gereckten Rechten, die zitternd ein unsichtbares Glas an die Lippen führte, die Bewegung des Trinkens nach. Ich bin besoffen, Freunde. Zu. Sternhagelvoll. Ich habe Blut im Alkohol und schwitze Bier. Joe sah mich traurig an. Zuckte die Schultern und wandte sich ab. Ich setzte mich neben den Gang, nicht direkt nach ganz hinten, aber fast, auf den Platz von irgendwem.

Sheila war nicht mitgekommen. Sie wartete wie Tausende andere mit einer Fahne in der Hand auf einem Bürgersteig der Falls Road. Als Ehrenspalier für unseren Trauerzug.

»Der verloren war, ist heimgekehrt«, sagte Pater O'Donnell während der Totenmesse.

Tom Williams, der verlorene Sohn. Hier war er getauft worden. Hier hatten wir uns als Kinder über wichtige Dinge unterhalten, während wir vorgaben zu beten.

»Tom ist nach Hause zurückgekehrt, und wir nehmen ihn in Freuden wieder auf ...«

Ich betrachtete den Sarg. Er schwankte im Dunkel. Die Trikolore war auf das helle Holz genagelt. Manchmal wollten Priester den Symbolen der Republik, schwarzen Baskenmützen und Kämpferhandschuhen, den Zutritt zur Kirche versagen. Dann musste verhandelt werden – oder der Pfarrer verjagt und einer von uns eingesetzt. Doch an diesem Tag war alles gut gegangen. Tom war für diese Fahne gestorben. Die irische Erde musste sie gemeinsam aufnehmen, und der Pfarrer von Clonard war einverstanden.

Ich senkte den Kopf, schloss die Augen und schlug sie gleich wieder auf, um nicht umzukippen. Ich spürte die betretenen Blicke, das Mitgefühl, die unangenehme Brüderlichkeit um mich herum. Als ich nach der Zeremonie hinausging, streiften mich Dutzende Hände wie Hitchcocks Vögel. Sanft, fest, zärtlich, schüchtern, ruppig oder zart. Ich spürte meine Arme und Beine nicht mehr. Schrie inwendig. Wie ein Gefolterter. Als der Sarg aus der Kirche kam, weinte ich. Trockene Altmännertränen. Schnapsspuren auf Leder. Die Menge drängte sich so dicht, dass sie mir Angst machte. Ich schauspielerte. Mimte Leichtigkeit. Setzte eine Siegermiene auf und ahmte die allgemeine Freude nach. Es war ein kalter, trockener Tag. Achtundfünfzig Jahre hatte ich auf diesen Tag gewartet, der mich jetzt quälte. Mein Gesicht blieb verschlossen inmitten des Glücks.

Die IRA hatte die Waffen niedergelegt. Das erste Kind des Friedens hieß Samuel Stewart, geboren am 31. August 1994, ein paar Minuten nach dem Waffenstillstand. Der letzte britische Soldat, der von unseren Männern getötet wurde, war Stephen Restorick, mit dreiundzwanzig Jahren in einem letzten Aufflammen der Kämpfe von einem Sniper hingemäht.

Unsere politischen Gefangenen waren alle entlassen worden. Einige waren in Gemeinderäte, Behörden oder Ministerien gegangen. Lächle, Tyrone, verdammt noch mal! Sieh, wie Toms Sarg von Männerschultern mitten durch die Stadt getragen wird! Wie oft bist du aufgewacht und warst für diesen Traum dankbar! Was? Das Misstrauen zwischen den beiden Gemeinden? Das bleibt natürlich. Jeder weiß es. Und die Angst? Ja, auch die bleibt, selbstverständlich. Und die mühsame Trauerarbeit, der Zorn, auch der Hass. Und die Verbitterung der Opferfamilien darüber, dass die Täter ungestraft davongekommen sind. Dennoch und trotz alledem. Der Traum, den dein Vater, Tom und Danny träumten – Frieden, Tyrone! –, das ist es, was du jetzt erlebst!

In ein paar Wochen wird Waldner nach England zurückgehen. Der rothaarige Cop wird den Verkehr an einer Kreuzung regeln, Honoré wird irische Geschichte lehren, und alles wird gelöscht. Schau dich um, Tyrone Meehan! Aller Augen spenden dir Beifall. Niemand weiß etwas. Niemand ahnt etwas. Du kommst schon durch, alter Junge! Seit Monaten hast du nichts mehr an den Feind weitergegeben. Und was hättest du auch weitergeben sollen? Der Friedhof und die Doppeldecker haben ausgedient. Krieg steht nicht mehr auf der Tagesordnung, Tyrone. Gestern haben deine Anführer befohlen, die Downing Street 10 mit Mörsern zu bombardieren, heute trinken sie Tee mit dem britischen Premierminister. Alte IRA-Kämpfer und protestantische Milizionäre stehen gemeinsam Schlange in der Parlaments-Cafeteria und verlangen einen Nachschlag an Brot. Beim letzten Treffen hat Waldner dir nur noch aus Gewohnheit zugehört. Und Honoré sah auf die Uhr. Sie können dich nicht mehr brauchen, Tyrone. Das war's. Schluss. Aus und vorbei. Sie werden dich vergessen. Und du wirst sie vergessen. Man kann alles vergessen.

Ich drehte mich zur Wand. Nahm einen Schluck Wodka.

»Tyrone?«

Ich sollte den Sarg tragen. Erst waren die Alten dran gewesen, dann hatten unsere Anführer übernommen. Jetzt du, Tyrone Meehan! Los! Sechs Träger, drei auf jeder Seite. Und du an der Spitze! Bring deine englischen Freunde zum Lachen,

Tenor. Das Foto steht morgen in der Zeitung: Dannys Mörder als Sargträger von Tom. Ich bekam keine Luft. Ich bekam noch nie genug Luft. Und wusste immer, dass mir am Ende die Luft wegbleiben würde. Zwei junge Männer halfen mir, die Last auf meine rechte Schulter zu heben. Ich schwankte ein bisschen. Sie sahen sich wortlos an. Auf der anderen Seite des Sargs ging ein Mann aus Derry. Er legte mir die Hand um den Hals, ich umschlang seinen. So trugen wir langsam unsere Bürde. Ich spürte den *sliotar* durch meine Hosentasche. Schaute in den Winterhimmel. Mir ging es schlecht. Ich konnte mich nicht an das Gewicht des Schmerzes erinnern. Mein Blick streifte die Menge auf dem Bürgersteig, die Spalier stand.

Ich kannte jedes Gesicht. Und die Namen. Da war Tim, der nach achtzehn Jahren Gefängnis für seine Frau und die Kinder zum Fremden geworden war, der am Rand des großen Bettes schlief und sich so schwer damit tat, wieder Vater zu sein. Wally, der den Straßenjungen erklärte, sie dürften die Panzer nicht mehr mit Steinen bewerfen, nie wieder, das sei früher gewesen, als Kinder fürs Steinewerfen gestorben seien. Die Brüder McGovern, Offiziere des Dritten Bataillons, die jetzt arbeitslos waren, mit demselben Mut. Paul, der seinen Hungerstreik abgebrochen hatte und hustend und hinkend dem Tod entgegendämmerte. Terry, Alan, Dave und Liam, die Taxifahrer, Barmann, Rausschmeißer und Zimmermann geworden waren. Wir waren kein Land, nicht mal eine Stadt, nur eine starke Familie. Ich winkte, zwinkerte, nickte zurück. Erwiderte scheinbar den Stolz, den sie mir entgegenbrachten. Schauspielerte, log, betrog. Ich war nicht mehr würdig, ihnen zu antworten.

Achtundfünfzig Jahre hatte ich auf diesen Tag gewartet, der mich nun endgültig zu einem anderen machte. Auch wenn mich alle vergäßen, ich könnte mich nicht vergessen. Nach diesen Stunden würde es nichts mehr geben. Ich ging nicht mit meinem Volk, ich verließ es. Ich war nicht mehr von hier, nicht mehr einer von ihnen, nicht mehr einer von uns. Als ich Sheila in all ihrer Schönheit auf dem Bürgersteig erblickte, schloss ich die Augen. Die Kämpferinnen Cathy, Liz und Trish standen an ihrer Seite. Sie haben sich sicher bekreuzigt, als der Sarg vorüberzog, auch ihre Herzen hüpften. Hunderte Kinder in Schuluniform standen da mit ihren Lehrern und wiederholten den Namen Tom Williams, der an der Tafel im Klassenraum gestanden hatte.

Als mich einer als Träger ablösen wollte, wehrte ich mich handgreiflich, stieß ihn mit einem Fußtritt zur Seite und spuckte auf den Boden. Tom Williams gehört mir. Er hat im Januar 1942 meine Matratze in unser neues Haus in der Dholpur Lane getragen, die später dort verbrannte. Er hat mir die Hand gereicht und mich gebeten, ihn mit seinem Vornamen anzusprechen. Für ihn habe ich unsere Straßen bewacht. Für ihn habe ich die Geschichte meines Landes gelernt, in der Kane Street im Ring geboxt und beim Feind Feuer gelegt. Er hat mir meine erste Patrone in die Hand gedrückt. Mit ihm habe ich gekämpft. Für ihn habe ich gekämpft. Für ihn die bunte Uniform der Fianna gegen das blutige Gewand des Soldaten getauscht. Also lasst mich in Frieden. Lasst mich ihn noch ein Stück tragen, ein paar Meter, lasst mich! In dem Sarg liegt nicht nur Tom. Niemand weiß es, oder? Eines Abends ging ich als Scout in kurzen Hosen schlafen. Am nächsten Morgen erwachte ich als der Greis, der ich bin. Dazwischen so gut wie nichts. Eine Handvoll Stunden. Gerüche von Pulver, Scheiße, Torf und Nebel. Also geht mir aus dem Weg!

Ich nahm Tom mit. Trug meinen Anführer, Freund, Bruder auf meiner Schulter. Brachte ihn heim. Ich würde sein Erdenbett aufschlagen und meine Kindheit mitversenken.

21

Am 2. Dezember 2006 war ich zur Hochzeit von Déirdre eingeladen, der Enkelin von Pat Sheridan, einem Long-Kesh-Veteranen. Irgendetwas stimmte nicht, da war ein Schweigen in manchen Blicken. Als ich mit Sheila in den Pub kam, tanzte die junge Braut mit einem Glas in den erhobenen Händen auf einem Tisch. Es war brechend voll. Ich ging zu unseren gewohnten Plätzen, die man für uns frei gehalten hatte. Auf der Bühne spielte eine Kapelle Musik aus den Sechzigern. Wir hatten die Nationalhymne und die Rede des Brautvaters verpasst, und ich hatte keine Krawatte um.

Als Déirdre mich sah, winkte sie mir lachend zu.

»Tyrone, endlich! Zehn Minuten später, und du hättest meiner Scheidung beiwohnen können!«

Ich zwinkerte zurück und hob den Daumen zum Gruß. Eigentlich hatte ich gar nicht kommen wollen. Ich war schon auf dem Weg ins Bett gewesen, doch Sheila bestand darauf. Sie hatte ihr Festkleid aus grünem Samt mit weißem Jabot und weißen Manschetten an und einen breiten schwarzen Kamm in ihr graues Haar gesteckt.

»Niemand wird das verstehen, Tyrone. Außerdem mag ich nicht lügen.«

Ich hatte erst Kopfschmerzen vorgeschützt, dann Bauchschmerzen, dann gar nichts mehr. Einfach keine Lust. Sheila legte mir den grauen Anzug aufs Bett und lächelte trotzdem. Also zog ich mich an und folgte ihr.

Die Bar war für diesen Abend geschlossen. Alle hatten ihre Getränke selbst mitgebracht. In meiner Papiertüte waren sechs Dosen Guinness und ein Flachmann mit Wodka. Sheila hatte eine kleine Flasche Gin und eine große Flasche Wasser dabei. Auf dem Tresen standen Obstsäfte für alle. An unserem Tisch saßen noch zwei Personen, Stammgäste aus der Divis Road. Stühle wurden von Hand zu Hand über die Köpfe zu uns weitergereicht und streiften die weißen Papierblumen an der Decke. Nach ein paar Minuten zog Sheila ihre Schuhe aus, um zu tanzen. Einfach so, ohne sich aufzuwärmen, in einer etwas lächerlichen Eile. Sie hatte etwas nachzuholen, einen Abend mit ihren Freundinnen und den Rausch. Auf dem Klo traf ich den Bruder der Braut. Wir waren gemeinsam im Gefängnis gewesen.

»Toller Abend, was, Gerry?«, sagte ich höflicherweise, während ich heftig pinkelte.

Er knöpfte sich die Hose zu.

»Ja, wirklich …«

Gerry Sheridan war noch nie sehr gesprächig gewesen. In Long Kesh nannten die Wachleute ihn »die Auster«. Er sagte nie etwas zu ihnen, nicht ein Wort. Mit uns sprach er auch nicht. Aber er konnte mit den Augen lächeln. An diesem Abend wandte er nicht einmal den Kopf. Das war das erste Mal. Vielleicht ließ er mich ja für meine Verspätung büßen.

Schließlich hatten wir die Trauung verpasst. Und den Zug durch die Falls Road mit einem gemieteten britischen Saracen-Panzer an der Spitze. Die Jungvermählten waren auf den Kirchenstufen unter Gelächter, Hurrageschrei und Hoch-Rufen von vier falschen Soldaten in englischer Uniform angehalten, ohne Umschweife in die geöffnete Panzerluke gehievt und von einem Hupkonzert begleitet in den Club verfrachtet worden. Ich mochte solche Spielchen nicht. Zehn Jahre zuvor hatten wir diese khakifarbenen Kakerlaken mit Raketenwerfern beschossen, jetzt bezahlten unsere Kinder Geld dafür, dass sie damit herumfahren durften. Sie schmückten sie mit Blumen und Girlanden, hissten unsere Nationalflagge an der Antenne, bestückten sie mit Lautsprechern, aus denen Rockmusik kam, und rollten mit aufheulendem Motor durch die nationalistischen Viertel.

»Das ist Frieden, Tyrone«, sagte Sheila, wenn ein Panzer in festlicher Verkleidung an uns vorbeitobte.

Sie nahm mich am Arm, lachte glücklich, hob die Hand.

»Im Gegensatz zu euch haben sie sie ohne einen Schuss gekriegt.«

Sie neckte mich, ich löste mich in einem Anfall falschen Zorns von ihr, schwenkte meine Mütze in der hochgereckten Faust und brüllte: »Hoch lebe die IRA!«

Zurück von der Toilette, beobachtete ich Gerry Sheridans Tisch. »Die Auster« sprach mit Mickey, Stirn an Stirn. Dann wandte Gerry den Kopf ab. Und Mickey sah mich mit weißen Lippen an.

Als Mickey aus dem Gefängnis kam, waren wir einander in die Arme gefallen. Von allen, die sich getroffen hatten, um Popeye, den Wärter, zu ermorden, war ich als Einziger davongekommen. Ich hatte Mickey ausgeliefert, Terry war ihnen kurze Zeit später in die Hände gefallen, und Jane, das Mädchen auf dem Fahrrad, das unsere Pistolen einsammeln sollte, ebenfalls. Auch unsere Verstärkung, die zwei Typen aus der Divis Road, hatten sie geschnappt.

Mickey hatte unter der Folter geredet. Seinetwegen waren alle eingefahren, doch niemand war ihm je böse deshalb.

Einmal, als er getrunken hatte, wunderte er sich öffentlich darüber, dass ich nicht festgenommen worden war.

»Warum? Haben sie etwas über mich gewusst?«

Mickey protestierte. Nichts! Sie hätten gar nichts gewusst, aber ich sei ja im Viertel bekannt gewesen, sie hätten sich also was denken können, mehr habe er nicht sagen wollen. Ich runzelte die Stirn. Ich erinnere mich genau an diesen Augenblick.

»Bist du sicher, dass du mir nichts zu sagen hast, Mickey?«

Mein Freund begann an Lippen und Hand zu zittern. Sie hatten ihm die Hälfte der Zähne ausgeschlagen, und einer seiner Arme war unbrauchbar. Er verstehe nicht, was ich damit meine. Nein, nein, das sei nicht so, schwor er. Er war in Panik. Ich fand mich mies, beschissen, gemeiner als den Teufel. Und ihn bemitleidenswert. Er hatte alles über mich erzählt, alles. Er hatte mich verraten bis aufs Blut, jede meiner Bewegungen, jeden meiner Gedanken. Die Briten hätten mich nur noch pflücken müssen wie eine Frucht. Wochenlang hatte er davor gezittert, dass ich an seiner Zelle vorbeikommen könnte. Hatte Angst gehabt, mein zerschmettertes Gesicht zu sehen und meinen Blick, der Rechenschaft von ihm verlangte. Dann hatte er jahrelang gehofft, dass ich eingesperrt würde. Weil er sich lieber meinem Zorn aussetzen wollte als an mir zu zweifeln. Er wartete vergeblich. So war ihm klar geworden, dass meine Freiheit etwas gekostet hatte. Und dass er der Preis dafür gewesen war.

Als wir nach Mickeys Entlassung Arm in Arm das Gefängnis verließen, waren wir dennoch in Ketten. Er durch sein Geheimnis, ich durch meines. Verletzt durch dieses Schweigen, mussten wir uns dem Frieden stellen. Seither gingen wir einander aus dem Weg. Ich bin noch immer Tyrone, er ist noch immer Mickey, aber als wir die Waffen niederlegten, haben wir auch die Wahrheit begraben.

Es konnte keine Verachtung sein. Verachtung? Für mich? Unmöglich! Wahrscheinlich hatte ich ein Männergespräch beobachtet. Eine nächtliche Beichte im Rausch. Mickey war seit neun Tagen Witwer. Ohne seine Frau und ohne den Krieg, hatte er vielleicht gesagt, sei sein Leben nichts mehr wert. Das war es, was ich gesehen hatte: Mickeys Traurigkeit und Verwirrung angesichts seines Verlusts und des Friedens.

Später am Abend lief mir Mike O'Doyle über den Weg. Auch er beobachtete mich. Ging an seinen Tisch zurück und spähte mich über sein Glas hin an. Zwei Wochen später sollte er mich verhören. Sollte mich, einer lächerlichen Zeremonie folgend, nach meinem Namen, Vornamen und Geburtsdatum fragen. Und versuchen, mich zum Reden zu bringen.

»Seit wann verrätst du uns, Tyrone?«

Armer Junge, ganz steif neben dem alten Kämpfer, den er mit Fragen und Blicken anfuhr. Ob sie es an dem Abend schon wussten? Das habe ich ihn nie gefragt. Sheila betäubte sich. Einmal stieß sie gegen ihren Stuhl. Mike stand lachend auf, deutete ein paar Schritte mit ihr an und nahm seine schweigende Beobachtung wieder auf.

Sie wissen es!

Das war offensichtlich. Sie wussten es, alle. Die Hochzeit war eine Falle. Sheila hatte mich hergeschleppt, um mich zum Reden zu bringen. Ich goss ihren Gin in meinen Rest Bier. Sah die halbvoll stehen gelassenen Gläser auf den anderen Tischen und beschloss, beim Abräumen zu helfen und heimlich das Durcheinander auszutrinken.

Nein. Sie wissen nichts. Es war nur ein blöder Abend. Einer dieser Abende, wie sie mich seit fünfundzwanzig Jahren verfolgen. Ich kann nicht mehr in den Augen lesen, die Lippen sagen mir nichts mehr. Ich halte Umarmungen für Anrempeln und Schweigen für Verachtung.

Und doch blieben in dieser Nacht in meinem Club die Blicke stumm. Nicht die der Frauen, der entfernten Freunde, der Weggefährten, aber die der Waffenbrüder. Zum ersten Mal in meinem Leben sah ich die IRA so, wie der Feind sie sieht. Denn sie war da, die IRA. Trotz Waffenstillstand und Friedensprozess, trotz der Vernichtung unserer Waffen war sie da. An diesem übervollen Tisch, hinter der Theke, in jener murmelnden Gruppe, an der Tür, in den Gängen, im dunklen Anzug, im hellen Hemd, voller Feindseligkeit. Ich spürte ihr Misstrauen. Erkannte ihre Gesten, ihre Art, ihre Vermeidung. Mein Leben lang habe ich Menschen verdächtigt. Und wie! Ihre Namen in ein befreundetes Ohr geflüstert, mit dem Finger auf sie gezeigt. Bin von meinem Hocker gestiegen oder auf die andere Straßenseite gegangen, um dem Verdächtigen ins Gesicht zu sagen, dass er verschwinden soll. Und heute war ich der Verdächtige. Ich, Tyrone Meehan, wurde bei diesem Fest beobachtet und überwacht. Die Auster, an Mickeys Schulter gelehnt, zeigte mit dem Finger auf mich. Ich trank aus einem Glas, das mir nicht gehörte. Ein bitterer Likör. Mir war heiß und kalt. Ich wollte kotzen. Spürte Bauch und Herz nicht mehr. Ich hatte Angst. Als Déirdre an meinen Tisch kam, stand ich auf.

»Ein Glas für Tyrone Meehan, schnell! Sonst desertiert er!«, rief die Braut.

Ein Typ gab mir ein dunkles Bier. Fünf standen noch da, aber schon viel zu lange, die Schaumkrone war weg. Das Sheridan-Mädchen setzte sich auf meinen Schoß.

»Du schaust vielleicht drein, Sheilas kleiner Mann!«

Weil meine Frau mich immer so nannte, hatte sich dieser Kosename im ganzen Viertel verbreitet, dann in der Stadt und vielleicht sogar im ganzen Land. Ich entschuldigte mich bei der Braut.

»Ich bin immerhin schon einundachtzig, junge Frau. Die Tage sind lang, wenn das Ende naht.«

»Das Ende? Du wirst doch hundert, Tyrone Meehan!«

Sie erhob sich lachend und gab Sheila, die an den Tisch zurückkehrte, einen Kuss. Ich begegnete Mike O'Doyles unangenehmem Blick. Hundert Jahre? Da hat er sicher den Kopf geschüttelt.

*

Der nächste Tag war ein Sonntag. Ich saß im Wohnzimmer und las die »Sunday World«. Um elf klingelte mein Handy.

»Tyrone? Hier Dominik.«

Ich verschüttete meinen Kaffee.

»Punkt zwölf am Friedhof.«

Aufgelegt.

Den rothaarigen Cop hatte ich lange nicht mehr gesehen. Ich war auch lange nicht mehr am Grab von Henry Joy McCracken gewesen. Stumm stand ich auf. Sheila war in der Kirche. Ich ging dort nicht mehr hin. Sie hatten mir die Kommunion versagt, ich entzog ihnen meine Gebete. Ich nahm ein Taxi, nicht meinen Wagen. Sonntag. Regen, die grauen Fassaden im Norden der Stadt, keiner auf der Straße. Dann lief ich herum, zu Fuß und im Kreis, die Zeitung in der Hand, und dachte über meine Rolle nach. Ich hatte meine Mütze und meine dunkle Brille aufgesetzt und den Schal bis übers Kinn gezogen.

Als ich zum dritten Mal meine Runde drehte, lehnte der Cop an einem Zaun. Sobald er mich sah, stieg er in einen Wagen und öffnete die Beifahrertür. Ich sah mich um. Die Traurigkeit des siebten Tages. Ich stieg ein, und er fuhr los.

Instinktiv klappte ich die Sonnenblende herunter, um mein Gesicht zu verbergen. Er fuhr Richtung Autobahn. Ich war wütend. Wir hatten abgemacht, dass immer ich anrufen würde. Keine Rede davon, mich wie einen Domestiken herbeizuklingeln. Ich wollte als Erster sprechen und drehte mich zu ihm hin. Er sah auf die Straße.

»Es ist vorbei, Tyrone.«

Mir blieb die Luft weg.

»Was ist vorbei?«

Er sah immer noch weg.

»Du, ich, Dominik, Tenor, die ganze Scheiße.«

Ich ließ mich tief in den Sitz sinken. Legte den Sicherheitsgurt an, den ich vergessen hatte. Ich glaube, ich habe gelächelt. Vorbei. Das war's. Ich würde wieder leben.

»Und warum erzählst du mir das? Ist Waldner nicht da?«

Schweigen. Eine Kinnbewegung.

»Die Engländer, Tyrone, du weißt doch …«

»Was weiß ich?«

»Er ist nach London zurück. Sein Auftrag ist erledigt.«

»Und Honoré?«

»Wieder an der Uni.«

Umso besser. Zwei weniger. Wenn sie so einer nach dem anderen abhauten, dann war es richtig gewesen, die Waffen niederzulegen.

»Und ich? Was wird aus mir?«

»Wir haben dir einen Handel vorzuschlagen, Tyrone.«

»Einen Handel?«

Wir waren mitten im protestantischen Sektor. An allen Wänden die britische Flagge. Porträts von Wilhelm von Oranien, der 1690 die katholischen Heere geschlagen hatte. Paramilitärische Graffiti mit ihrem Kriegsruf: »Wir werden uns nicht ergeben!«

Der Cop hielt an einem Park.

»Wir laufen ein bisschen, Tyrone.«

Herzrasen und weiche Knie. Ich hatte großen Durst. Meine Zunge war trocken, mein Mund wie aus Karton. Meine Stimme war weg. Ich wartete. Beobachtete seine langsamen Schritte, seine Art, sich eine Zigarette anzuzünden, mir eine zu reichen und meinen Blick durch die Flamme zu suchen.

»Du musst weg, Tyrone.«

»Was ist los?«

Die Stimme eines uralten Greises.

»Zuerst bringen wir dich irgendwo in Sicherheit, dann exfiltrieren wir dich.«

»Gib mir verdammt noch mal eine Antwort! Was ist los?«

Der Cop sog den Rauch ein. Er wollte Zeit gewinnen.

»Wir verschaffen dir eine neue Identität. Außerdem kriegst du eine Wohnung und hundertfünfzigtausend Pfund. Damit kannst du eine Weile lang durchhalten.«

Ich packte ihn am Ärmel.

»Ich will eure Kohle nicht! Ich bin Ire und bleibe in Irland!«

»Du hast keine Wahl«, antwortete der Cop sanft.

Ich schaute ihn an. So ruhig hatte ich ihn noch nie gesehen.

»Ich bin verbrannt? Ja?«

»Genau.«

Ich schlug mit der Zeitung gegen den Zaun des Parks.

»Verdammt! Wie kann das sein? Was ist passiert?«

»Der Waffenstillstand hat die Linien verschoben …«

Ich packte ihn bei den Schultern. Er war größer und jünger als ich, er hätte mich mit einem Blick zu Boden werfen können, aber er ließ mich gewähren.

»Das habt ihr nicht getan, oder? Verdammt! Habt ihr mich verkauft?«

»Nein, nicht wir, Tyrone. Nicht die Polizei von Ulster.«

»Der MI5? Die Schmeißfliege Waldner?«

Der Polizist machte sich los und steckte seine Hände in die Taschen.

»Was hast du denn geglaubt, Tyrone? Ganz ehrlich! Wie hast du dir das Ende gedacht?«

»Warum habt ihr mich nicht einfach in Frieden gelassen?«

»Weil Frieden ist, Tyrone, deshalb. Du warst ihnen in Kriegszeiten nützlich, du wirst ihnen auch in Friedenszeiten nützlich sein.«

»Ich verstehe nichts! Überhaupt nichts!«, schrie ich.

Er legte mir beruhigend eine Hand auf den Arm.

»Sinn Féin erntet die Früchte des Friedensprozesses. Ihr sammelt überall Punkte, ihr werdet zur ersten politischen Partei Nordirlands werden. Das ärgert sie, Tyrone.«

»Und was hab ich damit zu tun?«

»London mag euch nicht, Dublin auch nicht. Ihr habt die Waffen niedergelegt, deshalb können sie nicht mehr auf euch schießen, aber sie können euch noch schaden.«

»Was erzählst du da?«

»Ein Verräter sprengt die Moral einer Gemeinschaft. Wie ein Schrapnell. Das spuckt kleine Splitter in alle Richtungen. Von einem Verräter werden alle verletzt. Und davon erholt man sich schwer.«

»Ihr seid Schweine!«

»Ich bin gekommen, um dich zu warnen.«

»Wann wollen sie mich ausliefern?«

»Schon geschehen.«

Ich konnte kaum atmen.

»Sie haben mich an die IRA verkauft?«

»Nicht verkauft, Tyrone. Geschenkt. Und sie haben behauptet, dass es drei Agenten in der Führung eurer Bewegung gibt.«

»Schwachsinn!«

Der Cop lächelte.

»Mag sein, Tyrone, aber die IRA wird sich mit deiner Einschätzung nicht zufriedengeben. Jeder wird jeden verdächtigen, und das führt zum Chaos.«

»Verdammte Schweinebande!«

Ich drehte mich um und ging Richtung Straße.

»Tyrone?«

Er rannte hinter mir her und hielt mich fest.

»Mach keinen Mist, Tyrone. Sie werden dich holen, und du wirst verhört. Du weißt genau, was sie mit Verrätern machen!«

»Es gibt den Friedensprozess. Sie werden mich nicht anrühren.«

Ich ging weiter. Ich hoffte, er würde mich noch einmal einholen, mit mir reden, mir erklären, wie es den anderen ergangen war. Was macht man nach dem Verrat? Was wird aus einem? Wohin soll man gehen? In England bleiben und als Abtrünniger sterben? Nach Amerika auswandern? Nach Australien? Falsche Papiere, falsche Wohnung, falsche Arbeit, falsche Freunde, falsches Leben. Außerdem findet die IRA Verräter. Überall findet sie sie. Noch ewig später. Um die sechzig Spitzel wurden hingerichtet, Hunderte andere aus der Stadt gejagt.

Nein! Ich folge ihnen nicht mehr. Ich mach mit allem Schluss. Ich bleibe. Ich bin hier zu Hause. Ich habe dasselbe Recht auf dieses Land wie alle Iren zusammen.

Ich hoffte, er würde mir hinterherlaufen. Mich anschnallen, mich gewaltsam fortbringen, mich beruhigen, verstecken, beschützen. Aber er rührte sich nicht. Als ich in die Straße einbog, war er bereits in den Wagen gestiegen. Ich habe ihn nie wiedergesehen. Er hat behauptet, Frank Congreve zu heißen. Ich habe nie erfahren, ob das sein richtiger Name war. Und auch nicht, wie er sein linkes Auge verloren hat.

*

»Tyrone?«

Aus dem Schlaf gerissen, setzte ich mich auf und versuchte keuchend, mit offenem Mund, Luft zu bekommen. Wie ein Taucher, der an die Wasseroberfläche zurückkehrt.

»Mike O'Doyle und Eugene Murray sind da. Das Bärchen, du weißt schon ...«

Sheila stand an meinem Bett, den Morgenrock mit beiden Händen an die Brust gedrückt. Ich bekam keine Luft, meine Schläfen pochten, meine Stirn war eisig.

»Du solltest mal zum Arzt gehen mit deiner Atemnot«, hatte sie oft gesagt.

Mein Nachtblick. Ich kam von sehr, sehr weit her. Ein schweißtreibender Traum mit Schreien. Ich stand auf. Zitternd.

»Geht's, Tyrone?«

Ich schlüpfte mit nackten Füßen in meine Straßenschuhe.

»Soll ich ihnen sagen, dass du krank bist? Dass sie morgen wiederkommen sollen?«

»Wo sind sie?«

»Im Wohnzimmer.«

»Ich komm runter.«

»Es ist ihnen anscheinend unangenehm, weißt du«, murmelte Sheila.

Noch bevor sie es wusste, hatte sie verstanden. Wie Tiere mit ihrem Instinkt für Feuer. Ihrem Mann würde etwas zustoßen. Jemand würde ihm etwas antun. Ihr Herz ahnte es. Sie kannte den Krieg zu gut, um an diesen Frieden zu glauben.

Es war der 14. Dezember 2006. Zwei IRA-Jungs hatten um dreiundzwanzig Uhr angeklingelt. Das war nicht normal. Sie hatten verschlossene Gesichter, im Blick schlechte Nachrichten. Sie verweigerten Sheila ein Lächeln und lehnten ihren Tee ab. Sie bekam vor Angst Magengrummeln. Ich bat sie, oben zu bleiben.

»Bitte, meine Frau.«

Sie nickte. Wie oft hatte sie mein Bett für meine Rückkehr gerichtet und die Nacht angefleht, dass der Tod mich übersehen möge! Sie kannte mich zu gut. Sie sah an meinen Bewegungen, wenn Gefahr drohte.

»Was hast du getan, Tyrone?«

Ich legte ihr einen Finger auf die Lippen, ließ ihn einen Moment lang in ihrem Mundwinkel ruhen. Dann schloss ich die Tür hinter mir und ging langsam die Treppe hinunter.

Das Bärchen betrachtete die Fotos auf dem Kaminsims, Mike beobachtete die Treppe. Bei meinem Kommen nahm der eine seine Wollmütze ab. Der zweite behielt seine auf. Ich lächelte schief, ein erzwungener Krampf zwischen Trauer und Trotz. Ich streckte die Hand aus, aber keiner von beiden nahm sie.

»Mike, Eugene …«

Kurzes Begrüßungsnicken.

Das Bärchen sah O'Doyle an. Betretenes Schweigen.

»Wir haben ein Problem, Tyrone.«

Ich lächelte noch einmal.

»Ihr habt ein Problem?«

»Du hast ein Problem«, antwortete das Bärchen.

Ich zeigte auf den Sessel, auf das Sofa. Sie blieben stehen.

»Es gibt Gerüchte über dich, Tyrone. Schlimme Gerüchte.«

Mike O'Doyle nahm die Hände aus den Taschen. Eine respektvolle Geste. Ein Punkt für mich.

»Was für Gerüchte, Mike?«

»Würdest du bitte mitkommen?«

Ich sah aus dem Fenster. Vom Spitzenvorhang kaum verdeckt, wartete auf der Straße ein Wagen mit zwei Männern.

»Nein, so nicht. Nicht nachts. Wenn ihr etwas zu sagen habt, schickt mir jemanden vom Armeerat.«

»Du weißt genau, dass der uns schickt, Tyrone.«

»Du vergeudest deine Zeit, Mike, ich kenne das Verfahren.«

»Nimm deinen Mantel.«

Es ging um mein Leben. Dessen war ich mir sicher. Waffenstillstand oder nicht, wenn ich jetzt das Haus verließe, würde ich demnächst auf einer grenznahen Mülldeponie verrotten. Sie müssten jetzt gehen. Sie könnten ja später wiederkommen, bei Tageslicht und ohne diese Blicke.

»Beeil dich, Tyrone«, sagte das Bärchen.

»Verdammt, habt ihr euch denn noch nie volllaufen lassen?«

Der Satz kam so aus mir heraus, Wort für Wort zusammengetragen wie ein schlechter Scherz und ordentlich laut. Mike machte große Augen. Eugene runzelte die Stirn. Jetzt hatte ich sie. Die Überraschung war nun auf ihrer Seite. Ich durfte ihnen keine Sekunde Zeit geben. Musste sie am Kragen packen wie ein Kaninchen bei uns auf dem Land.

»Es soll mir leidtun? Ist es das? Okay, es tut mir leid! Aber dafür klingelt man doch keinen mitten in der Nacht aus dem Bett!«

Gegenüber: nichts. Dieselben überraschten Gesichter. Sie versuchten zu verstehen. Und ich spielte. Und lachte innerlich. Und machte den nächsten Zug. Ich kannte das Spiel in- und auswendig. Ich hatte ja selbst die Regeln aufgestellt. Waldner hielt sich für stärker, Honoré hielt sich für klüger, der Cop hatte immer schon vorher Angst – und ich tanzte auf meinem Seil.

»Lasst Joe Cahill kommen und alle anderen, und ich entschuldige mich öffentlich.«

Auch Mike O'Doyle nahm jetzt seine Mütze ab. Ihm war plötzlich eingefallen, dass er sich ja unter meinem Dach befand. Also zog er vor einem Offizier blank.

Das Bärchen war bleich.

»Was erzählst du da, Tyrone?«

»Wie, was erzählst du da? Ich entschuldige mich. Ich bin bereit, auf die Bühne des ›Thomas Ashe‹ zu klettern und dort niederzuknien, und das genügt euch nicht?«

Ich holte mir ein Bier aus der Küche, sah sie beim Trinken an – und siegte. Der Tod verpisste sich. Sie waren ganz klein und das Zimmer riesengroß.

Ich senkte die Stimme.

»Ich hätte bei Toms Beerdigung nicht trinken sollen. Keinen Skandal machen. Das weiß ich. Aber dafür schickt man doch keine Einheit los, das ist übertrieben.«

»Man sagt, du bist ein Verräter, Tyrone.«

Das Bärchen hatte den ersten Schritt gewagt. Ich spuckte mein Bier aus. Und richtete mich auf.

»Ich habe mich wohl verhört.«

»Ein britischer Agent«, sagte Mike O'Doyle.

Der Tod war zurück. Er war ums Viertel gelaufen, hatte vor dem Fenster Fratzen geschnitten, wollte schon weg, blieb dann aber doch und klopfte nun an die Tür.

»Raus! Alle beide!«

»Tyrone …«, setzte Mike an.

»Schnauze, O'Doyle! Was weißt du denn schon? Was haben sie dir beigebracht, seit du in der Armee bist? Die Briten haben zwei Methoden der Kriegsführung: Propaganda und Gewehre!«

»Ich weiß, Tyrone.«

»Nein!«, brüllte ich. »Nichts weißt du, gar nichts! Wir sind dabei, diesen Krieg zu gewinnen. Sie haben darauf verzichtet, uns zu töten, dafür wollen sie uns jetzt zur Strecke bringen! Sie schmeißen uns ein Gift hin, und zack schlucken's alle und du gleich mit!«

Jetzt war ich richtig in Rage. Mit Blut im Mund und mörderischen Fäusten. Ich spielte nicht mehr. Sondern brüllte meinen Zorn heraus, dass die ganze Straße es mitkriegte. Die Tür oben ging auf, ich hörte Sheilas Schritte auf den ersten Stufen. Ich bebte. Die Lippen verzerrt, Schaum in den Mundwinkeln, die Lider gesenkt, um die Blitze aus den Augen zu verbergen. Mein ganzer Körper war auf den Barrikaden.

»Und was hört man sonst noch? Waren es nicht vielleicht mehr? Zwei? Zehn? Die ganze Stadt? Und wer sagt mir, dass du kein Verräter bist, Mike O'Doyle? Und du, Eugene Murray, der die ganze Zeit Fragen stellt?«

Die beiden tauschten einen Blick. Sheila kam langsam herunter.

»Ihr macht die Drecksarbeit für die Briten! Ist euch das klar? Los! Wir denunzieren Tyrone Meehan! Und vielleicht auch noch Mickey? Die Brüder Sheridan? Oder Déirdre, die kleine Braut? Und was ist mit Sheila?«

Ich drehte mich abrupt um. Meine Frau stand mit verschränkten Händen bleich und barfuß auf der untersten Stufe wie früher Mama.

»Verdammt! Hast du uns nachspioniert, Sheila Meehan?«

»Nein.«

Wie das Piepsen einer Maus.

Ich nahm sie am Arm. Schüttelte sie, bis sie das Gleichgewicht verlor.

Sie brach in Tränen aus. Sie hatte Angst. Zum ersten Mal tat ich ihr weh. Wirklich. Und empfand dabei nichts.

Sie fiel hin. Ihr Morgenmantel klaffte über der Brust auf. Das Bärchen senkte den Kopf. Mike wagte sich vor.

»Hör auf, Tyrone!«

Ich war gerade durchgedreht. Sheila hatte sich aufgegeben. Lag mitten im Zimmer auf der Seite.

Mike umklammerte mich. Das Bärchen versuchte meiner Frau aufzuhelfen. Sie wehrte sich. Fiel schwer zurück. Unsere Blicke trafen sich. Sie war am Boden zerstört. Sie lag auf der Seite, das Gesicht zur Wand, die Hände vorm Gesicht und die Knie an den Bauch gezogen, wie ein Kind vor der Geburt oder ein Greis vor dem Tod.

Patraig Meehan! Ich sah ihn im Spiegel des Küchenschranks. Ein Drecksack mit erhobener Faust, bereit zu prügeln, bis Tränen flossen. Mein Vater und seine Kinder. Klein-Tyrone und Klein-Sheila, Geschwister im Grauen. Mike drückte mich an die Wand. Ich spuckte.

»Seht sie euch an, ihr Schweine! Schaut, was ihr meiner Frau angetan habt!«

Die Eingangstür ging auf. Zwei Jungs traten ein, Veteranen des Dritten Bataillons.

»Die Nachbarn werden unruhig«, sagte der Ältere.

Ich brüllte noch einmal, ein letztes Mal, damit die Nacht mein Zeuge sei.

»Ich bin Tyrone Meehan, Soldat der irischen Republik! Und niemand wird mich daran hindern, für die Freiheit meines Landes zu kämpfen!«

Einer der *óglachs* machte eine besänftigende Handbewegung.

»Lass ihn los, Mike.«

Er ließ mich los. Ich stand aufrecht, die Beine gespreizt, die Arme auseinander, und machte die Bewegung eines Mannes, der seine Ketten sprengt.

Das Bärchen ging als Erster hinaus. Ohne ein Wort zu sagen, wandte er dem Schandfeld den Rücken. Mike setzte seine Mütze wieder auf. Und sah mich an. Ich hielt seinem Blick stand. Enttäuscht verzog er das Gesicht. Er passierte die Tür und der Tod mit ihm. Auch die beiden anderen verließen das Zimmer. Auf der Straße drehte der Ältere sich um. Flanagan, glaube ich. Ich war ihm in Long Kesh begegnet.

»Du weißt, wo du uns findest, Meehan, warte nicht zu lange.«

Dann ging er hinaus.

Ich wartete. Die Tür stand weit offen. Eine Nachbarin tauchte auf, ein Wolltuch um den Kopf. Sie machte eine Handbewegung und schloss sie leise.

Sheila hatte sich nicht gerührt. Lag immer noch an der Wand, die Hände schützend um ihren Nacken gelegt. Sie zitterte, das linke Bein zuckte. Sie stöhnte. Ich kniete mich neben sie, legte mich dann in ihrem Rücken selbst auf die Seite, in Löffelchenstellung, wie sonntagmorgens, wenn wir

Zeit hatten. Nahm sie in die Arme. Drückte sie ganz fest. Ihre Haare in meinem Gesicht, ihre Finger in meinen, ihr welker Geruch. Mein Atem wartete auf ihren, um wieder einzusetzen. Ich glühte. Sie war eisig.

Ihre Stimme. Eine Schmerzensstimme.

»Was hast du getan, kleiner Mann?«

22

Morgens waren unsere Milchflaschen zerbrochen. Glassplitter auf dem Treppenabsatz und den steinernen Stufen. Brady, der Milchmann, hatte zum Zweiten IRA-Bataillon gehört. Er war ein tapferer Mann. Ich konnte mir nicht vorstellen, dass er frühmorgens Flaschen gegen die Hausmauer warf.

»Sicher einer von den Jungen«, murmelte Sheila.

Ja, sicher.

Sheila ging zu Terry Moore, dem kleinen Gemischtwarenladen an der Ecke, um Brot und unsere Zeitungen zu holen. Terry hatte mit mir in Crumlin gesessen, sein Sohn Billy war meinem nach Long Kesh gefolgt. Jeden Morgen legte uns Terry vier Zeitungen zur Seite, seit Jahren. Zuerst die »Irish News«, die Zeitung der katholischen Gemeinde Nordirlands. Dann den »Newsletter«, deren protestantischen Konkurrenten. Schließlich den »Guardian« und die »Irish Times«, die in London und Dublin herausgegeben wurden. Alle Bewohner des Viertels bestellten ihre Zeitungen, das war so üblich. Sorgfältig schrieb Terry mit blauem Kugelschreiber die Familiennamen an den Rand. Am Ende der Woche beschriftete er, wenn er in Form war, unser Bündel mit »Ronnie« oder »Weeman«. Ein schlichtes »Meehan« zeigte, dass es ein Problem gab zwischen uns, ein Wort zu viel nach dem Glas zu viel. Das hielt nie lange an. Am nächsten Morgen kritzelte er einen kleinen Kinderkopf mit meinem Vornamen auf das Zeitungspapier und so etwas wie »Gib mir ein Guinness aus, und wir reden nicht mehr darüber«. Das war unsere Art, Frieden zu schließen.

An diesem Freitagmorgen, dem 15. Dezember 2006, kam Sheila mit Brot, aber ohne Zeitungen wieder.

»Wieso hat er sie nicht zurückgelegt?«

»Er hat sie nicht zurückgelegt. Das ist alles, was er gesagt hat.«

»Sonst nichts? Sicher?«

Ja, sicher. Sie erzählte von dem Schweigen im Laden, von Éirinns Blick hinter dem Tresen, von Terrys Verlegenheit. Er habe ihr das Paket mit Brot, Eiern, Schinken und Würsten überreicht. Als sie die Hand nach dem Zeitungsstapel auf dem Glastisch ausgestreckt habe, habe der Händler mit gesenktem Blick gemurmelt: »Heute nicht, Sheila.«

»Warum?«

»Du hast was zum Frühstück, sei froh.«

Ich sprang vom Tisch auf, wutentbrannt. Ich wollte zu Terry, dem Gemischtwarenhändler, zu Brady, dem Milchmann, zu jedem einzelnen Nachbarn. Was sie für ein Problem mit uns hätten? Ob wir nachts zu laut gewesen seien? Schlecht über wen geredet, jemandem geschadet hätten? Ich wollte los, durchs Viertel laufen, die Fäuste voller Fragen, doch Sheila hielt mich auf. Ich fiel in meinen Sessel zurück. Sie nahm mich bei der Hand und kniete sich vor mich hin.

»Wenn du reden willst, rede mit mir. Wenn du nicht willst, kann ich es verstehen, aber ich bitte dich, Tyrone, lüg mich nicht an.«

Sie stand auf. Ließ Wasser in eine Schüssel laufen und schrubbte mit einer Bürste kniend die Milch von der Türschwelle.

Ich nahm meinen Mantel, wickelte mir einen Schal um den Hals und zog meine Mütze tief ins Gesicht. Es regnete. Ein Dezemberregen mit eisigen Böen vom Hafen her. Hinter mir kratzten die Rosshaarborsten auf dem Zement. Wenn das Unglück umging, betäubte Sheila sich mit Haushaltsarbeiten. Wischte Staub, putzte, wienerte unsere kleine Welt und segnete jeden kleinen Gegenstand dafür, dass er da war.

Ich ging durch die Falls Road, an den feindseligen Backsteinen entlang, und hielt mit einem Nicken ein Gemeinschaftstaxi an, das nach Andytown hochfuhr. Ich kannte den Chauffeur, Brendan, ein ehemaliger Häftling wie die meisten Taxifahrer im republikanischen Viertel. Der Pfarrer von St. Joseph saß vorn neben ihm. Auf dem Rücksitz eine junge Frau mit einem Kind auf dem Schoß zwischen einer Schülerin in Uniform und einem alten Mann. Ein Junge belegte den Notsitz gegenüber. Der andere war leer. Die Schülerin klappte ihn herunter und überließ mir ihren Platz. Niemand sagte ein Wort. Durch das offene Trennfenster hörte man das Radio. In Belfast regnet es, meldete der Sprecher, von sanfter Musik umspült.

»Das wussten wir schon«, lächelte der Pfarrer.

Der Chauffeur schaltete das Radio aus. Schweigen senkte sich herab. Ich bekam immer weniger Luft. Ich beobachtete das Mädchen, den Jungen, stahl ein Leuchten aus den Augen der Frau. Fragte mich, ob sie Bescheid wüssten. Ob alle es wüssten. Ob sich die Neuigkeit von Straße zu Straße bis zum Hafen ausgebreitet hätte. Ob das Bärchen und O'Doyle nachts, nachdem sie mein Haus verlassen hatten, die Stadt aufgewiegelt hätten. Ich lächelte dem Baby zu. Die junge Mutter erwiderte meine freundliche Geste. Diese Grabes- stille galt mir. Als ich in den Wagen gestiegen war, hatten alle geplaudert, da war ich mir sicher. Ich meinte sogar gesehen zu haben, wie sich Pater Adam nach hinten umwandte und mit den anderen lachte. Jetzt saßen alle steif da. Ein Leichen- wagen.

Wir fuhren an der Parteizentrale der Sinn Féin vorbei, an Falls Park, dem Royal-Victoria-Krankenhaus. Die Schülerin drehte sich um und klopfte mit einem Zwanzig-Pence-Stück an das Trennfenster. Das Taxi hielt an. Ich begegnete Bren- dans Blick im Rückspiegel. Ich kannte diesen Blick. Diese Verachtung, die immer dem Feind gegolten hatte. Ich lächelte ihn an. Nur so, blinzelte und hob leicht den Kopf. Er reagierte nicht. Verkuppelte sich. Der Motor protestierte heftig.

»Ach, Scheiße!«

Der Pfarrer gab ihm einen leichten Schlag auf die Schulter.

»Brendan!«

»Verzeihung, Pater, ist mir so rausgerutscht.«

Er streifte mich kurz mit den Augen. Verschloss sich gleich wieder und heftete den erloschenen Blick auf den Regen.

Ich stieg beim Milltown-Friedhof aus. Als ich an dem Blu- menladen vorbeikam, kaufte ich einen Strauß Trockenblu- men. Ich ging zwischen den Gräbern, den Freunden im repu- blikanischen Teil hindurch. Schenkte den Hungerstreiktoten zwei gelbe Margeriten. Und eine Jim O'Leary, dem großen »Mallory«, unserem Sprengmeister, meinem Freund, der am 6. November 1981 für Irland gestorben ist.

Anschließend verteilte ich die Blumen zufällig, wie ein Kind, das aus Angst, sich zu verirren, Steinchen fallen lässt. Aufrecht, wie ein alter Soldat in Habtachtstellung, murmelte ich jedes Mal einen Gruß. Bye bye, Bobby. Bye bye, Jim. Dann setzte ich mich auf das Grab von Tom Williams, eine tragische Stele.

Die Wolken bedrängten die Hügel. Der Regen zog schwarze Kratzer in den Sandstein der Statuen. Drei Strahlen Sonne. Dann wieder das Dunkel. Der Himmel schloss sich wie ein Trauervorhang.

Ich ging zum Tor. Drehte mich um. Und sagte Milltown Lebewohl.

Auf der anderen Seite der Falls Road liegt der städtische Friedhof. Ein Ort der Ruhe, ohne diese gemeinsame Geschichte. Dort stirbt man am Grau, nicht an der Trikolore. Die Köpfe hängen, die Herzen erheben sich nicht. Dort werden die begraben, die nicht wir sind. Und dort gehe ich hin, weil ich ein anderer bin.

*

Nach Einbruch der Nacht beschloss ich, mich der IRA zu stellen.

Als ich nach Hause kam, erwartete Sheila mich in meinem Sessel. Der Fernseher war aus, sein Schweigen verblüffte mich. Ich blieb stehen, eine letzte Margerite in der Hand. Die war wie ich, ihr Kopf hing. Sheila stand auf. Ich gab ihr die Blume. Ich wollte reden, aber sie legte mir die Fingerspitzen auf die Lippen. Keine Lüge. Wahrheit oder Schweigen, hatten wir gesagt. Also war Schweigen ihr lieber. Ich wollte hinauf ins Zimmer, um ein paar Sachen zu packen. Aber meine Tasche stand schon fix und fertig neben dem Sessel. Sheila nahm sie und hielt sie mir hin. Sie wusste nichts, aber sie ahnte alles. Obenauf Geld, ein Sandwich mit Zwiebel und Ei, eine Flasche Wasser.

Und der Schlüssel von Killybegs.

Das Wohnzimmer war dunkel, die Vorhänge zugezogen. Nur die kleine Lampe mit dem Schriftzug »Paris« auf dem nachtblauen Sockel, die auf der Anrichte stand, hatte Sheila eingeschaltet. Sie hatte mir das Foto von der Schlafzimmerwand in die Manteltasche gesteckt, ein Lächeln von uns dreien, als Jack sechs Jahre alt war und den schwarzen Plastikhelm eines Londoner Bobbys aufhatte. Dann wickelte sie mir den Schal neu. Gab mir die Wollhandschuhe, die ich auf dem Tisch am Eingang liegen gelassen hatte. Ich fürchtete kurz, sie würde weinen, aber sie weinte nicht. Nicht da, nicht vor mir. Sie hatte sogar so ein bleiches Lächeln aufgesetzt, wie man es am Krankenhausbett einem Sterbenden schenkt. Ich umarmte sie. Sie schob mich leicht von sich und nahm meine Hände. Und küsste sie, eine nach der anderen, wobei sie mir tief in die Augen schaute. Dann seufzte sie, griff in ihre Westentasche und überreichte mir den Rosenkranz meiner Mutter, abgenutzt in vielen Gebeten, die schwarzen Perlen glänzend wie Schrotkugeln.

Mama war am 29. September 1979 nachts in Drogheda gestorben, mit einem Lächeln auf den Lippen. Morgens um fünf war sie aufgestanden und zu Fuß bis zum Phoenix Park gegangen, wo Johannes Paul II. sprechen sollte.

Baby Sarah war vierzig und lebte im Salesianerinnenkloster St. Teresa's in der Grafschaft Meath. Sie hatte Mama zu dieser Busreise der Ordensschwestern eingeladen. Bei strahlendem Wetter hatten sie in der Sonne gebetet.

Abends kam Mama mit Fieber nach Hause. Sie betete leise. Seit sie allein lebte, besuchten die Nachbarinnen sie, bevor es dunkel wurde. Immer abwechselnd. An diesem Abend hatte Mama sich zum Ausgehen angekleidet: ihr schwarzes Kirchgangskleid mit dem weißen Kragen, Spitzenhandschuhe und Lackschuhe. So hatte sie sich auf ihr gemachtes Bett gelegt, das Bild der Jungfrau an ihre Brust gedrückt und zwei Kerzen auf dem Boden angezündet. Der Rosenkranz lag auf dem Nachttisch in einem blauen Umschlag.

»Für Sheila Meehan, die es sehr nötig hat«, hatte Mama darauf geschrieben.

So hatte die Nachbarin sie gefunden. Der Arzt sagte, meine Mutter sei an nichts gestorben. Sie sei einfach so gestorben.

»Wenn man sterben will, muss man nur darum bitten«, hatte sie oft gesagt.

Als ich unsere Haustür öffnete, um zu gehen, rührte Sheila sich nicht.

Dreh dich nicht um, Tyrone. Schau nicht zurück. Schließ dein Leben geräuschlos. Die Nacht. Meine Straße. Mein Viertel. In der Ferne das erste betrunkene Gegröle. Das Fettpapier, das der Regen mir ans Bein klebt. Der Geruch von Belfast, diese köstlich widerliche Mischung aus Regen, Erde, Kohle, Dunkel, Elend. Diese durch Waffenlärm gewonnene Stille. Der wiedergekehrte Friede. Meine Pubs, meine Spuren, meine Schritte. Ich drückte das Tor zu dem Platz auf, auf

dem das Memorial für das Zweite Bataillon der Belfast-Bri-
gade stand. Die Fahne blähte sich im Wind wie am Mast eines
Schiffes. Die Liste unserer Märtyrer war in den schwarzen
Marmor graviert.

Vol. Jim O'Leary

1937–1981

Im Kampf gefallen

Ich sprach seinen Namen aus. Und andere.

Die Liste war von zwei Silhouetten umrahmt: IRA-Soldaten mit erhobenem Kopf, die Hände auf die Kolben ihrer
Gewehre gestützt, deren Läufe am Boden standen. Ich strich
mit dem Finger über den Stein, um ihn zu hören. Als Kind
hatte ich der alten Ulme und der großen Tanne meines Vaters gelauscht, die Hände an ihrer Rinde. Hatte die warmen
schwarzen Steine des Kamins befragt und das fettige Kiefern-
holz, mit dem das »Mullin's« getäfelt war. Und mich für einen
Zauberer gehalten.

Ich klingelte. Mike O'Doyle öffnete mir. Sah meine Tasche.
Und nickte.

»Ich komme«, sagte er.

Er bat mich nicht hinein.

Durch die geöffnete Wohnzimmertür hörte ich ihn telefo-
nieren. Meine kleine Patentochter Abbie schaute durch einen
Spalt im Vorhang. Sie musste auf dem Sofa knien. Sie sah
mich, erkannte mich und winkte mir lächelnd zu.

»Da ist Onkel Tyrone!«

Ich konnte meinen Namen von ihren Lippen ablesen.

Mike stand mit dem Gesicht zur Wand, den Hörer am
Ohr. Mit einer Hand streifte er sich die Jacke über. Die Klei-

ne klopfte mit dem Zeigefinger ans Fenster. Und bedeutete mir, dass ich hineinkommen solle. Ich schüttelte den Kopf. Nein, mein Schatz. Es ist spät. Ich kann nicht. Ich zog ihre Lieblingsgrimasse, die Hand wie ein Fernrohr vor dem Auge und den Piratenmund mit meinen schlechten Zähnen. Lachend drehte sie sich um, um ihrem Papa davon zu erzählen. Doch der winkte ungeduldig ab. Das Mädchen machte den Vorhang weiter auf und präsentierte mir mit einer ausholenden Handbewegung den Weihnachtsbaum in der Zimmerecke. Lächelnd unterdrückte ich ein Schluchzen. Was für eine schöne Tanne, kleine Abbie! Ich hob den Daumen. Sie klatschte in die Hände. Mike räumte sein Handy weg, ging zu seiner Tochter und sah mich an. Wie er da stand in dieser Wärme, diesem starken Glück. Und ich in der eisigen Nacht, meinem Winter. Eine Scheibe trennte uns. Ein weißer Spitzenvorhang, von einer Kinderhand gehalten. Der dunkle Mike, die leuchtende Abbie. Der Wissende und die Unwissende.

»Unsere Rache wird das Leben dieser Kinder sein«, hatte ich an Dannys Grab gesagt.

Und so geschah es, Abbie.

Als Mike den Vorhang vor den Augen seiner Tochter zuzog, schloss ich meine. Ich würde diesen Moment bewahren. Diese Sorglosigkeit, diese Unschuld und diese Liebe zu mir.

*

Der erste Wagen hielt auf dem Bürgersteig, ohne Licht, zwischen der Haustür der O'Doyles und der Straße, wie damals die britischen Panzerwagen, die eine Verhaftung geheim halten wollten. Ich kannte den Fahrer, Rorry, einen aus dem Viertel Short Strand. Er hatte den Zündschlüssel stecken lassen. Daneben Cormac Malone, Mitglied des Zentralkomitees der Sinn Féin und Freund seit jeher. Seine Anwesenheit beruhigte mich. Ich war in den Händen der Partei, nicht der Armee ausgeliefert. Keiner der beiden wandte den Kopf. Konzentriert schauten sie vor sich hin, wie auf einer Autobahn im Regen. Hinten saß Peter Bradley, »Pete, der Killer«, der mehr Zeit in englischen Knästen verbracht hatte als in seinem Wohnzimmer.

Pete kämpfte nicht gegen die Engländer, er hasste sie. Er machte keinen Unterschied zwischen einem Soldaten und einem Kind. Sie töteten unsere Kinder – also mussten wir ihre töten. Schlag um Schlag, Schmerz um Schmerz. Er verwechselte Loyalisten mit Protestanten. Wie für die Rassisten von gegenüber jeder Katholik die IRA in sich trägt, war für ihn kein Presbyterianer unschuldig. Bradley hatte panische Angst vor dem Frieden. Der Krieg war sein Leben. Nach dem Waffenstillstand hatten sich einige solcher Bradleys abgespalten und dem Häufchen angeschlossen, das sich weigerte, die Waffen niederzulegen. Das war auch für ihn eine Versuchung. Aber er tat es nicht. Die IRA blieb auch nach ihrer Auflösung seine Armee, und wir waren seine Chefs. Nur im Pub rief er manchmal lauthals Bobby Sands an, weil »der Typ« den Kampf fortgesetzt hätte.

Am Freitag, dem 17. Mai 1974, hatte Peter Bradley mit seiner Verlobten Niamh Dublin besucht. Zum ersten Mal in ihrem Leben überschritten sie die Grenze. Da war er einundzwanzig und sie neunzehn. Ihre Hochzeit war für den 14. September geplant. Sie besichtigten das Hauptpostamt in der O'Connell Street, wo Connolly und seine Leute Ostern 1916 die provisorische Regierung der irischen Republik ausgerufen hatten. Sie küssten sich auf der Ha'penny Bridge, dem Steg der Verliebten über den Liffey. Sie gingen die Grafton Street hinauf und träumten davon, reich zu sein und zu studieren. Pete kaufte sich ein Paar Schuhe und Niamh eine weiße Bluse. Um siebzehn Uhr dreißig, als die erste Bombe explodierte, spazierten sie durch die Parnell Street. Die zweite Bombe fegte die Talbot Street hinweg. Die dritte zerstörte die South Leinster Street. Niamh wurde von der Wucht der Bombe mit dem Kopf gegen eine Wand geschleudert und zerrissen. Als die Feuerwehr und die *Garda Síochána* eintrafen, tröstete Peter die Tote und versuchte, ihren Arm wieder anzukleben.

Eine Stunde später explodierte eine Bombe in Monaghan, einer Stadt an der Grenze. Siebenundzwanzig Tote in Dublin, sieben in Monaghan. Darunter eine Schwangere, eine Italienerin, und eine jüdische Französin, Tochter von KZ-Überlebenden.

Die Ulster Defence Volunteers, eine loyalistische Miliz, hatten beschlossen, den Krieg in die irische Republik zu tragen. Das machten sie auch, auf ihre Art, ohne Vorwarnung. Sie wollten einfach Papisten töten. Die britischen Sicherheitskräfte wurden beschuldigt, ihnen geholfen zu haben.

An diesem Tag wurde Peter Bradley, zwischen Blut und Fleischfetzen sitzend, zu »Pete, dem Killer«. Er kämpfte nicht mehr für die Freiheit Irlands, sondern um Niamh zu rächen, seine eigene Jugend und sein in Stücke gerissenes Leben.

Neben ihm im Wagen hockte Eugen Finnegan, das Bärchen. Er öffnete die Tür und stieg aus, damit ich zwischen ihnen auf der Rückbank sitzen konnte. Die Hitze im Wagen war erstickend, aber mich begrüßte der Duft von Cormac Malone. Ein Eau de Toilette, das ich ihm aus Paris mitgebracht hatte. An solchen Kleinigkeiten, winzigen Hoffnungen, hielt ich mich fest. Warum parfümierte er sich damit, wenn er mich begleiten sollte? Was wollte er mir damit sagen? Dass ich nichts zu befürchten hätte? Dass er mein Freund sei? Ich suchte im Spiegel der Frontscheibe seine Augen. Er hatte den unbeteiligten Blick der Fußgänger auf dem Bürgersteig.

Ein zweiter Wagen hielt gegenüber. Ein kurzes Aufblinken der Scheinwerfer. Mike lief hin und nahm vorne Platz. Das Bärchen stieg ein und setzte sich neben mich. Er rempelte mich und drückte mich gegen Pete. »Der Killer« legte mir seine Hand aufs Knie. Wie eine Pranke. Ich war sein Gefangener, und das sagte er mir mit seinem Klammergriff.

Wir fuhren mitten durch unsere Viertel, die vertrauten Straßen entlang. Ich kannte sie, wie man Menschen kennt. Jedes Haus mit seiner Geschichte, jede Tür mit ihrem Geheimnis. Sie schienen mir Zeichen zu geben, sich zu verneigen. Und ich verabschiedete mich von ihnen.

An dieser Straßenkreuzung hatte es 1972 Cormac Malone eines Abends fast erwischt. Seither machte er immer die Augen zu, wenn er vorbeikam. Auch in dieser Nacht sah er weg. Die Loyalisten waren mit Autos aus Shankill gekommen. In voller Fahrt eröffneten sie das Feuer aus einem Fenster, ohne sich um den alten Mann zu kümmern, der mit Cormac sprach. Cormac sah sie. Warf sich auf den Alten, riss ihn mitsamt seinem Stock und seinem Gemüse zu Boden, deckte ihn mit seinem Körper, aber es war zu spät. Drei Kugeln im Rücken, zweitausend Menschen auf der Beerdigung. Cormac hasste den Überlebenden, zu dem er geworden war.

Unter dieser Laterne in der Springfield Road wurde im Oktober 1974 Denis O'Leary, der dreizehnjährige Sohn von Cathy und Jim, von einer Plastikkugel getroffen, die aus einem Panzer abgefeuert worden war. Er wollte gerade Milch aus dem Laden holen. Und starb auf der Straße, einen Fünf-Pfund-Schein fest in der Hand.

In diesem kleinen Garten, an dieser rot gestrichenen Tür in der Beechmount Street, hatte mir Ende Februar 1942 ein IRA-Mann meine erste Pistole anvertraut.

Wir überquerten die Grenze am Samstag, den 16. Dezember 2006, um sechs Uhr morgens. Petes Hand im Klammergriff um mein Knie. Cormac hatte geschlafen, das Bärchen auch, laut schnarchend, die Stirn an die Scheibe gelehnt. Wir waren in der Republik Irland. Ich kehrte heim.

Die Partei hatte einen Raum in einem Dubliner Hotel reserviert und eine Pressekonferenz einberufen. Sinn Féin wollte zeigen, dass die Briten ihren schmutzigen Krieg weiterführten. Dass sie nach dem Versuch, unseren Widerstand zu zerschlagen, ihn nun unterwanderten und einige seiner Mitglieder bestachen.

Alle hatten sich beim Aussteigen aus dem Auto eine Krawatte umgebunden. Ich war der Einzige mit offenem Hemd, wie ein Untersuchungshäftling am frühen Morgen. Der Saal war voll. Ich ging hinein, frei, aber umringt von den Männern.

Mir schwindelte. Die Kameras, die Mikrofone, all diese Journalisten, die gleichzeitig redeten. Was wussten sie von mir? Von unserem Kampf? Was machten sie hier? Was wollten sie hören? Erfahren? Berichten? Für sie war der Krieg ganz einfach zu erzählen: die guten Briten, die bösen Terroristen. Alles war gesagt. Sie glaubten nicht an den Waffenstillstand. Sie holten ihre Schlagzeilen aus dem großen Sack der Zweifel: »Manöver« hieß es dann oder »Taktik«. Als sie das Offensichtliche anerkennen mussten, verwechselten sie politischen Willen mit militärischer Kapitulation und wandten sich von uns ab. Frieden? Uninteressant. Hoffnung lässt sich schwerer verkaufen als Angst. Und jetzt bekamen sie plötzlich, ohne Vorwarnung, neues Futter, einen Verräter, einen Spion, ein Schaudern. Ein bisschen alten Kriegsmief.

Cormac ging hinter mir, begleitet von einem anderen Leiter des Zentralkomitees. Sie blickten ernst und düster. Als mir die Mikrofone entgegengestreckt wurden, legte ich ein Geständnis ab. Nicht mehr. So würden die Briten erfahren, dass ich mich ergeben hatte.

»Ich heiße Tyrone Meehan. Ich bin ein britischer Agent. Ich wurde vor zwanzig Jahren angeworben, in einem heiklen Moment meines Lebens. Ich wurde für meine Informationen bezahlt ...«

Ich holte tief Atem. Ich bekam wieder Luft. Endlich. Es war vollbracht. Diese Beichte steckte mir seit all den Jahren im Hals. Tag und Nacht hatte ich sie wiederholt. Leise auf der Straße, an den Kneipentheken, in unseren Aufmärschen unter der Trikolore. Aus den Augenwinkeln gemurmelt. Vor Sheila, Jack, meinen Kameraden, meinen Freunden. Ich hätte mir so sehr gewünscht, dass jemand sie hört. Und ich hatte so darum gebetet, dass niemand davon erfährt. Abends sehnte ich mich nach Erlösung. Morgens hielt ich mich immer noch ein bisschen für den großen Tyrone Meehan.

Nach meinem Geständnis brachten mich die Männer hinaus, verfolgt von Dutzenden Fragen. Ich setzte mich wieder an meinen Platz zwischen Pete und dem Bärchen. Meine Hände zitterten ein wenig. »Der Killer« packte mich nicht am Knie. Sie brachten mich aufs Land, ein paar Kilometer hinter Dún Laoghaire, zum Verhör durch die IRA. Sie hatten nicht begriffen, dass ich diese seelenlose Beichte vor der Presse auch an mein eigenes Lager gerichtet hatte. Ich würde stumm bleiben. Ich hatte schon zu viel geredet. Jetzt war es für mich an der Zeit zu schweigen.

*

Am 20. Dezember, nach vier Tagen Verhör, stand ich um neun Uhr wieder auf der Straße. Sie hatten mich nicht geschlagen, nicht einmal grob behandelt. Sie wollten nicht mehr.

»Wir hören auf, Tyrone«, sagte Mike, nachdem er die Kamera ausgeschaltet hatte.

»Ich darf gehen?«

»So ist es.«

Also ging ich. An den Hafen, in die Stadt. Mit schwarzer Brille und tief in die Stirn gezogener Mütze, wie damals als Soldat. Mein Foto war durch die Zeitungen gegangen. Noch verirrte es sich manchmal ganz unten auf eine Seite. Zwei Gesichter nebeneinander, der junge Tyrone und der Drecksack. Der strahlende Junge inmitten anderer Kämpfer mit seinem Schmugglerlächeln im Gefängnis von Crumlin. Und der stumpfe Greis zwischen Mike und Eugene, glanzlos, unfrisiert, mit rissigen Lippen und leerem Blick, umringt von Mikrofonen wie von den Gewehren eines Erschießungskommandos. Ein Knäuel Angst. Zu dieser Zeit fantasierten Thekenhelden vom Norden bis in den Süden Irlands davon, mir ein paar Löcher in den Pelz zu brennen. Mein Name dröhnte durch die Kneipen, Augen suchten nach mir. Andere schworen, mich gekannt zu haben, und wurden ohne Ende im nationalen Fernsehen interviewt.

»Haben Sie wirklich nichts davon geahnt?«

Sheila hatte hundertfünfzig Euro in meiner Tasche versteckt. Drei gefaltete Fünfziger in der Papierserviette um mein Sandwich. Ich fuhr mit dem Bus bis ins Zentrum von Dublin. Mit Bauchschmerzen und Kopfschmerzen. In dieser Stadt hatte ich mich nie sicher gefühlt, jetzt war ich zu einer Bedrohung geworden. Ich wollte mit dem Bus nach Donegal, um den Bahnhof zu meiden. Außerdem fahren weniger Menschen mit dem Bus. Sobald man sitzt, ist man in Sicherheit. Der erste »Bus Éireann« fuhr um dreizehn Uhr. Ich setzte mich ganz nach hinten, links, um dem großen Rückspiegel des Fahrers zu entgehen. Ich aß Sheilas weiches Brot mit Solei und Zwiebeln. Ein paar Sitze weiter lag mein Foto aufgeschlagen. Ich kauerte mich auf meinem Sitz zusammen. Ich musste schlafen.

In Navan schloss ich die Augen. Nur für ein paar Minuten. Virginia, Cavan. Mein Land glitt schweigend vorbei. Bei jedem Halt drehte ich mich zum Fenster, die Hand vor der Stirn. Ballyconnell, Ballyshannon, der Fahrer machte sich über die Schafe auf der Straße lustig. Über einen umgestürzten Baum. Über die amerikanische Touristin, die in Pettigo eingestiegen war und das Innere des Busses fotografierte.

»In Irland kosten Bildrechte einen Euro pro Passagier«, murmelte er ins Mikrofon.

Sie errötete und entschuldigte sich drollig. Bis sein Lachen sie beruhigte.

Wir durchquerten Donegal. Es fing an zu dämmern. Ich fühlte die Grenzen meiner Kindheit in mir pochen. Fast fünf Stunden Fahrt.

»Killybegs! Upper Road«, rief der Fahrer, ein kleiner bäuerlicher Rothaariger mit einer blauen Brille, die er von einem Studenten am Trinity College geliehen haben könnte.

Ich zog mir den Schal über den Mund und ging stumm zur Tür. Ich war der Einzige, der hier ausstieg. Die Tür öffnete sich nicht. Ich war gezwungen, nach vorn zu schauen und den Fahrer anzusehen. Endlich betätigte er den Knopf.

»Viel Glück!«, rief er.

Auf dem Trittbrett drehte ich mich noch einmal um. Er beobachtete mich. Ich nickte. Als Busfahrer sagt man Auf Wiedersehen. Bis bald. Hoffentlich regnet es nicht. Aber doch nicht »Viel Glück«. Ich gab keine Antwort. Er nickte und schloss die Tür hinter mir.

Ich ging durch das Dorf. Zum Haus meines Vaters. Gebeugt, mit schmerzenden Beinen, von allem müde. Es war noch nicht dunkel, als ich den Lehmweg erreichte. Die große Tanne, das alte Schieferdach. In den Brombeeren lag ein Eimer Teer und ein breiter Pinsel.

»Verräter!«

Die Schrift zog sich über die gesamte Fassade.

Aufgebrochen war nichts. Der Schlüssel drehte sich im Schloss. Ich ließ die Fensterläden zu, legte Riegel und Kette vor die Tür. Im Regal waren noch etwa zehn Kerzen und eine Flasche Spiritus für die Lampe. Ich zündete einen Kerzenstummel an. Man sollte das Licht nicht von der Straße aus sehen. Ich zog mich nicht aus. Ließ Schal, Mütze und Handschuhe an. Der Kamin müsste bis morgen warten. So, wie ich war, ging ich mit Schuhen ins Bett und legte noch Jacks Decke auf unsere drauf. Schraubte meinen Flachmann auf. Halb leer. Den Rest Wodka trank ich in einem Zug. Um mein Feuer zu entfachen. Ich lauschte der Stille. Dem Winter meiner Kindheit, als Weihnachten noch weit weg war. Brachte einen Trinkspruch auf meine Rückkehr aus. Auf das Unglück meiner Mutter. Und die Fäuste meines Vaters. Sah meine Geschwister zusammengedrängt in dem großen Bett, auf dem Strohsack am Boden. Zählte ihre Schatten in der Dunkelheit. Seid alle gegrüßt, meine Lieben. Die Nacht wird lang. Die längste Nacht, die ein Mann je erlebt hat. Auch wenn er aufsteht, wird es nicht wieder Morgen. Nicht Frühling noch Sommer, nur noch Nacht.

23

KILLYBEGS, MITTWOCH, 4. APRIL 2007

Die Explosion hat mich heute Nacht um drei aus dem Schlaf gerissen. Grell, mit dröhnenden Echos. Ein Blitz. Ein zerborstener Baum im Wald. Ich schwitzte. Machte das Feuer wieder an, zog eine Jacke über den Schlafanzug. Trank ein Bier und schaute in die Flammen.

Gestern Abend habe ich beim Schlafengehen gesungen. Und über meine Stimme gestaunt. Ich saß im Bett, eine Biografie von James Connolly vor mir auf der Decke. Und spitzte die Ohren, als wäre jemand anders hereingekommen. Das kam von dem Bier, dem Wodka, der Anspannung und dem Rausch. Ich sang leise vor mich hin, wie man sich vergisst. Legte mich hin und las. Eine Seite zum Einschlafen. Connolly, vom Feind verwundet und vom Feind verarztet, konnte sich am Tag seiner Hinrichtung, dem 12. Mai 1916, nicht auf den Beinen halten. Also wurde er auf einem Stuhl erschossen. Der Chirurg, der sein Bein gerettet hatte, fragte ihn an diesem Tag, ob er, Connolly, nicht für ihn beten könne. Und für die anderen, die ihn hinrichten würden.

»Ja, mein Herr«, hatte Connolly geantwortet, »ich werde für alle Anständigen beten, die ihre Pflicht tun, gemäß dem, was sie vom Leben verstanden haben.«

Das habe ich mir gleich noch einmal laut vorgelesen.

»Gemäß dem, was sie vom Leben verstanden haben.«

Connolly hat für seine Henker gebetet, weil sie meinten, nur ihre Pflicht zu tun. Ich stand auf, riss die Seite heraus und klebte sie in mein Heft. Dann trank ich noch ein Bier. Das letzte, das immer vor dem nächsten kommt. Ein Helles, leicht wie Wasser. Verstärkte es mit Wodka. Und trank noch ein paar Halbe aus Schnaps und Bier zu gleichen Teilen.

Dann war ich betrunken eingeschlafen und panisch hochgeschreckt. Das war kein Blitz. Ein von Stahl und Eisen zerfetzter Schrei. Nicht weit vom Haus, vielleicht auf dem Weg. Ich nahm eine Taschenlampe und Séannas Schläger, umkrampfte die Schlaufe. Draußen war es finster. Nichts, nur ich allein. Ich ging ums Haus. Hinter mir ein Geräusch. Das Rauschen des Waldes. Ein Fuchs auf der Jagd, eine Maus.

»Hier bin ich!«

Ich brüllte.

»Tyrone Meehan ist hier!«

Der Meerwind spielte mit meinen Haaren.

»Ich erwarte euch, ihr Schweine.«

Ich befragte den Himmel. Er sagte nichts von Gewitter. Der Mond streichelte die Steinmauern und die Gipfel der Hügel. Eine nächtliche Explosion hatte mich geweckt, das Getöse der Erinnerung. Das Schnappen der Gewissensbisse, das die Träume zerreißt.

Ich ging ins Haus zurück und öffnete die Wodkaflasche. Gluck, gluck, gluck. Ja, genau so. Das Zischen der Bierdosenlasche. Ich mischte bis zum Rand. Noch betrunken von gestern, schon betrunken von heute. Wer sollte was dagegen haben? Ich spreche hier mit Ratten. Asseln sind meine Freunde. Mein Brot teile ich mit Ameisensoldaten. Ganze Einheiten setzen sich auf meinen Befehl in Marsch. Im Haus meines Vaters bin ich der Oberbefehlshaber. Ich reiße den Vorhang und das Fenster weit auf. Ich will, dass sie mich sehen aus der Mitte der Nacht. In ein paar Stunden wird eine weiße Helligkeit am Horizont sein. Die ersten Vögel. Verzeihendes Licht. Ein neuer Tag, und ich noch am Leben.

*

Es war keine Explosion, die mich geweckt hat, sondern ihr Echo. Die ewige Erinnerung an diese Mischung aus zehn Kilo Ammoniumnitrat, Diesel und TNT, die Jim in einer eisernen Mülltonne voller Nägel, Bolzen, Eisenspäne, Glassplitter und Stahlkugeln zusammengebraut hat.

Das war Ende Oktober 1981. Der Hungerstreik war ein paar Tage zuvor beendet worden. Wir lechzten nach Vergeltung. Jim hatte drei ähnliche Bomben gebaut, die im ersten Stock eines verfallenen Hauses in den Divis Flats versteckt waren. Der Logistik-Verantwortliche hatte ihn um eine Fernsteuerungsvorrichtung gebeten. Die erste Bombe sollte am 11. November explodieren, um die Gedenkfeiern zum Ende des Ersten Weltkriegs zu stören. Die IRA hatte beschlossen, dass das Attentat während des Empfangs im Rathaus auf einem Parkplatz ein paar Straßen weiter stattfinden sollte.

Ich habe Bomben nie gemocht. Für mich war »Bombe« seit dem Weltkrieg und dem Luftkrieg über Belfast ein deutsches Wort. Mir gefällt die Vorstellung von einem programmierten Tod nicht.

»Bomben sind die Waffen der Armen«, verteidigte sich Jim.

Im Rausch sagte er einmal, ein Bombenleger sei ein Fragensteller. Der ganze Pub lachte. Ich nicht. Eine Bombe tötet nicht, sie schändet Leichen. Zerreißt und zerstückelt sie. Ich bin mir nicht einmal sicher, ob die Seele das überlebt.

Ich rief Waldner am 5. November an. Rendezvous auf dem Friedhof, am Grab unseres Patrioten. Ich hätte da was für ihn, aber er solle seine Zusage erneuern. Interessiert sah er mich an. Keine Verhaftungen? In Ordnung. Darüber hätten wir ja bereits gesprochen. Die Zusage gilt? Sie gilt.

»Die IRA plant etwas für den 11. November.«

Der MI5-Agent wurde bleich. Automatisch richtete er die *red poppy* an seinem Kragen, eine Mohnblume aus Papier zu Ehren der im Ersten Weltkrieg gefallenen Soldaten.

»Was?«

»Einen Bombenanschlag. Während der Feierlichkeiten.«

Die Gedenkveranstaltung würde um elf Uhr beginnen. Die Bombe um elf Uhr dreißig gezündet werden, während der Reden. Sie sollte niemanden verletzen, aber mit ihrem Explosionslärm die Feier übertönen.

»Wo wird sie platziert?«

»Nein. Ihr kriegt von mir die Bombe, nicht die Einheit.«

Es sei ziemlich ungefährlich. Ein verfallenes Haus in Lower Falls. Drei unter dem Schutt verborgene Mülltonnen. Selbst wenn die IRA Späher hatte, würde sie nicht eingreifen. Man fängt keinen Kampf an, um Material zu retten.

»Keine Gefahr für dich?«, fragte Waldner.

Ich war gerührt. Ich war also nicht mehr nur Opfer seiner Erpressung, sondern auch Gegenstand seiner Sorge.

»Macht ihr keine Routinekontrollen in den Ruinen?«

»Tag und Nacht«, lächelte der Engländer.

»Die IRA wird nur finden, dass ihr verdammtes Glück habt.«

Waldner verabschiedete sich eilig. Er war nervös. Er reichte mir die Hand, wirklich. Wie man seinesgleichen behandelt.

Als wir uns trennten, fühlte ich etwas Merkwürdiges. Nie hätte ich es mir eingestanden. Aber an diesem Tag und noch ein paar Stunden danach empfand ich so etwas wie Stolz. Dem Feind drei Bomben zu verraten brachte unsere Zukunft nicht in Gefahr. Damit bekämpfte ich den Tod und besänftigte diejenigen, die sich für die Herren hielten.

An diesem Abend vergaß ich im Pub den Verräter.

»Schön, dass es dir wieder so gut geht, Tyrone«, sagte ein alter Kamerad zu mir.

Zu Hause haben Sheila und ich uns geliebt und gelacht.

Am nächsten Morgen, dem 6. November, kaufte ich Blumen und eine Rosenkerze, die ein fliegender Händler in der Castle Street anbot. Auf dem Rückweg sah ich Jim mit Manus und Brenda, zwei der Neuen, die während des Hungerstreiks zu uns gestoßen waren. Jim blinzelte mir zu. Manus hatte gerade den Führerschein gemacht. Der Sprengmeister wollte ihn für den Transport testen. Brenda lächelte mich an. Nach dem Tod von Bobby Sands hatte sie mich gefragt, wie sie sich nützlich machen könnte. Die drei gingen zu dem Versteck. Wenn die Briten in der Nacht wie geplant gehandelt hatten, würde die IRA nur noch die Spuren ihrer Stiefel im Staub sehen.

Ich nahm ein Gemeinschaftstaxi. Ich fühlte mich leicht. Eine Schülerin fragte mich nach Feuer. Dann nach einer

Zigarette. Ich lachte. Ein Mädchen von uns, frech, das Kinn hochgereckt und die Fäuste in den Hüften.

Auf dem Nachhauseweg kam ich an einer Tür vorbei, aus der mich ein Pub des Viertels freundlich ansprach. Ich hatte die Hand schon am Kupfergriff und wollte eintreten, als alles in die Luft flog. Ein Wahnsinnsknall weiter unten in Divis. Auf der Straße stand alles still. Ich erstarrte. Schwarzer Rauch stieg hinter den Türmen auf. Leute rannten auf das Feuer zu. Schwarze Taxen wendeten hupend, um den Opfern zu Hilfe zu kommen. In Belfast flieht man nicht vor dem Unglück, man steht denen bei, die es erwischt.

»Eine Scheißbombe!«, rief der Wirt des Pubs und trat auf die Straße.

Ich wankte zum Gehsteig. Vor meinem inneren Auge sah ich die drei wieder. Jim, Manus und Brenda. Wie sie sich große Mühe gaben, unschuldig dreinzuschauen.

Keine Verhaftungen, hatte Waldner versprochen. Und das Schwein hatte Wort gehalten.

Jim O'Leary, Manus Brody und Brenda Conlon wurden vom Feuer zusammengeschweißt. Man musste die verschmorten Körper gewaltsam voneinander trennen. Die IRA erklärte, der Verantwortliche der Einheit sei einem falschen Handgriff zum Opfer gefallen. Das stimmte nicht. Unser Führungsstab wusste das, wollte aber die Kehrseite der Technik nicht eingestehen.

Ich wurde fast verrückt vor Zorn. Quetschte Waldner aus, den rothaarigen Cop, all diese Schweine, die meinten, sie könnten mich benutzen. Der Cop redete schließlich. Damit ich mich beruhigte, an meinem Platz bliebe und mit dem Geschrei aufhörte. Eine Minenräumeinheit war nachts mit vier SAS-Agenten in das Haus gegangen. Sie hatten die Sprengkörper nicht entfernt, sondern nur den Zündmechanismus untersucht. Statt eines komplexen Steuerungssystems, das auf codierte Impulse reagierte, fanden sie eine ungeschützte Vorrichtung, eine Fernbedienung für Modellspielzeuge. Die Frequenz der Bombe war für parasitäre Signale empfänglich.

»Mallory ist sich seiner zu sicher, das wird ihn den Kopf kosten«, seufzte ein Soldat.

Sie legten alles an seinen Platz zurück und verwischten ihre Spuren. Beobachteten das Haus von einem Dach der Divis Flats. Warteten, bis die Einheit sich wieder an die Arbeit machte, und schickten dann ihren Sender los, der in einem Eiswagen versteckt war. Zusammen mit einem Hubschrauber, der über dem Viertel stand, tastete er ein breites Spektrum von Funkfrequenzen ab, um den Schalter zu finden und ihn zu aktivieren. Die Operation dauerte weniger als eine Stunde. Hätte sie länger gedauert, dann hätten die Briten aufgegeben, das war vorab beschlossen worden. Es war zu gefährlich: Eiswagen mit ihrem traurigen Klingelton wurden gern von Kindern gestürmt. Dieser schlich wie ein schweigsamer Marodeur durch das Viertel. Ein Mann, der seinen Zaun weißte, sah ihn zwei Mal vorbeifahren. Beim dritten Mal trat er auf den Fahrer zu, um ihn anzusprechen.

In dem Moment explodierte die Bombe, gezündet von den Briten. Dicker schwarzer Rauch. Schreie. Und ein Hagel aus Projektilen, der ringsum niederging.

»Ein Cop wie ich entscheidet nicht darüber, was mit deinen Informationen passiert«, sagte der Cop.

»Ihr habt drei Menschen getötet!«

»Es war ihre Bombe. Nicht unsere.«

Waldner sagte mir dasselbe. Es tue ihm leid. Die britischen Geheimdienste hätten herausgefunden, dass die IRA nie die Absicht gehabt habe, das Ding auf einem Parkplatz zu zünden, sondern mit einem präparierten Wagen durch das Tor des Rathauses brechen wollte.

»Das stimmt nicht, verflucht! Ihr lügt!«

»Da steht Wort gegen Wort, Meehan. Und wenn du nichts dagegen hast, schenke ich meinen Informationsdiensten mehr Glauben als deinen. Wir wollten einfach null Risiko eingehen.«

Den Umschlag, den er mir gab, habe ich nicht zurückgewiesen. Hundertfünfzig Pfund für das Taxi und die Umstände.

Dann lief ich lange durch die feindlichen Viertel. In der Hoffnung, dass es bald vorbei sei. Ich hatte meine Jacke ausgezogen und die Ärmel meines Hemdes hochgekrempelt. Meine Tätowierungen gezeigt wie einen Stinkefinger. Die irische Fahne, das keltische Kreuz und 1916 in schwarzen Ziffern.

Mir ist nichts passiert.

Ich hatte Danny getötet. Ich hatte Jim und zwei unserer Kinder getötet. Ich war kein Verräter mehr, sondern ein Mörder. Es war vorbei. Und es gab kein Zurück.

*

Ich habe Fieber. Der Tag will und will nicht kommen. Ich warte noch immer auf diesen Fetzen Licht. Mir ist kalt von meinem Land, schlecht von meiner Erde. Ich atme nicht mehr, ich trinke. Das Bier fließt in Tränen durch meine Brust. Ich weiß, dass sie warten. Sie werden kommen. Sie sind da. Ich werde mich nicht von hier wegrühren. Ich werde im Haus meines Vaters bleiben. Ich werde meinen Henkern ins Gesicht schauen, ihnen Aug in Aug gegenübertreten und ihnen die Vergebung des Erschossenen für ihre Tat gewähren.

Mein Gott, Mama, hilf mir.
Ich habe solche Angst …

Epilog

Am 5. April 2007 um fünfzehn Uhr fand die *Garda Síochá-na* Tyrone Meehans Leiche. Bäuchlings vor dem Kamin im Wohnzimmer. Er war anscheinend im Wald gewesen. Um ihn herum waren Äste verstreut. Er trug Jacke und Schal. Seine Mütze lag auf dem Boden.

Die Mörder hatten die Tür eingeschlagen. Er wurde von drei Schrotladungen Kaliber 12/76 getroffen, einer Munition, die für die Großwildjagd verwendet wird. Die erste riss ihm die linke Hand in Höhe des Handgelenks ab, die zweite ging in den Hals und nahm die rechte Wange und einen Teil der Schulter mit. Die dritte traf ihn in den Bauch.

Die IRA dementierte umgehend jede Verantwortung für den Tod Tyrone Meehans. Erst vier Jahre später, zu Ostern 2011, bekannte sich eine republikanische Gruppe, die gegen den Friedensprozess war, zu dieser »Hinrichtung wegen Verrats«.

»Er wirkte nicht überrascht, als er uns sah«, erzählte einer der zwei vermummten Mörder. »Er hat nicht geschrien und nicht gewinselt. Bei dem Versuch, ins Schlafzimmer zu fliehen, ist er ausgerutscht und hingefallen. Er lag am Boden, als wir das Urteil vollstreckten.«

Tyrone Meehan wurde am 14. April 2007 im engsten Familienkreis auf dem Stadtfriedhof von Belfast bestattet.

Jack lebt heute in Neuseeland und arbeitet in einem irischen Pub in Christchurch. Sheila wohnt noch immer am Harrow Drive 16 in Belfast.